译文纪实

故宮物語
政治の縮図、文化の象徴を語る 90 話

野嶋剛

[日]野岛刚　著　　　　　　　　　张惠君　译

故宫物语

上海译文出版社

故宫将去往何方？

（简体中文版序）

关于故宫，我出版过两本书，第一本是《两个故宫的离合》，第二本就是这本《故宫物语》。本次《故宫物语》译文版能在中国大陆出版，令我欣喜至极，并充满期待。

之所以有这样的心情，是因为《两个故宫的离合》二〇一四年在大陆出版后受到了很高评价，还有幸获得了数个奖项，销量也相当不错。作为日本作者，自己的观点能够被深刻理解故宫问题的中国读者所接受，实乃幸甚。本书《故宫物语》能够出版，还要衷心感谢继前作《两个故宫的离合》以来不断在出版方面尽心尽力的上海译文出版社。

正当我思考序文中写些什么内容时，一则新闻传入了耳中：香港也要建故宫了，正式名称为"香港故宫文化馆"。二〇一六年，北京故宫博物院和香港特区政府签署合作备忘录，迅速促成了此事。

听到这个消息，我首先想到的就是二〇一五年采访台北故宫博物院院长冯明珠时的情景。《两个故宫的离合》与《故宫物语》的主题之一是"历史证明故宫与政治是无法分割的"。但对此，冯明珠向我表示了不满。

"你把政治和故宫的关系写过头了。政治是政治，文化是文化。政治和文化是没有关系的。"

我原本也愿意认为政治与文化无关，但政治往往会利用文化，而文化有时也会利用并接近政治。而且，博物馆是政府计划并出资建造的建筑。在现代社会中，文化脱离政治、实现完全自由是不可能的。

另外，故宫拥有与中国近代史密切相关的特殊历史、政治背景。听到香港建造故宫一事，我如此想道："故宫是和政治分不开的，我的想法是正确的。冯院长，很抱歉，你说错了。也许政治就是政治，但文化不仅是文化，也是政治啊。"

同样的道理也适用于台湾的故宫博物院。于二〇一五年末建成的台北故宫分院——嘉义南苑，从计划阶段开始，一直到今天，都在台湾地区政治中引发着关于博物馆定义的争论。

香港与嘉义建起了新的故宫。故宫数量增加的原因，与其最初诞生的背景有着深刻联系。

故宫诞生于一九二五年，当时收藏的是清王朝拥有的宫廷文物。在一九一一年辛亥革命中打倒清王朝的中华民国为何要向国民公开这些宫廷文物？就是为了向国民展示革命的成果。这个在打倒封建王朝、建立国民国家的理念下建成的新国家，需要将能够象征封建时代巨大财富的宫廷文物归为"国民所有"。故宫之诞生，本身就是革命的象征。

后来，故宫分离为两座。国共内战中，蒋介石带着故宫文物撤退到台湾。蒋介石很重视故宫文物，并将其利用在了国际宣传之中。

对于中国来说，鸦片战争是中国革命的出发点，香港回归以前则是被西方国家掠夺的象征。实现香港回归，是中国革命的重要历程。

二〇〇七年香港回归十周年时，展览了从中国内地运来的北京故宫最大的国宝——《清明上河图》。当时，我就明确地意识到了中国意图在"一国两制"上利用故宫文物。现在又过去了十年，故宫在香港开设分院，也许是水到渠成之事。毫无疑问，香港也是中国革命的一部分。

　　我原本计划借着二〇一六年春在日本出版的《故宫物语》让自己执笔的故宫题材告一段落，因为这本书写尽了我在故宫问题上积累的调查与思索。创作时我甚至想到，除此之外再也写不出来了，但这个想法似乎错了。

　　今天，我还在写许多关于故宫的评论文章，我的目光已经无法从故宫上移开了。因为故宫是如此重要。究其原因，是中国这个巨大的国家在历史上与政治上都赋予了故宫特殊的地位。故宫的重要性今后也不会消退，而我追随故宫的脚步也永远不会停止。

为什么要写故宫？

（繁体中文版序）

　　我写的《两个故宫的离合：历史翻弄下两岸故宫的命运》一书二〇一一年在日本出版，后来翻译成中文，二〇一二年在中国台湾地区出版，二〇一四年在中国大陆出版。

　　在台湾和大陆出版时，为了宣传，我到当地接受报纸、杂志、电视等媒体访问的次数相当多。那个时候最常被问到的问题是："你是日本人，为什么要写故宫的事情呢？"因为太常被问了，回答多了我也像官员一样，形成了一套固定的答案："在这个世界上，相同名称、相同收藏的博物馆竟然有两个，非常不可思议，似乎可以列入世界七大奇迹了。已经变成两个故宫的存在，在这半个世纪当中，也许发生过很多理所当然的事情，但是对于我这个外国人来说，这些事情实在很妙，让人想知道背后的原因。就这样持续采访下来，最后写成了一本书。"

　　当我这么回答之后，接下来我继续被问到："那么日本人写出这本故宫的书，和其他有关故宫的书，有什么不同吗？"这时候我就会尽情把想到的都说出来："有关故宫的书已经有很多，但多数都是历史或艺术的专家所写。我自己没有学过史学或是艺术史，并没有想要写一本纯粹历史的书或艺术的书，这些交给专家更好。我是通过故宫这个过滤器，描写与中国大陆、中国台湾和日本有关的亚洲近代史及现代政治。读过这本书的人就会知道，基本上政治和外交的内容应该占了大半。因为故宫就是政治问题和外交问题，我相信这个观点和过去所出版的故宫书籍完全不同。"

　　这时候如果对方显得很有兴趣的样子，我就会再继续说下去："不管是大陆人或是台湾人，一定是用自己的观点去写故宫。大陆人认为北京故宫是直系长男本家，台北故宫是配角。台湾人认为台北故宫是本家，北京故宫是配角。而且对两边来说，这和两岸关系很敏感的部分有关，因此会忽视配角的存在，或是书里写得好像根本不存在。但是对我来说，两边的故宫都是主角，我会将它们想象成一张分离的地图，因为我是外国人，对两岸关系没有特定的意识形态或是政治立场。"

　　对于台湾人或是大陆人来说，这的确触碰到了"思考的死角"。大陆认为台湾是中国的一部分，大陆的故宫是直系本家，台湾的"故宫"就定位在旁系。相对地，台湾认为自己是"正统"，"故宫"在台湾当然是直系本家。两边当然未曾就"谁是本家"来对话或讨论过，如果有这样的对话，大概只有对骂。在各自的言论空间下，两边的学者或媒体都以自己这边是本家为前提做研究或报道，比较不容易存在"第三只眼"的角度。

　　同时，日本与美国等和故宫关系深厚的国家，受到来自两岸关系的政治立场影响，"亲中派"认为北京故宫是本家，忽视台北故宫；相对地，"亲台派"倾向认定台北故宫才是本家，不会好好去看北京故宫。

　　在写故宫问题的时候，我已尽力排除意识形态，不管对于哪个故宫，都尽可能站在客观公正的立场下笔。当然因为我是担任《朝日新闻》台北特派员时所采访，因此以在台湾所见所闻采访内容为主，与台湾相关的内容占了三分之二，但是在政治上，我誓未袒护任何一方。《两个故宫的离合》一书在台湾和大陆的销售量都超乎我的预期，也得到不错的评价，我认为这即是因为我以第三者的立场，带给读者新鲜的感受。此外，我开始写故宫时就已决定，我不是要写艺术文化，我是要通过分析政治、历史、社会，当作一种手段来写文化。在分析中国问题方面，现在的日本是否过度忽视文化这一块，是否刻意避开中华文明要素，对此我想提出我的批判。过去，对于日本人来说，中国就是中国文化。尤其是在江户时代受教育、在明治维新以后提倡中国论的那些人，多半是如此，如内藤湖南、桑原骘藏、狩野直喜、白鸟库吉、吉川幸次郎、青木正儿等。他们经常通过文化谈中国，这样的传统一直维持到战后的竹内实、竹内好。但是到了"文化大革命"，日本的中国论开始远离文化。

　　然而，要理解中国及中国国民，还有，如果要理解日本和日本国民，究竟是不是可以忘记中国文化这件事，我心中充满疑问。

　　为什么我们使用汉字？为什么要在学校写书法？

　　为什么名人的客厅会挂画轴或画来装饰？

　　为什么日本的茶道喝抹茶？

　　这些有关日本文化根源的问题，如果不懂中国文化是回答不出来的。但是到了今天，我们对于中国文化，虽然在地理空间上相邻，但在精神上却有点分离，连这样的提问也变少了。最近二十年来，中国经济急速发展，大国崛起，从来没有一个时代像现在这样，对于理解中国的需求这么高，其中，故宫正是了解中国的好教材。光是故宫收藏的文物，便充分反映了中华的历史，与其阅读写得不好的中国史书籍，不如把重心放在中国历史当中。例如，要想解读"嘉量"这件文物，就必须理解秦始皇统一天下后的经济政策，"嘉量"象征统一度量衡的事业。从苏轼的《赤壁赋》可看到北宋当时的政治情况，甚至也会浮现三国时代动荡的意象。在爱好艺术的风流天子宋徽宗身上学习，也必知道北宋政治弱化及灭亡的悲剧。从青花瓷中，也可知元帝国拥有广大领土连接西方，向中东及欧洲地区大量输出，迎向大航海时代的到来。

此外，如果想要了解中日的近代史，通过故宫是最容易弄清楚的。故宫博物院的诞生是因为清代的灭亡；故宫文物从北京迁移到上海、南京是因为日军侵略中国的东北和华北地区；故宫文物开始从南京迁移到四川，这是因为中日战争全面爆发，日军已逼近南京；故宫文物跨海到台湾，是因为蒋介石输掉国共内战。北京和台北的两个故宫，延续着两岸的分离。

这样一路分析下来，我们可以知道故宫的历史就是中国近代史的缩影。文化反映了中国所有的东西，那么中国人也通过文化反映了自己的历史和命运。

为了理解我们永远的邻居中国，代表中华文物精髓的故宫文物，我认为这是再好不过的绝佳素材，也是理解中国的捷径。

当思考所谓台湾问题或是两岸关系，故宫通常是政治问题的最前线，观察故宫问题，有助于政治分析。存在台北和北京两个故宫，故宫问题就是两岸关系的具体化。思考故宫问题，就是思考中国，也就是思考两岸关系，更是思考包括日本在内的东亚现代史。

因此我写了故宫，之后也会继续写下去吧。

目录

第一篇

话文物

01 翠玉白菜：
台北故宫的"人气国宝"

《翠玉白菜》是十八世纪清朝中期作品，原来放置于紫禁城的永和宫内。现为台北故宫博物院的"故宫三宝"之一，亦有"人气国宝"之称。翡翠雕刻而成，与实际的白菜极为相似。绿白两色水嫩，螽斯和蝗虫停留在菜叶上，白菜象征纯洁，螽斯和蝗虫则寓意多子多孙。

"人间巧艺夺天工"，这句话出自元代全方位文人赵孟頫的七言律诗《赠放烟火者》。在距离元代一千年后的日本，作家陈舜臣曾经如此巧妙地诠释："中国自古以来认为艺术的最高境界，就是人类创造出更胜于大自然的浑然天成，却完全感觉不到手工加工的痕迹。"（《雨过天青》）

日本民族认为大自然是内化于身体的一部分，而中华民族则是采取与自然对决的观点，这两种迥然不同的自然观，可能永远地分道扬镳。然而，当欣赏台北故宫博物院（以下或简称"台北故宫"）的至宝《翠玉白菜》之时，中华民族的自然观就会进入思考的逻辑。

使用玉石雕刻的白菜，令人感觉到是"有东西"可以超越大自然的。宛如一棵不可能出现在现实世界中的"理想白菜"。

《翠玉白菜》是台北故宫藏品中名气最大、最令人印象深刻也最受喜爱的一件。所谓"故宫三宝"，拔得头筹的就是《翠玉白菜》；另一件是《肉形石》，酷似中华料理的东坡肉；此外还有西周时代的大型青铜器《毛公鼎》。这三件称为三宝。这是从受欢迎的人气角度来看，如果从中国传统艺术的观点来看，"白菜"和"肉"

翠玉白菜
清代 玉石
台北故宫博物院藏品
18.7 × 9.1 × 5.07cm

的价值都不高，这些不是艺术品，而被归类为工艺品，但却备受民众喜爱。因此，故宫人都称这两件为"人气国宝"。

"人气国宝"翻译成日文的意思是"有人气的国宝"，但是这个解读有些误差，应该说是"国宝级的人气"，比较接近原来的意思。暂且不论价值观，《翠玉白菜》的确有种神秘的力量，令人感受到这是一件"美丽的作品"。超越艺术或是工艺的类别，将天然的玉石与精致的技术融为一体，形成奇迹般的美感，这才是多数人深受吸引的原因吧。

《翠玉白菜》是清朝的作品。清朝书画和陶艺并未发展出最高境界的作品，工艺却没有失去精益求精的精神。不知为何，白菜在清朝的中期至晚期成为流行的主题，《翠玉白菜》也是这段时期产出的作品。

我不知道看过《翠玉白菜》多少次了，但每次到访台北故宫，还是会去看一眼。为什么呢？在故宫所有的展区中，没有其他任何展览品会有这么多人围在四周仔细观赏。为什么仔细观赏？那是因为实物比想象中的小多了。长18.7厘米、宽9.1厘米、厚5.07厘米，大概只有成人的手掌这么大。想象中的样子会是像一个人头这么大，也许是因为深具魅力的工艺技术吧。也有一种说法是这样的，《翠玉白菜》是女性嫁入清朝皇宫的"嫁妆"，绿色和白色象征女性的"纯洁"。清朝时，《翠玉白菜》放在紫禁城的永和宫，住在永和宫的是光绪皇帝的妃子瑾妃，依此推测的话，《翠玉白菜》可能是她的嫁妆。瑾妃和妹妹珍妃一起嫁给光绪皇帝，但是她不如妹妹漂亮，也没有得到皇帝的宠爱，又招致慈禧太后的不满，妃子的地位也被剥夺，却仍继续住在永和宫，《翠玉白菜》或许可以抚慰她的孤独。

停留在白菜上的两只昆虫，为作品赋予了生命力。在中国，蔬菜和昆虫是绘画中经常出现的主题。蝗虫和螽斯具有多子多孙的意义，中国人认为多产就是幸福，将吉祥的寓意托付在白菜上。几年前，有人发现螽斯的触须断了一根，引起不小的骚动。如果是保管上的疏失，就是大事一件。后来经过故宫的调查，断须发生在清朝，但因不损及美观，也就没有修复，维持至今。

中国人对于玉有着特别的憧憬，小孩出生时会令其手抓着玉，女性也是玉不离身，母亲给即将出嫁的女儿一块玉当作自己的分身，也有风俗习惯是让不孕的妇女吃下磨成粉的玉。从"玉"衍生出来到今天仍在日常生活中使用的用语，在此介绍其中两个，"切磋琢磨"和"完璧"。

"切磋琢磨"由四个字组合而成，即切断玉石的"切"、磨成大致形状的"磋"、细致雕刻的"琢"以及在磨石上仔细研磨的"磨"。这四个字，也代表了玉石加工的四道工序。"完璧"的故事，是战国时期的秦昭襄王，愿以十五座城池与赵国交换贵重的"和氏璧"。赵王派出丞相蔺相如去谈判，但昭襄王并未遵守约定，蔺相如冒着生命危险取回玉璧，成功完成使命，称为"完璧"。《翠玉白菜》巧妙地凸显玉石的天然矿物特质，加上工匠拥有高超技术的"神工"，经过"切磋琢磨"之后完成。人类的技术和天然的美感融为一体，是一件完美的作品。

台北故宫博物院到日本东京国立博物馆展出时，《翠玉白菜》只展出两周。连日来大排长龙、等待两三小时的日本人就是为了一睹其丰采。《翠玉白菜》展出的最后一天正好是七月七日，日本的七夕，我和好友翁倩玉一起去看展。展出《翠玉白菜》的地点不在东京国立博物馆的平成馆，而是在本馆的一楼设置了特别展间。翁倩玉和我都有一个共同的感想，那就是："《翠玉白菜》是这么美的吗？"着实感到有些意外。

我曾经去过台北故宫好几次，但是这次看到的《翠玉白菜》和印象中完全不一样。首先是实物看起来更大一些，光泽发亮，美了好几倍，这应该是因为展示方式所造成的效果。台北故宫将《翠玉白菜》放在视线往下看的位置；而东京国立博物馆则是放在比视线稍高的位置。如此一来，高度只有18.7厘米的《翠玉白菜》，看起来比实际尺寸大些。

此外，照明的方法也相当高明。台北故宫基本上是将展示的空间全部打亮；而东京国立博物馆是在一个漆黑的台座上放置《翠玉白菜》，从上方打了三道光线。翡翠在灯光下更显得美丽闪耀，这是熟悉翡翠的台湾人都知道的道理。这次展现翡翠特性的展示方式，让《翠玉白菜》看起来更美，透射出翡翠独特深邃的绿。这次因为是特别展，看得出来的确下了番功夫，对于台北故宫而言，"人气国宝"的放置高度及打光方法，应该具有相当的参考价值。

02
白瓷婴儿枕：
定窑白瓷引人入眠

以小婴儿睡姿为主题的瓷器枕，有着可爱、栩栩如生的造型，婴儿穿着有花纹的锦缎长背心，趴在坐垫上，双脚交叉的模样十分可爱。北宋是瓷器的黄金时期，定窑则是北宋最具代表性的窑，乳白的色泽带着无法言喻的温润。

对于中国人来说，枕头是一件生活上的重要物事。故宫博物院收藏了好几个枕头，其中最让人想取来一躺的就是这个《白瓷婴儿枕》。尤其是炎炎夏日，听着蝉鸣，躺在床上翻来滚去，头枕着这个婴儿枕，脸颊靠在沁凉的白瓷上，慢慢入眠，这应该是人生最棒的午觉吧。

关于枕头和睡午觉这件事，宋人制作这件白瓷婴儿枕有着特别的用心。宋代著名的两位政治家王安石和欧阳修曾经有过这样的对话。王安石说："夏日睡午觉时，您知道最合理的方法是什么吗？如果不知道的话，我来告诉您。枕头要大、要方，像坐垫一样。头睡在枕上，发热了再转至四个角的另一角，还可以经常换边，以保持头部凉爽。"欧阳修说："这番道理真令人折服，您是真正地懂慵懒睡觉。"投身改革变法的王安石如果喜好懒睡却又是工作狂的话，大概是靠午睡和枕头来快速纾解工作的疲劳吧＊。

中国历代皇帝都特别喜欢《白瓷婴儿枕》，清乾隆帝还为《白瓷婴儿枕》留下了十一首相关的诗。其中一首是"粉定窑娃娃，曲肱双手叉，半瞑态如活，一睡乐无加"（定窑的婴儿曲着腿，双手交叉，半醒的姿态犹如真人，睡在这枕上一定快乐无比）。

《白瓷婴儿枕》造型的巧妙之处，在于小婴儿也是睡姿，他两手向前抱着枕头，头向上略微抬起，斜斜地看向上方，双脚交错。这个姿势使得背部形成自然弯曲的样子，正好放置头部。连这么微妙的乐趣也认真追究，这是中国人可怕的地方，果然民族的年龄已有四五千年。

《白瓷婴儿枕》出自"宋代五大窑"之一的定窑，宋代又是出产优质瓷器的年代。定窑和日本人的渊源深厚，日本钻研陶瓷的大师级人物小山富士夫就是定窑的发现者。小山认为研究古陶瓷对于陶艺的发展极其重要，因此致力于古窑遗址的研究。当小山知道定窑的所在位置还没被找到时，他便认为"这将成为国际竞赛"，于是他毅然决然地投入了发掘遗址的工作。有关中国青瓷和白瓷的研究，英国在当时的国际社会占有领先地位，陆陆续续发现了知名的烧窑遗址。小山抱持着"超越英国发现定窑"的信念，甘冒生命危险，背水一战，毅然前往战争中的中国。

中国的瓷器烧制达到巅峰，汝窑出产青瓷，定窑出产白瓷。定窑是在唐朝末年时开始烧制白瓷，到了北宋烧出颜色接近象牙白色的白瓷，得到皇帝的喜爱。定窑使用的高岭白陶土的铁分较少，耐热性佳，可塑性高，可以烧制出恰到好处的薄度。定窑的白瓷是带有特殊光泽的象牙白，以石炭为燃料，看得出来是高温烧制而成的。上釉之后，釉彩形成了泪痕，也是一大特色。

一九四一年抗日战争如火如荼之时，小山在中国河北省定县住了超过一个月。那一年的四月十日，小山在日本军的保护下前往定县，当时他"背着背包、手握斧头"，"月黑风高的夜晚，满天星斗"。

白瓷婴儿枕
北宋 定窑白瓷
台北故宫博物院藏品
高 18.8cm
底径 31×13.2cm

　　小山和日军士兵、中国苦力一同前往，并对着附近的中国士兵射击。这时，小山发现了一处大量瓷器碎片堆积成的小山丘。"在村落的西北方，向北走一百五十米处，有一个直径三十米的小山，全部是定窑的碎片。第一次看到的时候，觉得万分感动。"发现定窑之后，小山在其著作《陶瓷》一书的某篇《暂居北京日记》中描写了当时的现场情形及他的感触。小山把当地中国人都集合起来，"把有花纹的瓷片都搜集起来，我会买的"，大家就用麻袋装了陶片。

　　小山调查所发现的一千处以上的窑址当中，这里的定窑特别值得一提。一九四一年四月二十二日的《朝日新闻》有这样的报道："小山发现'白瓷窑址'……"小山每次酒后总会提起这段往事，骄傲地向同桌的朋友述说发现"白瓷山"的故事。然而中国有另一种说法，有人主张第一个发现定窑的人不是小山。在此之前，中国学者曾有论文指出："定窑的遗址就在定县"；虽然如此，第一个亲临现场踏访指认的人仍是小山。定窑模式后来大为流行，各地都有定窑和其瓷器，但要分辨是不是定窑，也让鉴定专家伤透脑筋。这个婴儿枕是否出自定窑，说真的也没有关键的证据；但是在小山富士夫的挖掘工程中，从窑址的碎片中并未发现类似的作品。

　　据说《白瓷婴儿枕》全世界只有三件，其中两件在台北故宫，另一件在北京故宫。台北故宫的藏品，婴儿穿的长背心有花纹，北京故宫的就没有这样的花纹。婴儿的嘴角上扬微笑，表情十分逼真传神，看起来好像在说："你要不要一起来睡觉？"引诱你睡个懒觉，像个小恶魔般的笑脸。

03

四库全书：世界最大的丛书

清代乾隆皇帝开创的编纂工程，自一七七三年开始，耗时大约十年。集结图书三千四百七十一种、七万九千三百三十七卷、三万六千三百八十一册，计两百三十万页共十亿字。分为经、史、子、集四类，装订的封皮颜色也各不相同。几乎网罗搜集了中国所有的经典，可说是空前绝后的丛书。此丛书共制作成七套，台北故宫收藏的这套称为"文渊阁版"，台北故宫也为《四库全书》打造了专用的书库。

四库全书
清代
台北故宫博物院藏品
31.8×21cm

中国有言道"四书五经"，四书是指《论语》《孟子》《大学》《中庸》，五经是指《诗经》《尚书》《礼记》《易经》《春秋》。《论语》《大学》这两部著作相传都是春秋末期的孔子门生弟子所写，这两部儒家著作也是科举考题出题的题库，所有考生必读的教科书。

日本在江户时代引入汉学，上学的小孩和年轻人也都必学四书五经，明治维新的大人物都是在江户末期受教育的，这些人是士族阶级，因此都受过汉学教育，差别只是书写汉文的程度高低而已。

　　为什么非读四书不可？为什么是五经？中国有很多经典名籍，但是人们对于"四""五"这样的数字，认为有其权威性，因而排除其他的典籍。中华民族喜欢用"框架"来说明事物，也喜欢排序，例如十大、四大的说法，非常流行。蒋介石的蒋家和宋美龄的宋家等，便被称为"四大家族"，并被以批判的角度看待其专横。事物的发展是流动善变的，对于人与物的评价也是变动的。为了停止它的变动，把它套在一个框架之中，而可以决定这个框架的就是权威；从另一个角度来说，中国人相当熟悉权力的来源，那就是决定框架。

　　制作这部《四库全书》的乾隆皇帝，正逢中国历史上版图最大的清代，也是清代的最兴盛时期。《四库全书》分为经、史、子、集四类。"经"是儒家的经典，"史"是有关历史、政治、法律的书籍，"子"是诸子百家等思想家的作品，"集"是指诗文、文学。正式登录参加编纂的文人学者超过四百人，抄写员四千多人。虽然不是编辑百科全书，但这部书集合了当时所有知识，俨然是一部庞然怪物般的大典。

　　乾隆皇帝编纂《四库全书》，除了有保护书籍的意义之外，对文化也有贡献，这是任谁都不会否认的。但是，在"取舍选择"上过于极端，后世可能会认为这是"焚书"或者"文字狱"。以"修书"为名目，乾隆皇帝调整、舍弃了不利于清代统治的内容，因此佚失的书籍多达三千种、十五万册以上，远远超过《四库全书》所收进来的数量。此事的是非对错，见仁见智，而对于既成事实，再怎么批判讨论也是白费力气。我觉得比较有意思的是，对于那些超过"框架"以外的东西，中华民族是无感的，也不会有慈悲心。既然已经被排除，就消失在历史的阴沟里。

《四库全书》合计有七套，这七套丛书分别存放在七个阁，也就是七个专用书库；虽然如此，因为战乱或是火灾，半数已经毁失了。这七阁分别是文渊阁、文溯阁、文津阁、文源阁、文汇阁、文宗阁、文澜阁。七阁之中，存放原始第一部抄本的就是文渊阁。以文渊阁的抄本作为原型，复制出来的版本依次放在文溯阁、文津阁、文源阁、文汇阁，这是为了官署所设。文渊阁在紫禁城；文溯阁在东北沈阳的离宫，这里是满族的故乡；文津阁在热河的避暑山庄；文源阁在北京的圆明园。

文渊阁版的《四库全书》于一九四九年一月时，随着第二艘乘载故宫文物的"海沪号"，从南京运往台湾，自此收藏在台北故宫，二〇一四年日本的故宫展也展出了这套《四库全书》；文津阁版的《四库全书》，目前收藏在北京图书馆；文源阁版的《四库全书》则因英法联军入侵圆明园而烧毁。此外，其他三阁都位于文化水准高、人文荟萃的江苏省和浙江省，称为"江浙三阁"。然而，文澜阁之外的两处，因为太平天国运动，在清代末年战乱中毁坏了，文澜阁也严重受损。

"文物"一词在中文和日文的意思是共通的，所谓故宫文物，也用于日本人的日常生活之中。查阅日本最通用的字典《广辞苑》，文物是指"文化的产物。在法律、学术、艺术、宗教等层面，与文化相关的东西"。然而这样的定义，好像不能完全符合。这里所称的文物，应该比较接近"文化遗产""文化财产"的意思。此外，我认为把"文"和"物"分开来看比较适切。物是指书画、陶瓷器，文是指文献、公文卷宗等图书档案资料。要完成这部超越想象、超级巨大的丛书，必须要是超越想象、超级巨大的掌权者才可能达成。

完成《四库全书》的清代，是个异族统治的王朝。在中国文明的华夷秩序中，异族被认为是夷狄之辈，也就是野蛮人。这群野蛮人深知如要有效统治历史悠久、幅员广大的中国，只靠军事武力是无法持久的。满人采取的策略便是重视汉族文化，清代维持科举制度，让知识分子安心，接着着手整理汉人的典籍。

乾隆皇帝就任后第三十七年，也就是一七七二年，下令展开中国文化史上史无前例的大规模搜集典籍作业，耗时十多年后完成《四库全书》。通过这样的方式，或许是以文化力量达成了"第二征服"，让四海之内的民族感到畏惧。然而，我认为乾隆皇帝是借由前所未有的《四库全书》编纂事业，同时"征服"了自己出身的满族。与"汉"同化，同时也是自我否定，"自己不是汉族，却最了解汉族文化"，是否会带着一种错置的感慨呢？

清代在汉化之后，逐渐丧失了异族的权力，文化成熟之后走向灭亡，最后又被汉族的孙文给推翻，这是中国历史一再重演的必然。在今天的台湾，有时会遇到清代宫廷满人的后裔，例如马英九身边的重要幕僚金溥聪就是爱新觉罗的后代，电影导演钮承泽是贵族钮祜禄的后代。令人意外的是，他们在汉化的过程中轻易地融入体制之内，而就在今日的台湾，追溯历史的脉络时，必然可以找到关联。

《四库全书》也曾上过台湾的新闻标题，"《四库全书》遭到盗印，故宫赔了夫人又折兵"，在中国大陆出现盗版，台北故宫疲于应对。我在北京的朋友专门研究美术史，去年也买到这套《四库全书》，他寄了照片给我，在电子邮件里说："印刷品质不错，价格不贵，光是拥有就很开心。"这套书一般是不会特别拿来作为研究之用，就像在日本的普通家庭里，会有整套的百科全书，只是如同家具一样。完成史无前例巨大编纂事业的乾隆皇帝，心情应该也是"光是拥有就很开心"吧。

04
第4话

晋王羲之兰亭序：
书圣的最高杰作

王羲之在会稽举办"曲水宴"，受邀的文人即兴吟诗，王羲之为此作"序"。兰亭是聚会的场地，现存的《兰亭序》不是真迹，而是石刻拓本。

中国历史上最伟大的书法家王羲之，总有写也写不完的故事。他对于日本的影响无远弗届，自古以来，王羲之就是日本书法家的标杆。日本所谓代表三迹的三人小野道风、藤原佐理、藤原行成，就是以王羲之的书法为范本，提升了日本书法的水准。从日本平安时代以来使用的平假名，笔顺就是模仿王羲之的字。对于日本文字整体而言，王羲之具有"师"的崇高地位。

在中国，王羲之的名号特别响亮。王羲之有"书圣"之称，他的书法称为"王法"。为了参加科举，熟练"王法"是绝对必要的。如果从中国文化史中要挑选出最伟大的一个人，首选就是王羲之。这是为什么呢？中国文化之中类别多元，包括书法、绘画、陶瓷器、青铜器、玉器等，书法又被认为是最崇高的艺术，王羲之是书法界

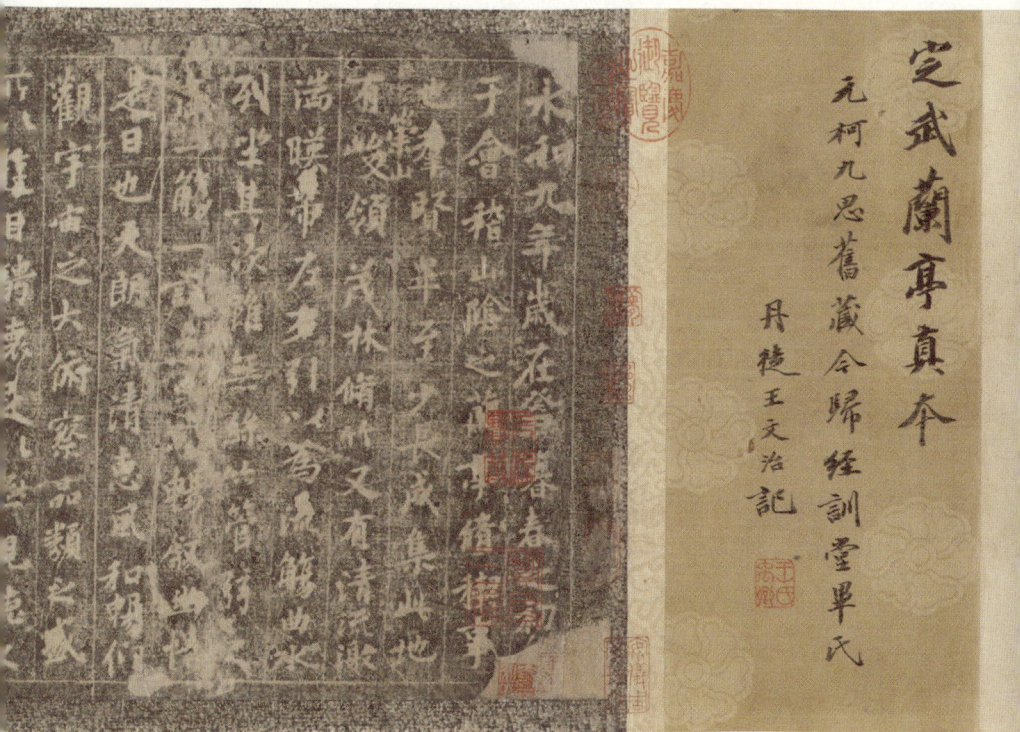

兰亭序
（宋拓定武禊帖
赵氏藏本
东晋 王羲之 拓本
台北故宫博物院藏品
25×66.9cm

地位最高的人，自然就是最具代表性的文化人。

　　王羲之的名气如此之高，《兰亭序》是重要的作品之一。王羲之是东晋时代的人，《三国志》中的曹操之子曹丕建立魏国，遭到家臣司马家消灭，建立晋国。当时的贵族握有政治的主导权，科举制度尚未建立。王羲之出生于名门之家，从小接受英才教育。也曾在《三国志》出现的汉末书法家蔡邕、魏国政治家兼书法家的钟繇，都是当时一流的书法家，都曾担任他的家庭教师。

王羲之并无强烈入世的想法，他倾向于当时流行的"清谈"厌世思维，沉溺于诗词、书法、饮酒之中。四十岁的王羲之到会稽（今浙江绍兴）赴任，邀当地士绅四十一人齐聚兰亭，在小溪旁饮酒吟诗，举办"曲水宴"。宴会上，参加者一个一个轮流作诗，后来把这些诗集结成册，王羲之写下序文，就是这部《兰亭序》。这段佳话之所以特别有意义，是因为对于中国人来说，书法不只是技法，在书法之中表达的精神更为重要。写下《兰亭序》的王羲之，正值与权力保持一定距离之际，心里想的是如何度过有意义的余生。与心灵相通的好友们吟诗作乐，酒后写下绝世名作，这种精神的自由体现在《兰亭序》的每一个字当中，因此后世一致推崇《兰亭序》是书法界的最高杰作。

可惜的是，包括《兰亭序》在内，王羲之的作品没有一件传世，原因是唐太宗热爱王羲之，动用所有权力搜罗王羲之的作品，而且死后和自己一起埋葬。当时的皇帝相信死后的世界，将金银财宝一起埋葬可以作为在另一个世界里手边的财产，因此唐太宗也希望在那个世界继续欣赏王羲之的书法。王羲之的真迹一件也没留下，但是王羲之的书法却能传世，一是因为拓本，另一是因为临摹，这是一种极为细致的抄写。拓本是用墨汁拓印刻有王羲之书法的石头，最接近王羲之的书法真品。台北故宫收藏的是《定武兰亭序》，定武位于河北，是失踪碑文发现的地点。

日本是王羲之留存摹本的宝库。日本奈良时代的遣唐使，曾将大量的王羲之摹本运往日本，在日本人手中长期保存下来，二〇一三年时日本的晚间九时新闻便曾报道"在日本发现王羲之的书法抄本"；东京国立博物馆亦曾举办特展"书圣·王羲之"。这份抄本是在长 25.7 厘米、宽 10.1 厘米的纸面上，写下三行二十四个字：

（便）大报期转呈也。知
不快。当由情感如佳。吾
日弊。为尔解日耳。

信件的一部分称为"断简"，通常会以开头的两个字作为名称，因此这件抄本称为《大报帖》，推估应是七到八世纪间唐代制作的。当时的日本正值奈良时代，全面向兴盛至极的唐代学习，在十到二十年间派出遣唐使冒险乘船，从中国带回大批的文物，其中也包括大量的书法抄本、王羲之的抄本等。有人说，唐太宗时大量制作王羲之的摹本，其中一部分送给遣唐使。天皇家族保存了王羲之的摹本，后来移至东大寺，其后赏赐给民间人士，而流入日本社会。

临摹需要诸多技法，其中最高超的技法就是"双钩填墨"。在书法上放置纸张，沿着文字的轮廓描线涂满，作业程序非常费工，以画出细如毛发的细线，此摹本制作极为精巧，传达了微妙的意境。这种风格的临摹，全世界只有十几件，却在日本陆续发现王羲之这类精巧摹本。

地理上位处边缘的地点（日本），对于地理上位居中央位置（中国）的文化，反而保存得较好，文化传播的趣味正是在此。日本民俗学者柳田国男曾经提出证明，日本各地的用语及语汇，在偏远的地方反而保存首都（如京都）的古语。中国的文明传到日本，也是同理可证。

　　现在，日本收藏不少王羲之的抄本，例如宫内厅的《丧乱帖》、前田育德会收藏的《孔侍中帖》、私人收藏的《妹至帖》等，不胜枚举。在日本如果发现王羲之的抄本，顶多就是媒体报道东京国立博物馆的新闻稿，并不会有更深入的追踪。因为王羲之是书圣，具有高知名度，一旦发现王羲之的临摹，意义非凡。要是在中国台湾和大陆，可是会引起很大的骚动。从这个角度看来，日本拥有王羲之的最高杰作，但被说成"有眼不识泰山"，也是莫可奈何的事情。

05
早春图：
中国绘画的一大转捩点

宋神宗时代的画家郭熙于一〇七二年描绘的山顶上冬天的积雪开始融化、大地苏醒、草木发芽的春天景色。《早春图》以清新温润笔墨为其特征，呈现理想的山水风景。

这是北宋宫廷画家郭熙（生卒年不详）一〇七二年画下的大作《早春图》。台北故宫如果介绍宋代山水画，最常以这幅当作代表作，某种程度上来说，对于故宫，这幅作品比《翠玉白菜》或是《毛公鼎》更具有象征意义。故宫美学价值观的核心定位于宋代，因此宋代是故宫的原点，也可说是中华文明的巅峰，故宫内部的宋代支持者甚至说过："只要是宋代的，什么都好。"书法方面，宋代以前的晋朝，王羲之等人物达到巅峰，但在绘画方面称宋代最好，应该没有人会反对，其中灿然发光的名画，就非《早春图》莫属了。

郭熙，字淳夫，出生于河南省温县，是一位宫廷画家，北宋神宗时代曾担任翰林院待诏直长的要职。擅长画山水，师事画家李成，画风并称"李郭"。郭熙受到神宗重用，荣升至宫廷画坛的最高职位"待诏"。

郭熙留有一本著作《林泉高致》，更准确地说，这是郭熙的儿子将父亲的教诲集结成册。书中提到"山水画是不留下什么的"，让人理解当时人们的绘画观，十分有意思。其中郭熙说到画山水的秘诀："人们说，任谁都想隐居山中，自由享受山水。但事实上并非如此，脑袋想着爱慕山水，但是却没有观察实物的本事。名人画山水时，即使人在室内，也可以将风景画到极致，好像听到猿声鸟鸣一般，缓和了人心，也满足了自己的心意。这也是世人尊崇山水画的原因。"*

观看郭熙的作品，可以感觉到其高超的技术和专业的笔触。宋代以后，渐以文人画为主流，文人画是为了体现文人的精神，写实并非绝对必要，认为绘画只是一种层次较低的职业。然而，郭熙的《早春图》却没有文人画的匠气，细密的专业笔触全面性地占领了画面。郭熙表现出空间中布满光线与空气的景色，《早春图》的时辰是初春的时候，山岚从山顶上降下来，与夕阳照映的山脉相互呼应。

《早春图》最厉害的地方是其合理地处理了空间，由近到远的山脉、松树，依照二分之一、四分之一等大小比例，彻底发挥了"透视远近法"的技巧，郭熙的功力在此发挥到极致。其横轴、纵轴以

早春图
北宋 郭熙
浅设色绢本
台北故宫博物院藏品
158.3 × 108.1cm

樹德當榮滋
澗凍傳濕仙
居家上層不
藉松枝閒點
綴長山早見
氣如茶
己卯秊月
渦老

及画的长度，显现了明确的构图，令观者有种安定感。

元代画家黄公望的著作《写山水诀》中是这么说的："登楼望空阔处气韵，看云采，即是山头景物。李成郭熙皆用此法。"（学画画，就登高看云。这就等于是山头景物。李成和郭熙都用这个方法。）显示了郭熙对于自然之美的极端写实态度。大概是在唐及五代，中国的山水画是写实主义；而在宋代则以艺术的角度来完成写实主义的山水画，其中郭熙的作品完成度极高。本来水墨的山水画在中国不是主流，唐代以彩色的人物画和花鸟画居多，风景画则表达风水及神仙思想。宋代多以墨渗入或晕开为主发展出来的水墨画，形成诸多流派，集大成且自成一格的就是郭熙。

虽然如此，郭熙在当时并未受到很高的评价。北宋宫廷中，重视文人画的势力逐渐抬头，职业画家的形式不为所喜。宫廷中的作品慢慢被撤走，当作垃圾。对于自然的敬意、想要继续画出自然之美的想法渐弱，郭熙代表的自然美，也就无以为继。

宋代转至元代之间，文人的理想主义逐渐渗透，和写实主义两相抗衡拉锯。在元代还是写实主义比较占上风；到了明代，理想主义强大起来，渐渐形成山水画不画山水的风格。也许是因为这个理由，郭熙只留下一幅《早春图》。《早春图》是中国绘画史上的顶点，同时也是转捩点，这是唯一可以了解郭熙何以伟大的线索，有助于认识郭熙如何探索宇宙真理与神之大地。

06

散氏盘：
汉字诞生的理由

西周时代的铜盘。"散"是氏族名，同时也是国名。"散氏"和"矢氏"两国人发生土地纠纷，西周的调停者出面仲裁，将相关内容记述下来的铭文共十九行、三百五十七字，铸于盘内，以饕餮模样装饰，并有三只兽首。

文字究竟为何诞生，我时常思考这个问题。文字具有一种力量，可以超越语言之壁、距离之壁。如果是面对面的沟通，需要语言，但不需要文字。

在远古的中国，人们使用甲骨文象形文字，是比商代还要更早的事情。经过时间的酝酿，慢慢用来记录人们的意思、事件，传达思想，于是文字诞生了。这样的文字是人类文化史的杰作。究竟是谁造了汉字，即使到现在也无法说清楚。中国到象形文字出现为止，还称不上是独步世界；但是在象形文字之后发明的中国文字，蕴含文明呼吸的韵律，就算颁给一百个"诺贝尔奖"也嫌不够。

中国最早形成体系的文字是商代刻于龟甲或兽骨上的甲骨文，

而之后青铜器兴起，便出现了变化。当时的中国，各地区语言基本上差异很大。翻越一个山头，就讲另一种语言，要能相互沟通，极其困难。但是从原始的村落开始，出现了优秀的领导者，用武力征服邻近的村落，逐渐扩张势力范围。如此一来，"中央"的意思就需要传达给地方，但那是没有纸张、竹简的时代。因此，青铜器文化开始发展之初，在青铜器上刻文字是作为书信和公文使用的。然而青铜器的制作并不简单，而且造价昂贵，因此雕刻的内容是以占卜国家命运等重要议题的公文书为主。

青铜器和文字原始的"存在理由"，只要看《散氏盘》就有简洁说明，而且人人都懂。《散氏盘》的制作年代大约是西周末期。当时的周朝是封建制度，诸侯各自分封领土，松散地形成周王朝。这有点像美国联邦政府和州政府之间的关系，说

散氏盘
西周晚期 青铜器
台北故宫博物院藏品
高 20.6cm
腹深 9.8cm
口径 54.6cm
底径 41.4cm

不定周朝地方诸侯的权力更大。相较于诸侯和中央之间的关系，诸侯之间的竞争更为激烈，也因为诸侯相争，周王朝失去权力，很快地就进入春秋战国时代。而《散氏盘》是在周王朝尚保有权力的时候所制作出来的。

这个口径 54.6 厘米的青铜器，原本的用途是盛水。端端正正的十九行三百五十七个字散发着简单的美感，质朴又豪迈。刻在青铜器上的文字称为"金文"，正好呼应一字千金的价值。金文的铸刻精巧，也是时值西周晚期，追求自由的笔法令人感受到草书的萌芽。

《散氏盘》记载的内容是土地划界的问题。登场的是"散国"的诸侯，因此称之为《散氏盘》。散国领土多次被邻居矢国侵略，散国借助周朝的力量收拾残局，和矢国达成协议，矢国必须把夺取到的土地还给散国。散国就在今日陕西省宝鸡，矢国在其西北方，与散国接壤，两国都位于中原地区。在故宫文物南迁的三条路线中，宝鸡就在最北侧的这条路线上，也是包括《散氏盘》等文物的临时保管地，真是一段不可思议的奇缘。依据《散氏盘》的记载，矢国派遣十五人的代表团，将领地返还给散国，并赠农具表达歉意。散国则派遣十人的代表团接收，双方到场，由周王朝派来的官员监督，订立契约内容刻字于青铜器上，以资证明。

《散氏盘》其后不知为何埋入土中，就此长眠，一直到了清康熙皇帝时才被偶然挖掘出土，辗转经手多位藏家，在一八〇九年（嘉庆十四年）嘉庆皇帝五十岁寿诞时作为贺礼进献，自此收藏在宫中。但是嘉庆皇帝不像他的父亲乾隆皇帝那样喜爱文物，因此这份珍贵的献礼就被收在宫廷的仓库里。

　　清代末年的大混乱中，找不到《散氏盘》的相关记录，一般认为是大火烧掉了，但是后来又出现，而且出现的方式超乎所有人的想象。一九二四年溥仪被逐出紫禁城，第二年以清代文物为基础，创立故宫博物院。当时的院长马衡逐一盘点留在紫禁城内的文物，有位工人在仓库的角落发现一只布满灰尘的木箱。马衡打开木箱，看到里面的物品积满了数百年的灰尘，一时之间看不出是什么东西，当把灰尘擦拭掉，便出现了青铜器的表面。"这不是《散氏盘》吗？"马衡惊喜大叫。

　　其后，蒋介石将《散氏盘》带到台湾，收藏在台北故宫。马衡拒绝去台湾，选择留在大陆，于一九五〇年北京故宫博物院重新开幕时，担任首任院长。台北故宫到东京国立博物馆展示时，《散氏盘》放在主会场平成馆的入口处，成为每个进馆参观的日本人第一眼看到的故宫文物，由此可以看出，馆方希望通过这件文物传达汉字存在的意义。

07
龙形玉佩：
与权力结合的怪物

带灰色的青绿色玉，尺寸不大。龙是一种神秘的动物，精细雕刻的身形，精彩呈现龙的生命力。战国时代以龙为形状的玉佩产量丰富，当时战事频繁，贵族随身佩戴，誓言胜利。

包括现任院长冯明珠在内，连续三任台北故宫博物院院长都是女性。早期的台北故宫院长如蒋复璁、秦孝仪等，深受蒋介石信赖，都是政治上重量级的男性，但现在情况有点改变，女性担任院长也变成理所当然的事情。

作为博物馆界的龙头老大，形塑出华丽而明亮的印象，女性院长的确相当适合。台北故宫的首位女性院长是林曼丽，任期自二〇〇六至二〇〇八年间，她曾在东京大学念书，是个日本通。林曼丽的专长是当代艺术，她被拔擢担任院长后，积极推动故宫的改革。

林曼丽担任故宫院长之后，提出"Old is New"的口号，与国际知名品牌合作，开发商品，改变过去以保管及展示为重心的策略，

龙形玉佩
战国 玉石
台北故宫博物院藏品
20.5 × 7.6cm

为故宫找出新的定位。

我第一次和林曼丽见面是在故宫的院长办公室。"我想开发这样的商品。"她这么说,拿给我看的就是战国时代的玉器《龙形玉佩》。林曼丽笑着说:"你猜这是什么?"我东想西想还是猜不出来:"是……摆设的装饰吗?"林曼丽告诉我:"答案是开瓶器。"用龙爪当作抓住瓶盖的施力点来打开瓶盖,真的是想都没想到。我带回家一试,果然轻易就可以开瓶。

在此期间,故宫开发了很多博物馆商品,我个人最喜欢的是这个龙爪开瓶器,到台北故宫买了十个,如果有日本来的客人就当作台湾的土产来送。因为日常生活中开瓶器使用频率不高,也可以当作筷托、镇纸等。总而言之,龙是好兆头,是可以给人力量的吉祥物,摆在桌上,感觉好像有龙在一旁守护。

　　龙爪开瓶器的原型创意来自《龙形玉佩》，其制作年代是秦、赵、齐、楚、魏、燕、韩等七国争霸的战国时代，目前收藏在台北故宫。长20.5厘米、宽7.6厘米，尺寸不小的玉，龙口张开分为上下，身体像蛇呈S形，龙爪张得很开。

　　"玉佩"是当时的贵族或武士佩挂在腰上的装饰。在这个时代使用玉做的装饰品来彰显身份，皇帝和皇族等当时最高阶层的人物多会挂在身上。龙原本就是想象出来的动物，据说原型是从蛇开始联想的，可以飞天，是出世的神格化动物，甚至是"天"的象征。从战国时代以后，龙成为青铜器上主要的雕刻主体，一统中华的秦朝形成了"龙"的形象，直到今日。

　　此外，王权与龙的关系密不可分。司马迁的《史记》记载，汉高祖刘邦的母亲感应到龙而生下他，高祖的额头就像龙。龙的图腾是天子独家使用的，天子的脸是"龙颜"，天子的车是"龙驾"，皇帝的座椅是"龙座"，天子的衣服是"衮龙袍"，等等。北宋时代的哲宗皇帝下令"百姓不准随意使用龙的图样"；大臣官员是被允许使用，但不准用"升龙"，只能用"降龙"，龙已经彻底成了管理权力的政治生物。有一个词叫"逆鳞"，这是和龙身密切相关的用语，龙身上有八十一片鳞片，只有喉头一片是倒插的鳞，只要碰到这一片鳞，就会激怒龙，情况不可收拾。虽然不知道确切的原因，总之龙是皇帝的象征，如果让皇帝生气，就像碰到逆鳞一样。

　　龙本来就是想象中的怪物，爪的数目不管几根都可以，因此古代中国壁画上的龙，有的是三爪，也有四爪、五爪，没有特定的规则。后来龙的图样由国家管理，确定为"二角五爪"，也就是两只角、五只爪。但是龙和一般百姓相当亲近，不可能完全禁绝不用，因此在元代时曾经修法，除了二角五爪的龙以外，其他是可以使用的。因为有这样的缘由，在日本、朝鲜描画的龙爪大多是四爪以下，龙爪为四只似乎也成为一种"定论"。

到了清朝，龙与权力结合更稳固，只有五爪的才是龙，其他的不称龙，而为蟒。蟒是一种大蛇，因此五爪龙以外的，都是蛇。从这个意义来看，龙和蛇本是同种，但是龙在天上飞，蛇在地上爬。对于人类来说，飞龙在天，等于登上神仙住的地方。体型弯曲飞翔的龙，通过《龙形玉佩》而传世。

08 陶马:
第8话 帮助故宫的日本人

唐代制作的陶马俑,看起来像陪葬品。不像唐三彩的颜色那么多彩,灰陶上只有单色。马匹跳跃的动感神灵活现,让人觉得是从西域带到中原的野生马。之后大量制造的唐三彩陶马俑,显现着被人类圈养的成熟,两种表现之间有着极大差异。

　　每次到台北故宫,不是先从正门进博物院,而是先到左侧的图书文献馆。找到位子,放下行李,坐下来查阅资料。累了就到博物院看展,换个心情,简单用餐,再回到图书文献馆工作。开放时间从早上到傍晚,可以无线上网,通常没什么人,是一个舒适的研究空间。

　　每到图书文献馆必读《故宫文物月刊》,这是台北故宫发行的月刊杂志。这份刊物不只是纯粹的专业杂志,也会有台北故宫专家撰写的文章,介绍最新展览的文物及故事,参考价值极高,我会尽量每期都读。这份《故宫文物月刊》过去是以季刊发行,一九七六年夏季号刊登了台北故宫在一九六四至一九六七年间接受外部捐赠的文物清单，捐赠者当中有不少日本人，令我感到惊奇。日本代表性考古学者梅原末治、陶瓷研究头把交椅小山富士夫都名列其中。"坂本郎先生，唐三彩罐一件、唐三彩马一件"这个记录其实误缮了名字，"坂本郎"应该是坂本五郎，他是日本古董商界的传奇人物。

　　坂本先生一九二三年出生于横滨，是东京古董店"不言堂"的创始人。二十世纪七八十年代，他屡次高价购买世界级的中国陶瓷，以"Sakamoto"之名轰动国际艺术圈。现在由他的孙子继承经营"不言堂"，坂本先生本人则住在汤河原（神奈川县知名的温泉乡），过着怡然清幽的日子。我曾经到访其汤河原的宅邸，聆听坂本先生畅谈当年，提到与欧美买家竞标艺术品的精彩过程，一连讲了好几个小时。

　　坂本先生曾在《日本经济新闻》撰写文章，连载《我的履历》，后来以这些文章为基础，润笔出版自传《一声千两》（日本经济新闻社，一九八八），娓娓道出了他的前半生。依据这本书的记载，加上其亲口所言，一九六四年访问台湾的坂本先生，对于台北故宫收藏之丰富瞠目结舌，但是对于宋以前的古陶瓷付之阙如感到惊讶不已。当时接待他的是台北故宫某个长官，坂本先生提出了这样的疑问。"故宫珍品基本上是乾隆皇帝的收藏，以官窑为主，就算想搜罗宋朝以前的古陶瓷，也没有预算。"这位长官如此回答。坂本先生对于台北故宫的接待，想要表达回礼的心意："我想要捐赠一件文物给故宫。"

　　一年后，台北故宫的副院长谭旦冏等一行人赴奈良考察正仓院展览，特别拜访坂本先生。坂本先生拿出了他认为最好的三件收藏

陶马
唐代 陶器
台北故宫博物院藏品
约 68×65cm

品，台北故宫方面中意的是瑞典人安特生（J. G. Anderson）发现的才出土的彩纹土器《安特生大壶》，以及唐三彩佳作《陶马》。几经考虑，最后带回台北的是《安特生大壶》（台北故宫称为《半山式彩陶罐》），这件几年之前曾因坂本先生高价竞标而在伦敦的拍卖会上形成话题。又过了一年后，坂本先生收到台北故宫寄来的公文，故宫表示之前没有选中的《陶马》，希望坂本先生仍愿捐赠。看得出来台北故宫是厚着脸皮说的。坂本先生是一个性情中人，一年之前愿意让予，但是此时他却认为"这件名品可是未曾在欧洲的博物馆或在日本公开展示过，等于是从未出现在市场上的，战后第一次从旧财团的仓库中拿出来，是'商业市场之外的秘密珍品'"，因此拒绝了台北故宫的请求。但是，坂本先生后来还是又改变了想法："如果回到故宫博物院，等于回到故乡，不管是对于留下这件珍品的民族而言，或是对于这匹马而言，可能都是最佳的落脚处吧！"于是写信给蒋院长，表达愿意捐赠的心意。

捐赠当时，台湾全岛欢迎坂本先生，从机场就安排前导车。第二年台北故宫博物院特别邀请坂本先生访台，同时也邀访中国陶瓷方面的大师小山富士夫、京都大学教授梅原末治同行。除了蒋院长亲自接待外，还安排会晤了多位重要官员，当时担任要职的张群是蒋介石身边重要的日本通，也出面举办茶会。台湾媒体也刊登相关报道，内容非常正面而友好："我国五千年历史，有几千万件的宝物流落在海外，到了本世纪初，宝物终于物归原主，实现一大壮举。"

坂本先生九十大寿时，曾把收藏的好东西拿到二〇一三年苏富比秋季香港拍卖会上，苏富比还特别制作坂本收藏专刊，成为拍卖会上的焦点。坂本先生提交的十二件作品，编号为一一一至一二二号，包括北魏时期的《观音像》与《菩萨像》、北齐的《狮子头像》，都是藏家们垂涎三尺的佳作。其中最受瞩目的是唐代的《佛头像》，最后的成交价是四千万港元，比原来预估价多了好几倍，以当时的汇率计算，相当于五点五亿日元，创下唐代佛像的最高价格纪录。十二件作品的成交总价达日币十五亿元，拍卖圆满成功。

果然是"世界的Sakamoto"，让世界吃了一惊。

09
宋徽宗书诗：
风流天子徽宗的威力

宋徽宗的功绩，除了他自己的艺术创作成就外，还以皇帝的权力新创"画坛"及"书坛"。《宣和画谱》收录了宋徽宗时期一流画作的谱录，《宋人书册》收录宋徽宗的诗，以"瘦金体"写成，宋徽宗在画与书法两界都留下了历史印记。

宋徽宗是北宋最后一位事实上的皇帝，他被称为"风流天子"其实有点戏谑的意味，甚至是愚蠢的代名词。然而，宋徽宗对于中华文化的贡献及影响之大，说他是"前无古人，后无来者"，一点也不夸张。

中国皇帝的权力愈巩固强大，文化也就愈随之风行。例如唐太宗李世民、清高宗乾隆皇帝，都是各王朝的全盛时期，文化政策也是全盛时期，出现这样的结果，绝非偶然。提到宋徽宗，马上浮现在脑海中的就是他被折磨而死的样子。女真族从北方攻打过来，成立金国。一般的说法是宋徽宗被活捉到北方，关在五国城的大牢里，最后死在土炕。就算是被敌国俘虏，下手也不至于这么重，但是宋徽宗的确是在极为恶劣的情况下惨死的，对于一位中国历史留名的风雅之士而言，下场堪称凄惨。在日本，没有皇族被凌虐致死的例子，也许因为日本是温和的岛国性格，不会对政敌追杀到底，多是给予名誉之死。宋徽宗在政治上的无能，几乎是定论的说法，但是我不认为宋徽宗是彻底的无能。

从记录上来看，他也曾在政治上付出努力，推动都市及福利政策，以改善民众的生活。但是周遭的人为了自己的利益用计颇深，刻意把宋

宋徽宗书诗
北宋 书册
台北故宫博物院藏品
32.2×63cm

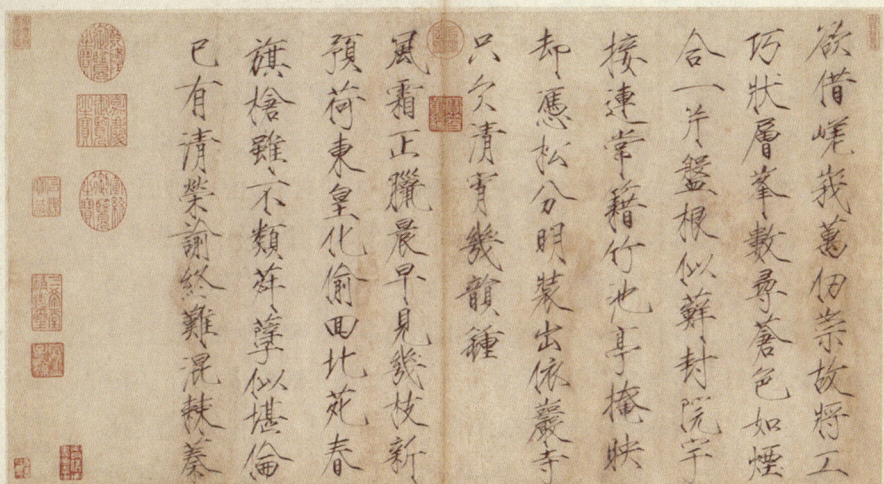

徽宗拉出政治圈，以致宋徽宗的政治才能没有机会开花结果，当然宋徽宗自己能力不佳，也是事实。

　　一般而言，没有知性的无能之人，不可能创作出有价值的艺术。中国历史小说《水浒传》等，十分强调是非善恶分明，宋徽宗的无能是被刻意放大夸张了。针对这点，日本作家北方谦三的《水浒传》，曾经写到辅佐宋徽宗的宰相蔡京是个有能力的人物，试图力挽宋代江山。我认为这样的说法很有说服力；事实上，蔡京在宋代是明星级人物，留下不少很好的书法作品。

　　"无能"的反面如果是"万能"这个词，那么宋徽宗在艺术上的确是"万能"。不仅超出皇帝的职权范围，还远远超越一般文人的水准，按照这样的说法，好像宋徽宗不该当皇帝似的。

　　在宋徽宗的统治之下，设立了中国早期的宫廷画院之一。宋代以前的唐朝、五代十国，绘画是属于贵族间师承的兴趣嗜好，也就是说，没有所谓的职业画家。北宋设立画院之后，原则上不限身份，有志者通过测验选拔出来，就可以进入画院的培训中心。培训中心毕业之后，优秀人才留在画院为皇帝画画，成为宫廷内的职业画家。收藏在北京故宫、有中国第一名画之称的《清明上河图》，作者张择端大概就是这类本来身份地位不高、进入画院的宫廷画家。

　　宋徽宗经常视察这个宫廷画家的培训中心，喜欢和年轻的艺术家聊天，交换绘画创作的心得。有一回，宋徽宗要这些年轻画家画孔雀，在当时的画坛，通常的画法是把孔雀的右脚提起，学生们也都这么画；但是宋徽宗看了学生的画，直言指出："要仔细观察，孔雀都是提起左脚的吧？"另外还有一个故事：宋徽宗要学生画画，主题是"乱山藏古寺",学生们多半是画群山之中有一座古寺,但是宋徽宗选中的画是在乱山之中微微看见一支旗杆。宋徽宗探索诗的意境,展现了更高层次的追求。

宋徽宗的书法和绘画都是一流,这就不必再赘言。他爱画花鸟,充满生命的张力,执着于写实描绘,刻画入微,如此用心于绘画的皇帝,说他无能,有点难以相信。宋徽宗的艺术成就之中,最吸引我的是书法。其字称为"瘦金体",瘦细劲挺的独特书写,令人体会到敏锐的美感意识,像金属般的笔画,明确的笔触终止;无论是纵线或横线都细长得令人难以置信,像尺画出来的直线。中国的书法比较倾向于自由乱笔的技法,字体像在游泳,或像是飘浮空中。从局限在"形"之内的儒家思考破出,自由发挥,虽然宋徽宗喜爱道教,但是他的书法并没有展现道教的悠游。

宋代的主流是草书,历史上受到好评的也多是草书的作品,宋徽宗的瘦金体是楷书,独树一格,也许因为太特别了,以致后继无人。每一本相关的书籍,都只介绍"瘦金体"的独特书体,焦点多着墨在宋徽宗的绘画和日常的生活情形。

有人说,看得出来宋徽宗曾向王羲之学习,也有人认为他受到颜真卿的影响。无论如何,对我而言,宋徽宗的书法才是理解其个人的关键钥匙。

10

寒食帖：
命运悲凉的名品

苏轼（一〇三七至一一〇一）是四川人，号东坡，官运不佳，载浮载沉。北宋是文人的黄金时期，他的诗词及书法留下了辉煌灿烂的成绩。他被贬官时，写下了《寒食帖》："君门深九重，坟墓在万里，也拟哭涂穷，死灰吹不起。"（想回朝廷，但是远在九重之外；想回乡，但祖坟也在万里之遥。想学习阮籍的作品，只可惜我早已心灰意冷。）可见苏轼当时不安的心情。

在日本举办的"台北故宫博物院展"中，《翠玉白菜》展出两周后返台，接着最令人瞩目的展示作品就是苏轼的《寒食帖》。这件作品和日本有特殊渊源，因此特别一提。在台北故宫有关苏轼的藏品之中，《寒食帖》是评价最高的一件，也曾被日本人收藏。台北故宫收藏的苏轼作品除了《寒食帖》之外，还有《前赤壁赋》等两件，北京故宫则有三件。

清朝时，《寒食帖》成为紫禁城内皇帝的收藏，清朝末年流出到民间，通过中国收藏家转由日本的菊池惺堂买进。菊池家族是富商，东海银行的创办人，也是知名的文物收藏家。菊池先生购入《寒食帖》的第二年，发生关东大地震，菊池家大量的收藏品全都因火灾付之一炬，菊池先生冒着生命危险，唯独抢救了《寒食帖》。之后，菊池先生拜托京都大学教授内藤湖南写序，特地到内藤先生在京都的家中拜会，并请他帮忙鉴定。依据那

寒食帖
北宋 苏轼 纸本
台北故宫博物院藏品
34.2 × 199.5cm

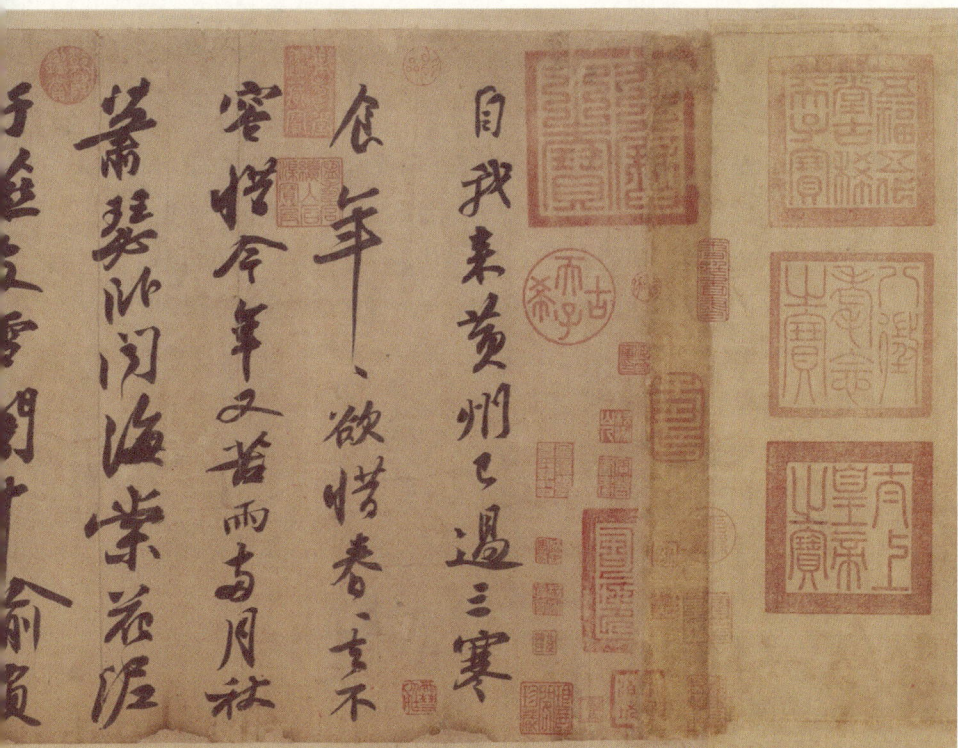

篇跋文的叙述，内藤先生也曾在北京看过《寒食帖》。

二战之后，《寒食帖》再次回到中国。中华民国重要政治家王世杰搜寻买下了《寒食帖》。随国民党撤退到台湾的王世杰历任重要职务，他将《寒食帖》捐赠给台北故宫。《寒食帖》因为此次展览再次踏上日本的土地，是一个很有历史意义的巡回展。

日本的汉文教科书收录有苏轼的诗作《春宵》，因此在日本熟悉苏轼的人不少，多称他为苏东坡，用中文的话"苏东坡"比较好念，也比较多人如此称呼。苏轼是本名，东坡是号，就好像绰号和笔名一样。

苏轼除了是官员，也是文人、书法家、诗人、画家，从今日的眼光来看，是个全方位的超人。按当时中国的价值观，地位崇高的人物，如果没有文化方面的才华，也不会得到尊敬。苏轼的文化素养令其他人望尘莫及，特别是诗词和书法，但是他在仕途上却怀才不遇。当时的北宋朝廷内新旧党争对立，依现代的说法就是保守派和自由派的对立，苏轼支持"旧党"，反对变法。当时"旧党"处于劣势，苏轼因诗文暗批皇帝而入罪，贬官至黄州乡下。苏轼在这里盖了自己的书斋，因为当地名为"东坡"，就把东坡作为"号"。在这段期间他写给朋友的信，就是《寒食帖》。

进入《寒食帖》之前，先说说什么是"寒食"。如同字面所呈现的，是指不用火的冷食。冬至后的第一百零五天，中国称为"寒食节"。在这段时间有吃寒食的习惯，从季节来说大概是迎接春天到来之前。传说中，寒食节的由来是春秋时代晋国的忠臣介子推被烧死，晋文公为了悼念他，因此下令禁止用火烹煮食物。然而事实上，更早之前已有宗教相关的禁忌。这个习惯一开始和扫墓无关，在唐朝时就有扫墓的习俗，寒食的时间点和清明节差不多重叠，经过寒冬窝在家里不出门，到了这个时候，人们终于可以出门到郊外走走，称为"踏青"。

写《寒食帖》时，苏轼四十七岁。以当时人类的平均寿命来看，已经到了中壮年晚期阶段。在遭到贬官及半监视的状态之下，苏轼与他人的对话及书信文章，显得更加谨慎小心，终日郁郁寡欢。人在黄州，终于来到第三年的寒食节，更加感到孤独和倦怠。

《寒食帖》的开头是这么说的："自我来黄州，已过三寒食，年年欲惜春，春去不容惜，今年又苦雨。"（我来到黄州，已吃过了三次寒食，年年等待春天，但又很快远去，今年特别多雨。）苏轼愚痴地充满负面的感情，刚开始的字写得很小，随后愈来愈大，笔画甚至开始变粗，怎么压抑也无法停止的思绪，随着笔触流露出来。从笔法解读苏轼的心情，也是欣赏《寒食帖》的重点之一。

学习了晋朝王羲之与王献之父子、唐代颜真卿、五代杨凝等历史名家的书法后，苏轼开始追求自己的风格。在苏轼的书法作品当中，生在现代的我们可以欣赏的最佳作品应该就是《寒食帖》吧。此外，《寒食帖》到处辗转流离的历史，也象征了苏轼起伏不定的官运。

汉学家白川静在他的著作《白川静回想九十年》（平凡社）中指出，"书写的原点在书信"。白川先生把过去刻在青铜器上的金文，或是拓印在石头上的隶书拿来做比较，说明书信的意义。"书信建立在人与人之间的关系上，因此草书也来自人际关系。如果要展现书写的艺术性，就非书信莫属了。""现代人要建立人际关系，写信应该是最直接的方法。因此我认为书写的原点在书信。书写的原点就在于日常生活的人际关系之中。"书写当中的"人性"就是表现书法的核心价值。读了白川先生的文章后，就能完全理解其中的意义。《寒食帖》迄今仍是书法家及一般艺术爱好者的最爱。有人说书法和人是一体的，正好体现苏轼及《寒食帖》之间的关系。

11
清明上河图：
乾隆皇帝期望的清代版本

由陈枚等五位宫廷画家奉乾隆皇帝之命合作绘制，以北宋张择端所画首都开封的《清明上河图》为基础范本，参考各个时代制作的版本，反映出明清时期的风俗及社会情势。又因受到西洋绘画的影响，使用设色为其特色，也画出张择端作品中所没有的宫廷。

全世界最广为人知的中国画就是《清明上河图》，这幅画仔细描绘了北宋开封的繁盛风貌，开封也是当时世界最大的都市。这幅长卷可略分为三段风景。第一段从背着薪柴的骡子一行开始，在杨柳及农村之间，沿路有几间客栈和酒店并排，画面逐渐移到大河上。第二段以著名的虹桥为中心，沿着河岸有各式大小船只停泊，周边的酒馆、露天市集、往来人群在船只停靠的地方聚集。第三段来到城门，大街两侧是大型餐厅、药店、公家房舍等，来来往往的卖药商人、算命师、和尚、理发师、官人等。

简单来说，这是一幅开封繁荣景象的缩影，没有太高的艺术价值，但是从社会史、经济史、文化史的学术层面来看，却极有价值，

非常稀有。我于二〇一二年出版《谜样的清明上河
图》，在采访及撰写过程中有一本中文写的论文
集《〈清明上河图〉研究文献汇编》令我最为印
象深刻。这是两位住在中国东北辽宁省沈阳的民
间人士所写，基于对《清明上河图》的关心，搜

清院本
清明上河图
清代 设色绢本
台北故宫博物院藏品
35.6×1152.8cm

罗了战后的相关论文，其中也有不少从日文翻译成中文的文章。此论文集共计收有一百零二篇，总字数达一百万字。对于一幅画来说，这是空前绝后的事情。这些当然不可能网罗所有文章，应该还有更多其他关于《清明上河图》的文章。

《清明上河图》吸引了这么多研究者的兴趣，尤其是世界上存在着这么多版本的《清明上河图》更是有趣。奈良大学名誉教授古原宏伸专精于《清明上河图》的研究，根据他的调查，即使只计算收藏在美术馆的《清明上河图》，全世界也有四十一幅。

四十一幅的位置分布如下："日本十八幅、台北十三幅、纽约六幅、伦敦四幅、北京一幅、芝加哥一幅、洛杉矶一幅、布拉格一幅。"另一方面，北京故宫相关人士出版的《清明上河图：珍藏版》一书中指出，全世界有五十幅《清明上河图》，包括中国大陆十幅、中国台湾十幅、日本十二幅、美国六幅、欧洲六幅。两种数字有点差异，但是日本都是数量最多的地区，这真是一个不可思议的现象。

我曾经两度看过收藏在日本的《清明上河图》，一幅在大仓集古馆，地点就在东京大仓大饭店园区里，每年展出一次；另一次在奈良县立博物馆，该馆藏有两件，因为事前联系馆方，得以从库房取出观赏。其他有名的收藏地点包括冈山县的林原美术馆、茨城县的筑波山神社。东京国立美术馆也有收藏，但是该件作品的品质好像不佳。这些基本上都是摹本，但并非刻意伪造成很像真品。因为《清明上河图》是超人气作品，明代就有大量摹本出现，其中不乏出自名家之手的作品，具有艺术上的价值。但无论如何，北宋画家张择端的真品收藏在北京故宫，这点是千真万确的。

　　另一方面，台北故宫也有一件《清明上河图》的"真品"，这不算摹本或仿本，这是清代画的《清明上河图》，和北京故宫的是两件不同的东西，只是作品名称相同罢了。以作品而言，这是一幅相当有价值的艺术品。此作于一七三六年清乾隆皇帝时，集合宫廷内五位一流的画家陈枚、孙祜、金昆、戴洪、程志道共同完成，因此称为《清院本清明上河图》。此作宽 35.6 厘米、长 1152.8 厘米，张择端的作品锁定在首都开封的热闹市街上，相较之下，清院本加上了宫廷、池塘的景色。绢本设色，充满端丽的气息，美丽的色彩增添了清代绘画的风情。清院本的卷首和卷尾都有皇帝的朱印，包括"乾隆御览之宝""养心殿鉴藏""三希堂精鉴玺"等，每个都是乾隆皇帝鉴赏之后亲手盖上的朱印。猜想乾隆皇帝应该是相当喜爱吧，显然也是特别仰慕《清明上河图》，因为他在世时没机会亲眼看到《清明上河图》的原版作品，所以创造一个新版来满足自己。

　　历史的发展有时不能如人所愿，就在乾隆皇帝死后，原版出现了。这幅画在浙江官员陆费墀手上。陆费墀曾在清代翰林院负责编纂《四库全书》，收藏《清明上河图》，临终前托付给最值得信赖的好友毕沅。毕沅是文化界的名人，因为某个事件遭到抄家，家产全部被朝廷没收，《清明上河图》因此进宫。当时的皇帝是嘉庆帝，接任了在位六十年的乾隆皇帝，他非常喜爱《清明上河图》，将其正式列为宫廷的收藏，就放在紫禁城内的延春阁。

　　二〇一二年东京国立博物馆举办北京故宫展，这幅张择端画的《清明上河图》到日本展出。从未渡海出国的作品竟然到了日本，令人难以置信，因而在日本掀起了一阵《清明上河图》热潮，就像台北故宫《翠玉白菜》到日本展出一样，排列的队伍长达几小时之久。展出时间也和《翠玉白菜》一样，只有两周。果然"国宝"不能在海外停留太久。据知《翠玉白菜》是台北故宫的常设展品，为了顾及参观台北故宫的民众需求，因此把展期缩短。而北京故宫并没有《清明上河图》的常设展，听说是担心画作品质会恶化，所以只展两周。

上海世界博览会时的高人气动画《会动的清明上河图》，后来在台北上映，造成轰动，我也到了台北的现场与一大群观众一起欣赏。二〇一五年年初访问台北故宫时，看到《清院本清明上河图》的动画也制作完成上映。但是就动画而言，上海世界博览会版还是略胜一筹。北京故宫的《清明上河图》和台北故宫的《清明上河图》，就像超越时空的兄弟一般，真希望能一次同时欣赏两图，应该不会只有我这么想吧？

12
赤壁图：
唤醒三国的热血

活跃于十二世纪后期的金代画家武元直不是汉人，却深受汉文化的影响，留下许多佳作，不过只剩下这件作品流传于世。这幅画以苏轼的《赤壁赋》为主题，苏轼头戴纶巾，乘着小船荡漾在江波上。笔触力道强劲，好似用斧头把山壁劈得凹凸不平。

几年前中国电影《赤壁》上映，故事就是以历史小说《三国演义》中最精彩的"赤壁之战"为背景，主要演员包括中国台湾的金城武、林志玲和日本的中村狮童，造成轰动，票房也颇卖座。电影片名虽然不错，但是到日本上映时，却刻意使用英文的"Red Cliff"表达赤壁之战，显得有点突兀。也因为这部电影令人注意到赤壁，这在东亚地区可是具有压倒性的品牌力量。

中国的赤壁，等于日本的关原。赤壁之战让曹操一统天下的梦碎，打开魏、吴、蜀三国鼎立时代的序幕；而赤壁就是曹操、孙权、刘备三人所率军队相争的地方，结果是曹操大败。其中仍有不解的疑点，曹操是一位优秀的将军，为何会败给孙刘联军？小说《三国

演义》认为曹操虽有压倒性的军力，但是他的轻敌是
战败的主因。电影《赤壁》中，曹操被周瑜的妻
子所引诱，周瑜是孙权手下重要的将军，因而引
敌入瓮。但这些实在都难以全然说服人。无论如
何，如果曹操在赤壁没输，就不会有"三国演义"

赤壁图
金代 武元直 水墨纸本
台北故宫博物院藏品
50.8×136.4cm

的故事；虽然对曹操有点失礼，但是从人类文学史的整体意义来说，这个结局是美好的。

《三国演义》中最著名的舞台就是赤壁，武元直的《赤壁图卷》以赤壁为主题，是一幅极为优秀的作品；对于台北故宫而言，一定也是佳作中的佳作。不过要从武元直出生的金代更往前推，回到宋代，才有办法理解这幅画的价值。武元直是金代擅长山水画的画家，金代是消灭北宋的王朝，统治阶层是女真族。从武元直的名字来看，这不是女真族而是汉族的名字，不过他的相关经历并无记载。

画中的苏轼和两位友人乘着小船，游览赤壁。小船的量词是"叶"，从画面看来，真如一叶扁舟，随波荡漾。天候稳定，风吹不动的样子。对岸是赤壁耸立，细致的笔触画出绝妙的水波，在稳定中摆动。整张画带着薄墨晕开的颜色，大自然也显得优雅起来，富含苏轼提倡文人画所具有的气息。

苏轼前后写出两篇《赤壁赋》，都是他的代表作。苏轼遭贬官之后，来到黄州，感叹人生的无奈，感佩赤壁英雄，思量万物的变与不变，因而写下《赤壁赋》，成为留名千古的作品。但是事实上，苏轼未曾到访过赤壁古战场，而是在他的贬官地黄州有一处名叫"赤鼻"的山壁，苏轼乘船游经此处时缅怀赤壁，写成诗词，因此赤鼻又称黄州赤壁，并称为"文赤壁"，名气更胜真正的赤壁。而真正打仗的赤壁也和文赤壁同样位于湖北省，在一个叫"蒲圻"的地方，现在的行政区划名是"赤壁市"。为了和"文赤壁"有所区别，此地称为"武赤壁"。台北故宫收藏有赵孟頫的《行书赤壁二赋》，赵孟頫写了各式各样的书法，书写这部作品时正值四十八岁的壮年巅峰时期，笔法成熟而优雅。

赤壁深深掳获了中国人的心，原因何在？主要还是因为《三国演义》是一般民众熟悉的通俗小说，赤壁之战又是其中最精彩的场面，当英雄曹操被刘备孙权联军击垮之时，令人大呼过瘾吧。虽然未必同意曹操的行径，但我自己心情上比较偏爱曹操；就算如此，故事还是故事，只能干脆接受吧。

赤壁之战改变了中国的历史，魏国如果统一全国，恐怕曹操会承接汉朝帝国的规模继续下去。在赤壁战败后的曹操，之后不再驰骋沙场，把统一中国的大业交给子孙。曹家优秀的后代仅到儿子曹丕、曹植为止，之后的子孙并未继承到曹操天才的血统。魏国后来被司马家消灭，但是司马家所建立的晋也是个国力衰弱的王朝，短命而终，要实现中国的统一必须等到隋唐的出现。

坐在船上望着赤壁，一面思索历史的轨迹，我也像苏轼一样沉浸跨越历史的时空中了。赤壁已远，苏轼更远，三国的热血和苏轼的思索这些意象，通过这幅画在我们的眼前苏醒了。

13

青花龙纹天球瓶：
元代的全球化商品

明代的青花在永乐宣德年间进入最盛时期。青花的原料是钴，从中东进口，可以发出娇艳夺目的颜色。永乐的青花最具代表性，白瓷器上深蓝色的龙，白与蓝的对比与协调，非常好看。龙弯曲的身体缠绕在瓷器上，展现龙的伟大，称之蟠龙。年轻的龙好像飞腾起来，爆发力栩栩如生。

"以陶知政"，我在研究古瓷专家弓场纪知（前兵库陶艺美术馆副馆长）的著作《与陶瓷器相遇》中，读到这句谚语。经由兵库县白鹤美术馆资深研究员山中理的介绍，我最近认识了弓场先生，并和山中先生一道拜访他。弓场先生在家里以关东煮招待我们，畅谈的内容和关东煮一样美味。他说："从陶器与瓷器可以了解当时的政治及社会环境。"如果要把陶瓷器发挥到极致，是当成艺术品还是日用品呢？基于经济学的市场原理，可能还是日用品吧，与社会生活结合的日用品，方能反映时代的脉动。在白色的瓷器上，用钴料画上花纹，称为"青花"，日文称为"染付"，或说"青花"

也通用。"花"在中文的意思是指花样、图案；英文的说法更直接，称为"blue and white"。原本以为青花瓷器是明初的东西，后来才知道，其实十四世纪后期的元代就已经开始生产了。

　　元代开始，景德镇正式成为生产中心，形成对外输出的产业。此前的中国瓷器只在中国大陆消费，顶多通过交易、朝贡的方式扩及朝鲜、日本、越南等周边的中华文化圈，此外并无流通的管道。然而，随着青花的技术发展成熟，建立世界帝国的蒙古人把这批世

青花龙纹天球瓶
明代永乐 瓷器
台北故宫博物院藏品
高 42.2cm
口径 9.3cm
底径 16.2cm

界水准的中国瓷器成功转换成全球化的商品。原来钴这种原料在中国并无生产，伊朗等中东国家则用于陶瓷器的上色；但是伊朗没有可以让钴原料发挥绚丽色彩的白瓷器。把中国的瓷器和伊朗的颜料两相结合，这是蒙古人的功劳。对于欧洲人、中东人来说，真正开始接触的中国瓷器"CHINA"就是青花，青花的魅力掳获了他们的心。

第一次访问伊斯坦布尔的托卡比皇宫时，最令我惊艳的是皇宫里大量的青花瓷收藏。奥斯曼土耳其帝国的托卡比皇宫已有六百年以上的历史，在一九二三年土耳其共和国成立之后，皇宫直接变成博物馆。如果想看世界级质量兼备的青花瓷收藏，土耳其是首选。这里收藏了超过一万件青花瓷器，都是奥斯曼皇家款待数百人、数千人宾客时使用的瓷器。当时在阿拉伯，青花瓷器相当普及，用于部族宴会；但是埃及和其他中东地区曾经使用的青花瓷都没被完整留下，推测是被奥斯曼土耳其军队掠夺，都带到伊斯坦布尔去了。奥斯曼帝国当时对外侵略的动机之一，就是为取得青花瓷瓶。

明朝推翻元朝，继承了青花瓷器的制造，并在永乐、宣德、成化三代达到巅峰，而青花瓷瓶对外出口的最盛时期也是这三个皇帝当权之时，现在出现的青花瓷赝品就常见到瓶底写着"大明永乐年制"。永乐之后是宣德，宫廷内也把青花瓷当作皇家器皿使用。

一直到宋代，窑烧器物基本上都是单色，不流行在器物上画图或彩绘。宋代单色纯粹的美令人叹息，而后导入青花，为中国陶瓷器注入了新活力。白色基底加上带有透明感的蓝色，装饰的花纹多是龙凤这种传说中的动物，也是供皇帝使用的证据，器物的外观颇显庄严。民窑的青花主题多为花鸟人物，也出现过很好的作品，这也反映出蒙古的豪迈气息。元代的青花雄浑有力，在白色的空间藏入钴蓝；相较之下，明代的青花显得优雅高尚，留白的地方比较多，而这样的比例让蓝色更显鲜艳。

青花普及之后，瓷器皿加入了绘画的要素。现在的瓷艺家是捏瓷土、上釉、彩绘、烧制全都一人包办，但是在当时，画师和瓷工是各有分工的。画师开始进入窑场工作，让窑场热闹起来。刚开始，一流的瓷工如果在自己的作品上作画，可是失颜面的事情。

明代因为下了"禁海令"，禁止海上各类活动，又有倭寇入侵，因此中国和日本之间的贸易并不畅通。官窑暂且不论，民窑的制品在十七世纪大量生产，虽然完成度不如官窑，但是白底加上鲜艳的绘画，与日本人的审美观一致，虽然海上贸易受到阻绝，但仍流传到日本。

日本人将青花用于染织上，称之"染付"，钴颜料的名字叫作"吴须"（吴州）。景德镇制作了不少日本人喜欢的青花瓷器，例如日本将明代民窑所做的釉上五彩器称为"古赤绘"，万历五彩称为"万历赤绘"。在日本被称为人间国宝的柿右卫门，其祖先就曾在制陶上应用明代青花瓷器的技术。

中国的青花瓷席卷全世界，到了现在又再度引发青花热潮。中国近年来因为经济成长，开始流行搜集收藏古董、艺术品。春秋拍卖季，经常在北京和上海的五星级饭店举办大型拍卖会。此类拍卖会上，最热门的瓷器就是青花，曾经创下最高价纪录。"以陶知政"这句话也可以用于解释今日中国的经济高度成长，其富强程度确实可媲美当年的元帝国及大明王朝。

14
快雪时晴帖：
乾隆皇帝称为"神"的作品

大雪后，写信给好友问好的行楷书短文书简。明代鉴赏家詹景凤指出，此帖"笔法圆劲，意致优闲逸裕"，对赵孟頫的行书有很深的影响。用笔细致照顾到起笔和收笔，优雅中又有朴质稳重的神态，乾隆皇帝十分珍视这份原作，一再反复鉴赏。

崇拜王羲之，称其书法为"神"的是乾隆皇帝，证据就留在王羲之的作品《快雪时晴帖》上。虽无正式记录，乾隆皇帝应该是憎恨唐太宗的，因为他把王羲之的最高杰作《兰亭序》当作陪葬，跟着自己埋进了坟墓。乾隆皇帝找到了王羲之仅存在世的唯一真迹《快雪时晴帖》，目前收藏在台北故宫，很长一段时期内这部作品被认为是真迹，而今台北故宫却好像对其"是不是真迹"避而不谈了。

此作内容简短，也很可能只是信的一部分，称为"断简"。"……快雪时晴，佳想安善，未果为结，力不次。王羲之顿首。"翻译为白话就是："刚下了一场雪，现在又放晴，想必你一切都好，上次的聚会我没去，很抱歉，希望再见。王羲之顿首。" 内容看似没头没尾，因为一开始的文字是"快雪时晴"，就以此为名。用最开始的一句文字作为标题，已成为习惯。

乾隆皇帝认为这是真迹，因为这部摹本真的十分精致。紫禁城降雪时，就取出来欣赏。后来才知道，《快雪时晴帖》极可能是唐代的摹本，技法相当高明。所谓摹本，并不是把真迹放在一

快雪时晴帖
东晋 王羲之 纸本
台北故宫博物院藏品
23 × 14.8cm

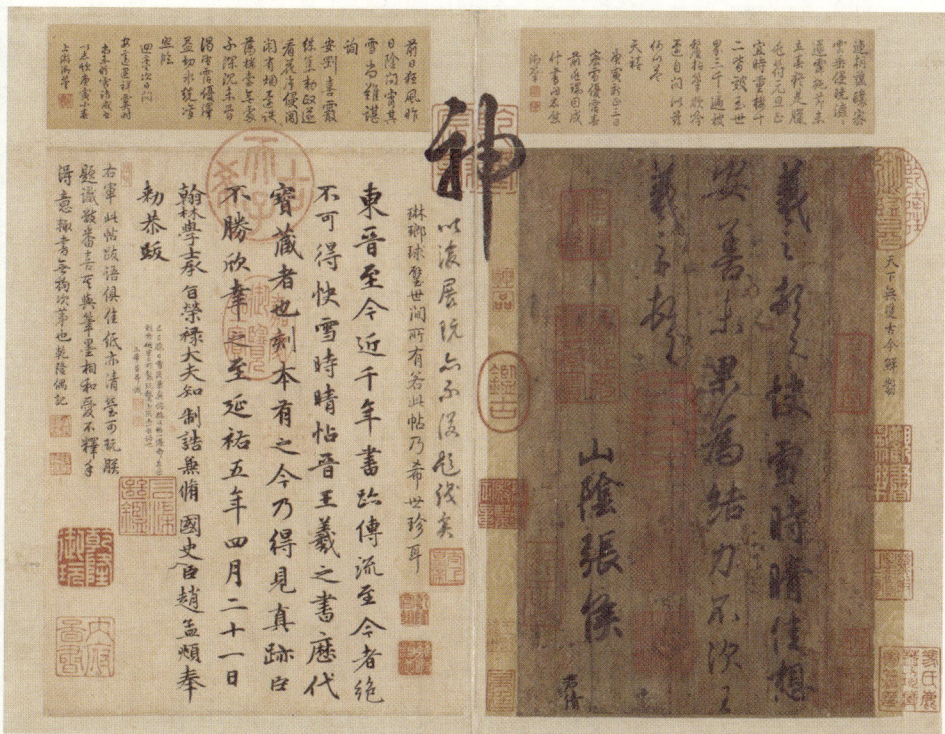

边临摹，而是直接把纸张放在真迹之上，先描出字的轮廓，再用墨汁涂满，这种技法叫作"双钩填墨"。唐代在宫中有一个专门的人叫"拓书手"，就是从事这样的拓印工作。东京国立博物馆过去曾举办王羲之特展，详细解说双钩填墨，让我这个门外汉也能充分了解这项工艺技术。

乾隆皇帝数不尽的珍藏品中，有三件号称"名品中的名品"，就是王羲之的《快雪时晴帖》、王献之的《中秋帖》、王珣的《伯远帖》，称之"三希"，鉴赏名品的房间就命名为"三希堂"。事实上，王献之是王羲之第七子，留下不输王羲之的书法，并称为"二王"，而王珉又是王羲之的堂侄；简言之，三希的书法都出自王氏家族。

三希堂现在还在紫禁城内，平常并不对外开放。二〇〇九年二月，当时的台北故宫院长周功鑫访问大陆，我是随行采访记者，也曾一道进入三希堂。三希堂的空间比想象的小，后来了解到实际面积不足五平方米，大约是一坪半，乾隆皇帝在这么小的房间里会觉得舒服吗？有点不可思议。在像巨大怪物般的太和殿工作过之后，也许是会想要窝在没有其他人的小房间里吧。

《快雪时晴帖》收藏在台北故宫，三希的其他两件则在北京故宫，但很少人知道，其实这两件也很可能会被收藏在台北故宫。一九二四年溥仪被赶出紫禁城，皇妃把这两件带出去，辗转经过多地，一九五〇年被抵押在香港的银行，之后又卖到澳门。

我第一次听到这样的信息，是来自台湾方面，消息来源就是庄灵，他是负责搬迁故宫文物到台湾的前台北故宫副院长庄严之子。

专访庄灵时，他提到，父亲庄严知道这样的情报时，曾向蒋介石进言买入；然而考虑到当局财政情况，被指示先不购买，只好放弃。另一方面，大陆比台湾较晚得到这个情报，周恩来指示"无论多少钱都给买下"，旋即派人到澳门买下这两件珍品。

如果当时蒋介石同意买下，三希便可在台北故宫团圆。当时只是一件小事，但从今日来看，可以说"让大鱼跑了"；但进一步想，等待三希在某日某地团圆，也是一种期待吧。

15 碧玉屏风：
致赠天皇的礼品

精致的木雕框中，镶嵌几块碧玉的板面。第二次世界大战期间，汪精卫在中国南京成立伪政权，一九四一年汪精卫访日，将此赠予日本天皇；据说同时也送给皇后另一件《翡翠雕花鸟瓶》，但都在日本战败后归还国民政府。

碧玉屏风
民国碧玉
台北故宫博物院藏品
188×268cm

踏进台北故宫三楼的玉器展示厅，首先映入眼帘的就是一幅巨大的翡翠屏风。其正式名称是《碧玉屏风》，美得令人叹息，但总觉得哪里不对劲，总觉得这件不是故宫的文物。当我阅读了展示说明之后，马上恍然大悟——这件作品曾由中国致赠日本天皇，在日本战败后还给中国，之后运至台北。也许因为是要送给日本，屏风带着日本味，在全部都是中国风的故宫里，显得有些"异国情调"。

相当于中华民国大使馆的"中华民国驻日代表团"，在一九四六年的秋天成立"赔偿及归还物资接收委员会"，吴半农担任首席代表。根据吴半农的回忆录，直到一九四九年九月前的两年之间，"所归还的物资，依当时的市价来计算，相当于一千八百一十三万两千三百五十八美元"。其中最多的是文化财产，特别贵重的如翡翠屏风、古书、白玉壶、一对翠玉花瓶。

这件翡翠屏风就是前面提到的故宫的《翠玉屏风》，是一九四一年六月汪精卫访问日本时送给日本天皇的礼品。当时汪伪政权在日本支持之下成立于南京。一九四八年三月二十八日，中国派出货船"海辽轮"前往日本接收这批返还的文物，在运回之前，还为文物在东京麻布有栖川宫纪念公园内的养正馆举办了展览及酒会。文物运至上海，交给在南京的中央博物院和故宫博物院，收藏于中央博物院，其后在一九四九年和故宫文物一起运到台湾。

当时执行这项运送任务的是杭立武。杭立武是与台湾的故宫文物关系极为密切的人物。一九四八年十一月十日在南京国民政府的行政院院长官邸召开了一个会议，决定把故宫文物移转到台湾。当时出席会议的教育部次长杭立武，就被指派负责这项重大任务。到台湾之后，杭立武继续担任要职。他在晚年出版了《中华文物播迁记》一书，讲述自己和故宫的故事。依据书中的内容，从南京运送文物到台湾，当第三班船也是最后一班船装满货物之后，船长宣布已经满载，但是杭立武强势表示"还有四箱要上船"。从日本带回的《碧玉屏风》就在这四箱当中。杭立武说："中日战争后从日本皇宫拿回来的文物，是我国八年浴血抗战的成果，其价值连城，难以计算。"他还上船进入官员专用的船舱，撤出桌子等，腾出空间装载文物。

这件《碧玉屏风》高 188 厘米，体积相当大，镶嵌的玉板有数百片，在光线的照射下，绿色的玉透出白色，相当特别，这样的光泽被称为"白底青"。

经过复杂过程才运到台湾的《碧玉屏风》，后来的命运还是一波三折。其正式名称是《碧玉屏风》，致赠日本时称为《翡翠屏风》，后来收藏在台北故宫改称为《翠玉屏风》。但是在九十年代经过台北故宫专家的鉴定，再度改回《碧玉屏风》。到底"翡翠""翠玉""碧玉"有什么不同呢？

翡翠的分类相当复杂，也很难翻译成日文。历史上，中国的玉是乳白色的，新疆维吾尔地区的和田一带采挖的玉称为"和田玉"。从新疆到华北的运输道路，称为"玉道"。和田玉是闪玉的一种，称为碧玉。此外，缅甸北部有一种"辉玉"，在缅甸归属清代之前的五百年进入中国，其特征是深绿，很像翠鸟的羽毛，因此称为翡翠或翠玉。依这件屏风的颜色来看，很明显的是辉玉，有时称翡翠，有时又称翠玉，这是一开始鉴定的结果。但是屏风所使用的玉颜色较深，依据最新的光学鉴定，认定是碧玉。

鉴定文物的方法日新月异，无论是科学技术或是文化的研究成果不断创新，因为新的解释而更名的文物，时有所闻。汪精卫带去日本之时，赠送者和受赠者都认为是翠玉。即使是一流的文物鉴定专家，也有弄错的时候，因为技术进步及解释不同，文物名称改变的情形，是会一再发生的。

16
米色鱼耳炉：
谜样的名窑，哥窑的裂纹

要问哥窑是什么，马上浮现在眼前的就是瓷器上的"裂纹"，又称"开片"。釉药颜色的不同，有米色，也有灰青色，每件作品都是独一无二的。元代开始哥窑瓷器就深受各界喜爱，文人借以思索写文，又得到新的发想，颇受好评。这件作品的裂纹就像布满有刺的铁丝，为静谧的瓷器赋予了丰富的变化。

故宫瓷器中名窑作品不少，特别是汝窑、定窑、钧窑、官窑、哥窑，有"宋代五大窑"之称。这并非在宋代就有此封号，而是后世人们命名而得，更具体地说，这是乾隆皇帝决定的。

瓷器和书画不同，作品上没有作者的名字，也没有窑的名称，在哪里、怎么做的，无法认定的个案很多，即使称之为五大窑，事实上也是粗略的分类；尤其是哥窑，其由来不明，是一个"谜样的窑"。

我个人很喜欢哥窑，也有不少日本人是哥窑的粉丝。清澄的青色瓷器肌底，布满无数裂纹的不规则设计感，恰巧符合日本人喜爱的"幽闲静寂"审美观。瓷器上的裂纹，日文称为"贯入"。瓷器经高温烧制，如果抽出相当的水分和空气，马上会收缩，体积变小。由于釉药和瓷土的收缩比例不同，冷却之后釉药会形成裂纹。但不是有裂纹就是美；哥窑的裂纹，正好符合了日本人的审美观。日本人不喜欢完美无瑕的美，美中带点丑反而动人，而这个丑，必须控制得恰到好处。哥窑正好展现了美与丑的"黄金比例"，平衡又协调。乳白色的"白"混入青色的瓷瓶，加上哥窑的裂纹，酝酿出醉人的气氛。裂纹也有粗细两种，粗的叫"银线"，细的叫"金线"；裂纹像鱼卵一样密集的则叫作"鱼子纹"。

　　在中国，哥窑也被称为"碎窑"，也有"百圾碎"的别称。总之，看到裂纹就叫哥窑，似乎已有不动如山的地位。哥窑名声如此响亮，但是哥窑究竟在哪里，这是什么样的窑，几乎没人知道。有人说，这是中国瓷艺史上最大的一个谜。

米色鱼耳炉
南宋至元 哥窑瓷器
台北故宫博物院藏品
高 8.3cm
口径 11.2cm

乾隆皇帝留下十七首和哥窑有关的诗词，显示出他相当喜爱哥窑。在那个时代，包括乾隆皇帝都相信这个有关哥窑来历的故事——南宋时，在浙江省龙泉县有一对有名的瓷艺工匠兄弟，哥哥叫章生一，弟弟叫章生二。哥哥烧制的青瓷评价很高，弟弟怎么做都赢不了哥哥。他想打探哥哥工艺技术的秘密，打开了还没烧制完成的窑，偷看里面的情形。这时，冷空气流进了高温的窑，还没烧好的作品出现裂纹，但是弟弟没把开窑的事情告诉哥哥。哥哥看到有裂纹的作品，刚开始非常惊讶，后来反而觉得独具特色，哥哥继续烧制有裂纹的青瓷，因而有了"哥窑"的称号；而弟弟也努力投入研发，他的窑称为"龙泉窑"。历经时代的变迁，哥窑逐渐壮大。

这样的传说故事未免太过完美，好像也无法完全相信是真的。历史上的龙泉县培育了许多烧瓷的工匠，以制瓷为生。历代工匠累积出来的成果，如果只归因于这两兄弟，实在太过简略。不过，这的确很像中国，什么事情都有它的传说，人们口耳相传，流传下来，变成"历史"。虽然长年以来对哥窑已有相当的研究，但还是没有查出产地及窑址地点，像汝窑和定窑那样。依据最近的科学调查，已经知道哥窑作品的瓷土并非产自龙泉县。

台北和北京两地故宫收藏的哥窑作品，其实也和过去文献记载的哥窑作品不太一样。每件哥窑作品的造型设计和烧制方法都有差异，不像汝窑或定窑有一致的原则可循，很难想象都是同一时代、同一地点制作出来的。

想要解开哥窑的谜题，看来是必须更加深入才行。愈是难解，愈增加它的魅力，看来这个道理不只是针对女性，艺术也是如此。

17
青瓷无纹水仙盆：
汝窑的"雨过天青"

据说汝窑出品的瓷器，若非完美的作品，则将之废弃。世界上现存的仅七十件，而本件是完美作品中体现完美的最高顶点。有人说这个器皿是用来装水的，也有人说用途并未特别限定。横长椭圆的水仙盆毫无开片纹路，不管看多久也都不腻。温润的蓝色和典雅的器型，传颂着宋代文人的风雅，对日本的审美观影响甚巨。

如果要点出中国青瓷的最高峰，大概没有人会不提到汝窑，甚至可以果断地说，汝窑之美，压倒群雄。

世界上仅存的汝窑作品有七十件，其中二十一件收藏在台北故宫。故宫到日本展出时，有四件渡海到日本，其中包括这件名品水仙盆。我原本兴致很高，但后来却有点失望。因为故宫有两件水仙盆，一件有黑色镶边，另一件没有镶边，没有镶边的比较美，结果运到日本的是有镶边的那件。一开始我听说的是没有镶边的要来日本展出，到底中间发生什么转折，还是有什么变化，我并不了解。

无论如何，水仙盆是台北故宫的人气文物之一，在常设展中展

青瓷无纹水仙盆
北宋 汝窑青瓷
台北故宫博物院藏品
全高 6.9cm
纵长 16.4cm 横长 23cm
口径 23cm
足径 19.3×12.9cm

出，如果想看的话，到台湾就看得到。学生时代参访故宫时，对中国艺术文物一无所知，唯一打动我的展示品就是这件没有镶边的汝窑水仙盆。那份感动到今天都还是一样的。形容汝窑之美，除了"洗练极致"，实在想不出其他更适合的词汇。

汝窑的蓝色，是带着白色的蓝，像是奇迹般的青色，中文称"天青釉"，在之后将近千年的时间，也做不出这样的青色。到底是用什么釉药、窑的结构如何、用什么温度烧制，才会出现这样的颜色？现在所称的汝窑，地点位在河南省，虽尝试重建汝窑，只能做出相近程度的水准而已，无法完全的重现。或许汝窑的粉丝共同的想法反而是希望永远不会重现。

指定汝窑为官窑的是北宋的风流天子徽宗，用于宫廷过年或餐饮的器皿。本来是使用象牙色的定窑，徽宗表示"不怎么喜欢定窑的白，应该朝着'雨过天青'的方向去研究"。因此汝窑雀屏中选。
这里说的"雨过天青"是指雨停之后天空呈现的蓝色，这并不是徽
宗独创的想法。宋代之前的后周，有一个皇帝名叫柴荣，是他说要
把瓷器做成"像雨过天青一样"。柴荣是个聪明的皇帝，三十九岁
英年早逝，后周也随之像融雪一般灭亡。他的武将赵匡胤接收政权，
成立宋代，这是中国文化史上具有重要意义的朝代。

　　"雨过天青"也写作"雨过天晴"，看起来好像不同，其实意
思差不多，都是指"下雨过后天空的蓝色"。其实柴荣的话是有后
续的，"雨过天青"接着是"云破处"，意思是"雨停了以后，从
云间看到天空的蓝"，说得非常具体。

　　在日本有几件汝窑的作品，最好的一件是安宅收藏系列中的水
仙盆，收藏在大阪市立东洋陶瓷器美术馆。安宅收藏系列是安宅产
业集团会长安宅荣一郎的收藏，约有一千件中国及朝鲜的陶瓷器，
包括两件国宝、十二件重要文物。一九七八年时安宅产业经营不善，
被伊藤忠商社吸收，而将收藏捐赠给大阪市。安宅收藏系列只收藏
好东西，令人佩服安宅先生的眼光。对于企业经营者而言，安宅集
团倒闭虽是事实，但是青瓷能够搜罗到这样齐全的程度，保护人类
遗产之功，令人惊艳。现在到访大阪市立东洋陶瓷器美术馆，任谁
都会对安宅收藏系列感到折服。安宅的思维模式大概和宋徽宗相近
吧——这位风流天子不惜为艺术而倾国。

　　日本研究北宋青瓷坐第一把交椅的伊藤郁太郎曾在安宅先生身
边，做过东洋陶瓷器美术馆的馆长。我把安宅和宋徽宗两人相似度
很高的观点告诉他，伊藤也同意我的看法。疏于本业，投身于美的

事业，虽然本来不是一件应予赞美的事情，但是对生于后世的我们而言，与其兴建大楼，不如用心于收藏更有价值。对此由衷对安宅抱持感谢。

　　北宋因为北方入侵的金而灭亡，位于北宋首都开封旁的汝窑，就像命运一样随之湮灭于历史之中。北宋的官方文件中对汝窑只字未提，北宋之后的南宋，可以看到零星的相关记载，例如"很难拿到""北宋烧制的瓷器最优""釉药中混入玛瑙"等，大概可以知道，普遍认为汝窑很稀有。如前所述，汝窑的现存作品在全世界仅有七十多件，其中二十一件在台北故宫，北京故宫有十五件，英国的大卫收藏有十二件，上海博物馆有八件，大英博物馆有四件，件数极少，当然是世界争夺的焦点。日本的话，包括大阪市立东洋陶瓷器美术馆的水仙盆共有三件。汝窑当中最好的作品是哪一件，无论问谁，大概都会回答是台北故宫的水仙盆，这主要还是因为没有开片。通常汝窑的作品都是有开片的，没有开片是非常稀奇的；安宅收藏中的水仙盆有裂痕。这次到日本展出的还有一件《莲花式温碗》，也是汝窑中最高等级的作品。圆形带有正式的美感，以十瓣莲花为口缘，具有陶瓷器设计的前卫感。当时的人用这样的瓷器装酒，温热后来喝。器皿的底座有点烧焦，据说是残存的印记。用汝窑的瓷器来温酒，必定别有风味。

18
第18话

释迦牟尼佛坐像：
补足故宫缺口的日人

拓跋鲜卑建立了北魏，北魏太武帝（四二三至四二五年在位）推动灭佛，但是下一个皇帝文成帝（四五三至四六五年在位）转为复兴佛教，到了孝文帝（四七一至四九九年在位），佛教艺术到达巅峰。本件制作年代明确，佛像的造型相貌堂堂，身后的光背和座台保存完整，足以证明北魏佛教艺术的水准，是一件相当重要的作品。

从台北故宫的展示馆入口处，进去后向右转，有一个展厅全部是佛像。导游带领的观光团或许常会省略跳过，但却集合了不少喜爱佛像慈眉善目的粉丝。这个展厅的名字叫作"楷栋室"，楷栋是这些佛像收藏的捐赠者彭楷栋的名字，他的日本名叫新田栋一。故宫的收藏已是相当完美，但不是没有缺点。其中之一的缺憾就是缺乏佛像，这与清朝历代皇帝不热衷于收藏佛教艺术有关。佛教传至东方，对于东亚是一件大事，佛教艺术因而兴盛。故宫网罗了中国文化五千年的精髓，没有理由把这项排除在外，而补了这个漏洞的

人就是新田先生。 新田先生一九一二年出生于台湾新竹，这时辛亥革命才发生不久。由于家境并不宽裕，小学也没能毕业，开始在撞球店打工，因而精通撞球。为了成为撞球选手，十五岁时搬到日

释迦牟尼佛坐像
北魏太和元年 铜器
台北故宫博物院藏品
高 40.3cm

本，在东京市区的山田撞球场工作。之后回到当时受日本殖民统治的台湾，与日本女性结婚，从事指导台湾总督府内日本官员打撞球的工作，逐渐累积人脉，开始经营贸易公司，做起海军物资的生意，主要与日本方面往来打交道。

这个时期的新田先生曾有一段逸事。他曾在日本殖民统治时代主演电影《望春风》，这是一部"台湾第一部由台湾人制作的商业电影"。一个出身望族的男生，和一个演艺界的女生，坠入爱河。最后还是因为"门不当户不对的身份"隔阂，无法结为连理。在台湾的热闹街上，有着美男子五官的新田先生打撞球的英姿，加上不良少年吊儿郎当的气息，被导演"一见钟情"而邀请他演出。电影票房很好，新田先生虽然开启了明星之路，但是事实上他只演了这一部片，就回到经商的世界。

战后新田在日本发展，从台湾运送地下物资到日本，用赚到的钱在东京市区经营多家餐厅，例如在苏联大使馆旁的"drive-in 麻布"餐厅、印尼苏加诺总统夫人黛薇女士在成为总统夫人之前曾经工作过的赤坂夜总会"Copacabana"。他也在银座经营大酒店，日本各地都有不动产，在新干线开通之后土地大涨。一九八一年的日本富豪排行榜上排第十三名，新田先生的"日本梦"成真。新田先生四十岁时开始搜集佛像，本来是爱好古董，后来因为涉嫌黑市交易美元，被警察依违反外汇法逮捕，遂改为以佛像为主。"鬼迷心窍"的一念之间，越过了法律的红线，因此潜心向佛改过自新吧。新田先生后来联系了几家拍卖公司，开始竞标佛像，以雄厚的财力取得不少好作品，即使和欧美的美术馆、收藏家竞标也能获胜。佛像的来源不只中国，也扩及朝鲜半岛、东南亚、印度，世界有名的佛像逐渐辗转到新田先生的手上。

过了七十岁以后，新田开始想要把搜集的佛像捐赠出去，例如东京国立博物馆、纽约大都会博物馆。台北故宫也锁定了新田先生的收藏，二〇〇〇年时通过"驻日代表"罗福全先生开始接触新田先生。新田先生的个性是不轻易相信别人的，有人说他"讨厌交际""城府很深"；但是由于罗福全先生豪放磊落的性格，加上之前在美国的经历，他得到新田先生的完全信任。新田先生决定给台北故宫捐赠，二〇〇四年就捐赠了三百五十八件佛像，台北故宫为表达感谢，特别举办"法象威仪——彭楷栋捐赠文物特展"。人生的大事，安心画下句点，新田先生于二〇〇六年过世。有关新田先生捐赠的故事，日后再谈。

新田先生所捐赠的收藏中，其中有一件《北魏铜鎏金造像》是小老虎的佛像，被指定为日本重要文物，因此不能马上运到台北故宫，必须先暂时保管于位在东京市区内的台北经济文化驻日办事处。这是二〇〇八年时的事情了，我曾经拜托当时的"驻日代表"冯寄台让我看一眼，印象中是一尊很小的佛像，表情十分优雅，散发着庄严神圣的气息。

北魏时期的作品是佛像制作的最高峰，这些可说是代表台北故宫的佛像，顺利送到台北故宫，成为楷栋室常设展示亮点作品。每次到访故宫行经楷栋室时，一定会想起新田先生战前战后穿梭日本台湾两地的精彩人生。

19

马关条约：
蒋介石带走的外交档案

日本与清朝之间发生甲午战争（日本称为"日清战争"），日本战胜，日本与清朝签订了《马关条约》（日本称为《下关条约》）。日本方面的签约代表是伊藤博文和睦奥宗光，清朝方面是李鸿章。条约内容主要为承认朝鲜独立，清政府将台湾、澎湖群岛、辽东半岛割让给日本，支付赔偿金二亿两。后来因为俄国等三国干涉，取消割让辽东半岛。

对于一个日本"台湾通"来说，并不会觉得台湾是南方。冬天到台北，最好有着很容易感冒的警觉。气温降至摄氏五度虽然不常见，但是台湾房屋的结构不太注重防风功能，冷空气一直往屋里跑，连在饭店的房间都会觉得冷；餐厅多半不会有暖气，吃饭也会感觉到寒意。

二〇一四年一月，在寒流来袭、下着小雨的冰冷台北，我和甫于二〇一三年就任的冯明珠院长见面。冯院长在担任副院长的时期，我们已经见过多次，这次是就任院长之后的第一次。冯院长个性很耿直，对于没做过功课的提问，反而会对记者说教起来，不少台湾记者以此为苦；但是如果兴致高的时候，就会说出很多有趣的故事，对我而言反而是非常珍贵。

一个半小时左右的专访，冯院长滔滔不绝。冯院长是一位文献学专家，台湾大学历史系毕业后即进入台北故宫服务。一提到故宫，很容易联想到书画、陶瓷，事实上台北故宫也是古书及文献的宝库。冯院长的故宫人生围绕在重要的古书文献之中，也曾写过许多评价很好的历史论文。在这次的专访中，我特别提到了"故宫保管《马关条约》原文"这件事。

国家和自然人一样，上一个政权曾经签下的国际承诺，例如条约或是借款，下一个政权必须负起责任。条约是由双方当事人在一次又一次的谈判当中，绞尽脑汁一字一句讨价还价出来的，条约也写实地反映了当时的时代背景和国际关系，十分有趣。

日本打败清政府取得胜利，成为日本现代化的证明，也是中国停滞不前的写照。战争结束后缔结的《下关条约》，无论是在中日关系史、中国历史上都是关键性的条约。在中国，是以"下关"的旧名"马关"，称为《马关条约》。

条约由当事国各自保管一份，清政府的条约现存于台湾；清朝灭亡时，中华民国继承了所有的外交档案。建立中华民国的国民党输给共产党之后，撤退到台湾，当时带了所有的外交档案，现在寄放在故宫。

清代并没有外交部门，也没有外交的概念，在华夷秩序的架构下，外国只有朝贡国和蛮族两类，欧美和日本都算是蛮族。英法联军焚烧圆明园时，清政府在英法的压力之下成立外交部门，当时设了"总理事务衙门"，这是咸丰皇帝时设立的。咸丰皇帝觉得愤怒屈辱，龙体欠安，不久即驾崩。其后，辛亥革命推翻清朝，《马关条约》等不平等条约都收在总理衙门内，革命之后就由中华民国外交部接受继承，因此这些文献也称为"总理衙门档案"。 我在特展中亲眼看到《马关条约》的条文，目睹日本首相伊藤博文、外交部长陸奥宗光、清政府全权大使李鸿章等历史人物的亲笔签名，感觉到非常不可思议。在日本，这些文献应该也是保管在某个地方吧。但是从没听过曾经举办像这样的展览。

　　台北故宫曾经办过几次这类史料的展览，一九九七年香港主权移交中国时，就曾展示英国和清政府签订割让香港的《南京条约》，一九九九年澳门主权移交时也同样展示了葡萄牙和清政府签订的《北京条约》。这些展览都是冯院长高度关切重视而得以实现的。

　　"真的很有意思，大家都以为这些外交档案在大陆，任谁都没想到是在台湾，这些都是不可思议的历史变迁。"当我朝这个方向去提问时，冯院长知道不能随着新闻记者的诱导而起舞，刻意转变话题的主题，"当时没有这么深沉的考虑。"

　　冯院长的专访结束后，我继续突发奇想：钓鱼岛争端得以解决的时候，也许会策划一个与钓鱼岛、《马关条约》相关的展览。中国台湾和大陆都主张钓鱼岛是"日本趁甲午战争混乱之时偷偷占领的"，甲午战争是日方的侵略行为，日本战败后依据《波茨坦公告》必须返还，钓鱼岛不是日本的领土，这样的思维理论与《马关条约》、钓鱼岛密不可分。

　　当时没有继续询问冯院长的看法，事后觉得有点后悔了。

20 元太祖半身像:
横纲膜拜的成吉思汗像

　　成吉思汗（一一六二至一二二七）是蒙古帝国的创始者，小时候名叫铁木真。一二〇六年统一蒙古所有部族，讨伐西夏、金，进攻中亚的花剌子模，一直到俄罗斯南部，打出了一个世界帝国，后人追尊成吉思汗庙号为太祖，第二代皇帝窝阔台为太宗，忽必烈被追尊为元世祖。

　　台北故宫员工告诉过我这个故事："台北故宫有成吉思汗的画像，日本的相扑横纲曾经来看过，他们看到画像突然趴在地上开始膜拜，我们在现场的人都吓了一跳。"后来调阅资料才知道，二〇〇六年八月时，蒙古出身的相扑选手朝青龙曾在他成为"横纲"的最盛时期到访台北故宫。

　　日本大相扑到台湾巡回，这是战后的第一次。如果把日本占领台湾时期也算进去，距离上次来台已有七十年之久，共有四十位左右的日本相扑选手到台湾访问。选手到台湾以后，观光行程的第一站就是台北故宫，由当时的院长林曼丽接待，将四位蒙古出身的选手带到一个特别的房间，安排欣赏与蒙古相关的文物。这四个人当中，除了朝青龙，还有白鹏，当时他是"大关"，现在已经升至"横纲"了。身躯庞大的相扑选手趴在地上膜拜，对于信仰成吉思汗的蒙古人来说是天经地义的事情，但是对于周遭的人却感觉十分新奇。

朝青龙的膜拜，从蒙古历史的角度来看，具有双重意义。过去在苏联政权的影响之下，蒙古人民共和国是社会主义国家体制，崇拜成吉思汗是被严格禁止的事情；虽然如此，蒙古人之间对于成吉思汗的情感是不会消失的。民主化以后的蒙古国在解禁之后，长期压抑的情感反

元太祖半身像
元代 设色绢本
台北故宫博物院藏品
59.1 × 46.8cm

而化为一股鼓动的力量，成吉思汗成为民族英雄。朝青龙和白鹏都正逢这个民主化的时代，如果是在社会主义教育下长大的五十岁以上那一辈，也许对于成吉思汗不会有那么强烈的反应。

成吉思汗的画像在台北故宫称为《元太祖像》，这幅画应该是完成于元代，但是却没有落款。元代没有画院，也没有纪录。究竟是谁画的，是在什么情况下画的，如何保留到今天，几乎没人知道。《元史·祭祀志》写到"至元十五年（一二七八年）和礼霍孙奉命画太祖肖像"，这是唯一的线索。和礼霍孙是元代的画师，擅长画人像，虽然也有人说是出自其他画家之手，但无法锁定特定的人。台北故宫除了有成吉思汗的画像外，还有蒙古帝国及元朝历代皇帝的画像，每一张的绘画手法都和成吉思汗画像相近，很可能出自同一位画家。

这幅画运用了当时西域的技法，与发展至宋朝的中国绘画相比较，可以看出色彩和笔触的不同。一般对于蒙古印象最深的就是野蛮的骑马民族，但包括成吉思汗像在内的这些画像，每个皇帝都是稳重知性的表情，穿着蒙古的传统服装。

一开始接触汉文化时，蒙古族的态度相当有趣，简单说就是"敬而远之"。一二七五年时蒙古将军伯颜率领大军包围南宋首都临安，也就是现在的杭州，元世祖忽必烈不流血开城，并没有在临安进行烧杀掠夺，而是把宫廷内大量的图书、书画、玉玺、祭祀用具等宝物用船运往首都大都。为庆祝攻下南宋，在大都举办文物展览会，包括迄今仍收藏在故宫的怀素《自叙帖》、孙过庭《书谱》等名作都在其中，这些名作留存在世，证明元朝没有随便处理文物。

　　成吉思汗、忽必烈对于中国文物的兴趣都不高，但是元朝第二位皇帝元成宗铁穆耳之父裕宗曾命其子孙学习汉文，而不是蒙古文。蒙古开始汉化，第三位皇帝武宗英年早逝，由他的弟弟仁宗即位。仁宗懂汉文，重新举办科举，积极启用汉人为官员，如赵孟頫等，台北故宫也收藏不少赵孟頫的书画。

　　元朝朝廷内分为两派，一派是认同汉文化派，另一派是坚持蒙古传统派，两派相争，但还是压不住汉化的趋势潮流。一方面蒙古人骑马的战斗力逐渐衰退，另一方面农民出身的朱元璋带领的反抗势力扩及全国，蒙古的王公贵族不听汉人官员的劝告，干脆丢下首都往北方逃走。说逃走可能太过简化，但是这也留给世人深刻的印象，元朝也没有就此消灭，"北元"在北方的蒙古高原继续存在，但却从中国历史上消失。

　　今日以汉族为主体的中国台湾和大陆，对于蒙古的元朝评价不低，这倒是超乎我的想象。元朝不但没有破坏文物，还振兴文化，不墨守旧习，积极学习西方文化等等面向，从现代的眼光看来，蒙古人的国家经营有其令人敬佩之处。

21
第21话

富春山居图：
两岸泣别的名画

元末四大家第一人黄公望（一二六九至一三五四）五十岁才开始作画，一边教学以维持生计，一边在江南各地行脚留下作品。本件以不缓不急的自在笔触，分三部分呈现山脉的表情变化，借着干湿浓淡之间层层堆叠的效果，以不同视角捕捉画面，展现多变丰富的景观。

美的女神，有时也是一种潇洒的玩笑。元代画家黄公望的《富春山居图》如果没有从一幅变两幅的奇妙身世，或许也没有这么独特。在提到画本身之前，先谈谈这幅画的命运，因为经历的某个事件，使得《富春山居图》有了这样的地位。

作者黄公望，江苏常熟人，生于一二六九年，享寿八十五岁，在古代可是相当长寿的。字子久，因此日本在战前称他为"黄子久"。他原本生于陆姓人家，因为家贫，七岁时被送给没有子嗣的黄乐收养。"黄公望子久"（黄公盼能得子已经很久了），大家多称赞黄乐收养了好儿子，因而改名为"公望"，字"子久"。黄公望果然

不负期望，高中科举，在元朝当官。但是在四十岁的时候被牵连入
狱，因而割舍仕途，潜心于书画的世界，从此开始描
绘江南风景，画出淡然恬静的风格。

富春山居图
元代 黄公望
水墨纸本
台北故宫博物院藏品
33×639.9cm

黄公望的山水，看不到北宋郭熙山水画中的
起伏激荡，山水画的秘诀就在这里：作画必须把

斜、甜、俗、赖四字排除，他所写的画论《写山水诀》是这么说的。
"邪"指不学古人，技法不正规；"甜"是只注意色彩的表现；"俗"
指过度华媚柔细的画风；"赖"是一味模仿古人，没有自己的画风。
简言之，就是全盘否定"多余、过剩"的画风。黄公望的作风成为
明代的一种经典，从现在的眼光来看，虽然不会有耳目一新的感受，
但是他的画和宋代的山水画有明显区隔，可以看出在元代是划时代
的革新作风。他有点年纪之后才开始画画，却能名列元代四大画家
之一；如果说本件作品是他的最佳杰作，应该没有人会反对。

　　这幅画在明代时由沈周、董其昌等一流画家收藏，也被模仿。
这幅画被捧为名画，想要得到的人很多，经过多人之手。清代时，
收藏者是吴洪裕，吴氏临终前留下遗嘱要把《富春山居图》烧了一
起陪葬，这和唐太宗要求王羲之《兰亭序》陪葬的模式相同，就跟
烧纸钱供死后花用的想法一样，希望把名画一起带走。幸好其子吴
静安在关键时刻把名画救出，虽然烧掉部分卷首，但是大部分都完
好安在。可惜的是另一幅书法家智永《千字文》则没躲过被烧掉的
命运。

　　《富春山居图》原来全长约690厘米，烧掉部分以后再经过修
复，卷首小段部分较短，只剩51.4厘米，图面大部分是山，称为《剩
山图》。另一部分占全部的十一分之十，长636.9厘米，称为《无
用师卷》，黄公望题跋说明画要送给弟子无用师，因而有此名称。《富
春山居图》就这样一分为二，《无用师卷》后来传到乾隆皇帝的手上。

　　事实上，在这之前《富春山居图》的仿本就曾被宫内收藏，乾
隆皇帝对仿本大加赞赏，还曾经为此写文章，这对于自诩为文物专

家的乾隆皇帝，其实有点丢脸。臣子梁诗正帮皇帝找借口，在画作的留白处写下一段话，大意是说："旧藏于宫中的这幅才是真迹，但这幅仿本是不错的作品，因此一起收藏。"清朝的收藏清册中，把仿本当成真品，这是白纸黑字公认的"事实"。就像是只要皇帝用他的权威说是黑的，白猫也会变成黑猫。一直要到故宫博物院创立之后，才被鉴定为非真品。《无用师卷》和仿本都在蒋介石的命令之下一起到了台湾；另一方面，《剩山图》留在大陆，最后收藏在浙江省博物馆。两岸分离以后，连画也就此诀别，发展至此，好像一部戏的剧本。大陆和台湾之间"泣别"的事情很多，其中大部分是"人"。家人和亲友在一九四九年那一年，因为个人的决定而分离，也有夫妻数十年间音信全无的，在这期间另外再婚的情形也很多。九十年代台湾开放赴大陆探亲之后，两边再相见的喜剧、悲剧不断上演着。因此，泣别这件事，尤其挑动两岸人民的神经。

　　我曾经预测这幅《富春山居图》的泣别故事将会被政治所利用，有朝一日放大当作两岸关系改善的"美谈"。果然，在二〇〇九年访问浙江博物馆时，《剩山图》不在常设展中，我希望馆方能让我看一眼。该馆的研究员告诉我："我知道台湾有另一半的《无用师卷》，但是不曾联系过。不过我们已经有影像档，如果和我们这边的图两相重叠，可以看出山脉的切点相符合，两张画原来就是一张画。"

　　前台北故宫院长周功鑫也曾告诉我，二〇〇八年就任院长时，就曾接到某个人物向台北故宫传达的信息，希望让两张画相会。台北故宫也没有异议，就积极向前迈进，大陆方面随之提出"互展"的意向。但是大陆没有"免除假扣押"的相关法律，台湾方面不能出借文物，因此这件事情就暂时告吹。然而到了二〇一〇年，《富春山居图》再相会的议题又在媒体上炒热，中国总理温家宝"希望两张画合璧展出"，定位为两岸交流的一件大事。最后决定不举办互展，改由台湾方面向浙江博物馆借画。二〇一一年六月，《剩山图》运到台湾，两张泣别的画在长期分离之后再度相见，戏剧性的一刻终于在台北故宫发生。文物终究是文化，但是文化的事件议题由政治来串联，如果政治成为障碍，就用政治来解决难题。黄公望厌恶政治而远离隐居，画下《富春山居图》，但是这幅画经过漫长岁月，却因为政治才得以重逢，黄公望如果在世的话，不知道会作何感想。

22

百骏图：
紫禁城内的外国人画家

本幅画描绘了一百匹体型姿态各异的骏马，放牧于草原上。采用西洋的光影透视画法，让马匹呈现深浅变化，以纵深构图处理光线的照射，因此地面上可以看到马的影子。肥壮的马、瘦的马、有斑纹的马，各式各样的骏马有的站着、有的嬉戏、有的正在吃草，自在徜徉于草地上。郎世宁精于人物画及花鸟画，尤其擅长画马，这是一幅充分发挥实力的大作。

博物馆原本是"广博搜集物品的场所"，故宫以皇帝的收藏为基础，原则上不收"中华"以外的物件，如果有例外的话，大概就是自海外的贡品，例如有几张日本画也列入收藏。虽然如此，主流仍是中华文物的收藏，外国人的作品或是收藏品非常之少。

依据"故宫博物院组织法"，第一条开宗明义就确定以"整理、保管、展出原国立北平故宫博物院及国立中央博物院筹备处所藏之历代古文物及艺术品，并加强对中古代文物艺术品之征集、研究、阐扬，以扩大社教功能"为设置宗旨。在台北故宫收藏中，唯一

占有一席之地的外国人就是郎世宁。其本名是朱塞
佩·卡斯蒂廖内（Giuseppe Castiglione），意大利人，
耶稣会教士，是清代等级最高的宫廷画家，历仕
康熙、雍正、乾隆三朝皇帝，经历相当特别。

　　为什么会有意大利人到清宫？任谁都觉得不

百骏图
清雍正六年
郎世宁 设色绢本
台北故宫博物院藏品
94.5×776.2cm

可思议。郎世宁生于米兰，年轻时就进入耶稣会，怀着远大抱负来到东方传教。他曾在耶稣教会学习绘画及建筑。一七一四年得到耶稣会总会长坦布里尼（Michaelangelo Tamburini）的许可出国，从里斯本搭乘"圣母希望号"（Notre Dame de l'Espérance）出航，在印度果阿转乘，于一七一五年夏天从澳门登陆。从此到一七六六年去世为止，郎氏就再也没离开过中国这块土地；然而他毕生心血并未花在他到中国来"传教"的初衷上，而是成就在"艺术"。

要传教，要有皇帝的许可，首先必须先讨皇帝开心才行；另一方面，对于皇帝来说，他不需要传教士，反而是需要擅长光影透视法的西洋画家，这项技法是中国画家所没有的才能。如果不能传教，就不能出人头地，因此耶稣会传教士郎世宁甘于以地位较低一级的"助修士"，持续为皇帝画画。此外，清代皇帝除了喜爱绘画，也热衷于时钟，要求西方的钟表工匠制作大型时钟，郎世宁便设计了圆明园内的十二生肖喷水庭园，其实就是一种时钟。

西洋画家为皇室成员画像时，脸部禁止使用光影透视的深浅画法，采以正面直视皇帝皇后的视角，整张脸正对着光，不可画出阴影。乾隆皇帝对于这位意大利宫廷画家格外重视，宫内还有其他西洋画家，但是只有郎世宁享有特别的待遇。郎世宁体弱常感冒，乾隆皇帝会请御医送汤药给他。郎氏的工作室距离乾隆的居所很近，乾隆皇帝常常亲赴工作室，和他讨论作品的进展。通常皇帝和画家之间不会有关系的，但是乾隆皇帝和郎世宁之间的情谊非常特殊，郎氏直通皇帝权力核心。

当时传教士的任务，除了传教之外，还兼有搜集中国当地资讯情报的工作，以现代的说法可称为谍报活动。郎世宁大多是以写信方式发回母国，报告皇帝的个性及清宫的内部资讯等。但是乾隆皇帝也不是省油的灯，把他放在身边，不让他传教，充分运用他的才能。

郎世宁是一个中规中矩的人，从画中也可窥得其人品。他的作品带有一种"清廉的张力"，让人看了都想要背脊挺直站好，具有不可思议的力量。郎氏画了不少乾隆皇帝、雍正皇帝、多位皇后的画像，而他也画动物，尤其是马。

中国人喜欢马，打猎的欧美人也喜欢马。欧美人对待动物的态度，除了喜欢动物好动的一面外，同时把动物当成"朋友"、"伙伴"；而中国人对于动物比较像是对待一种"物品"。我发觉双方对于动物眼睛的画法有些不同，欧美人画的马眼比较温柔。

与马有关的代表作就是收藏在台北故宫的《百骏图》，刚好把一百匹马画进一幅画里。每匹马的表情、体型、动作都各不相同，有的在喝水、有的在游戏、有的在奔跑、有的在休息。马不是只供人骑乘，马也有它的生活形态。

郎世宁在绢本上作画，使用中国传统画法，笔触细密，又用西洋的光影透视法呈现阴影，绘画兼具细致度及立体感，是一幅体现"中西合璧"的画作。这幅《百骏图》成为留传历史的杰作，同时也正是郎世宁这个人的象征。

二〇一四年是马年，华人社会使用与马相关的吉祥话，"马到成功"到处可见。台北故宫也用《百骏图》制作电脑动画，二〇一四年间在展览厅播放。郎世宁的马至今仍被看见，如果郎世宁毕生只做传教士，恐难享有今日的名声。

23

嘉量：
想当始皇帝的梦想

这只度量器是在新朝王莽时代所铸造的。青铜器原来是作为礼器使用，到了新朝开始当作实用性器具。两只小小的度量器，翻面过来还有不同单位的刻度。外侧刻了两百四十九字的铭文，说明计量单位及器物的由来，展现王莽以秦始皇为标杆的野心。

开始接触台北故宫文物之后，发现过去在教科书或是历史书上读到的知识，竟然以具体的形貌出现在眼前时，每每让我感动不已，这是以前从没想到的事情。在这感动片刻，"了解故宫真好"的想法就跃上心头。

台北故宫收藏了"升"的计量器，称为"嘉量"。秦始皇不仅统一天下，也统一了度量衡。制作嘉量的是新朝，这是夹在秦之后的西汉及东汉之间的朝代。建立新朝的王莽极为崇拜秦始皇，把自己当作始皇帝再世，制造嘉量颁布全国。

这个度量器，在一个"升"的单位里，可以标示好多个不同度量衡单位，机能构造令人赞叹。中央圆形主体容器的上方是"斛"，

下方是"斗","斗"是"斛"的十分之一。右耳形状的容器是"升"，
"升"是"斗"的十分之一，左耳形状的容器是"合"，"合"是"升"
的十分之一，"合"的下方有"龠"，一"合"等于两个"龠"。

"给我热两合酒""不嫌弃斗酒"，这些日本人在日常生活中的
用语，竟然出现在这里。也就是说，一个嘉量就涵盖了所有的基本
计量单位。

不只是容积，这也是一个显示长度的计量器。从中央主体容器
的深度连接升的内侧，联结出一个正方形，其中一边的长度是一尺。
长度的单位分为"分""寸""尺""丈""引"，十分＝一寸，十寸
＝一尺，十尺＝一丈，十丈＝一引。嘉量显示的一尺，就可对应所
有的单位。

嘉量
新朝 铜器
台北故宫博物院藏品
高 25.6cm

　　这件万能的度量器是两千年前的器物，竟然就如此精密，中国文明的早熟度非常惊人。同一时期的日本，可能还停留在用石器刀具切肉吧。王莽屠杀汉朝皇帝，夺权成立新国家。王莽想实施秦始皇的中央集权制度，实现超高效率的政治。然而，王莽的新政只维持了十五年，秦始皇统一天下之后也只有十五年就倒台，算是历史的讽刺和巧合。王莽以"篡位者"的恶名流传千古，但是对于王莽具有愿景的政策，我想予以肯定。

　　王莽效法秦始皇制作嘉量，上面所刻的两百四十九个字，是为表彰其正当性。铸造这个度量器，除了有单位刻度的经济功能外，更具有政治的意涵。度量衡与国家统一同步进行者，不只新朝，后代也出现过。清乾隆皇帝在太和殿前设置了一个很大的"升"，他建立了历史上版图最大的王朝，也像秦始皇一样在广大的中国土地上推动统一的度量衡单位。

　　第一个想到度量衡的秦始皇，在历史上的评价被低估；事实上，如果没有秦始皇，就没有今天的中国。秦始皇实质掌权约十年后即完成统一，其背后的因素除了长期战争下来各国积弊已久，还要加上秦国的富国强兵政策，其成果不单是归功秦始皇一人。

　　秦始皇最厉害的地方，在于统一之后导入崭新的制度，例如经济政策上导入度量衡、文化政策上统一汉字、交通政策上统一车轮的宽度。台北故宫也收藏有"秦量"，这是秦朝发送至全国各地的度量器，俾以统一度量衡的单位。秦朝的度量器有青铜制的，也有土制的。青铜器价值昂贵，土器则便宜又可量产，又称为"陶量"。

　　台北故宫的"秦量"外壁铭文是这样写的："二十六年皇帝尽

并兼天下诸侯，黔首大安，立号为皇帝，乃诏丞相状，绾法度量，则不一，歉疑者，皆明壹之。”秦王政二十六年，也就是公元前二二一年，秦统一天下。为了征收税金计量谷物用的“升”是国家经营的重要工具，因此秦始皇下令严格使用；换言之，度量衡让公平征税变得可能。后世的中国人启用了科举制度，这是一种严格公正的公务员考试，运用很多方法避免徇私或不公，严密程度被形容“如度量衡一般”，一丝一毫不能妥协。

　　度量衡是中国统治的象征，依法执行权力，向人民实施。故宫收藏的度量衡文物，令人想到精密的统治精神。

24

祭侄文稿：
怀才不遇的仕途，书法家的名声

悼念侄子在"安史之乱"被贼兵杀害的吊文。这是一篇草稿，上面还有好几处删改涂抹的地方。笔画粗细和字体大小代表了情感及思绪的起伏，展现了作品的生命力。尤其最后一行"呜呼哀哉，尚飨"，笔间流露悲痛至极的力量。

翻开中国文人的历史，往往出名的不是那些官运亨通的人，反而是仕途不顺、怀才不遇者，以文人、艺术家之名留传千古，唐代书法家颜真卿就是一例。在中国，文人、艺术家都是官员，或者倒过来说，艺术是官员必备的才能及品味。对于中国文化造诣甚深的日本学者青木正儿来说，"文人画就是素人画"。

到底是先当官，还是先有艺术家身份呢？应该是说先有官员的身份，才会要求要有能力从事艺术的行为。诗书作画的水准，将会影响此人的名声和评价。虽然如此，字写得再好，却不见得会当官。书法名家或是绘画名家，不见得就官运亨通，王羲之如此，苏轼更

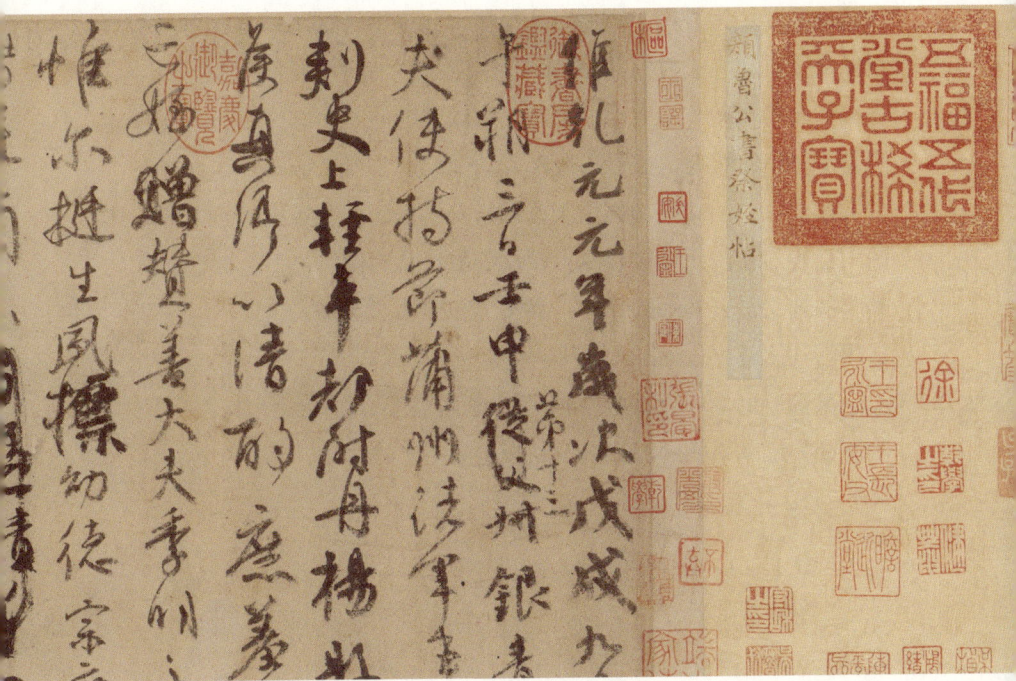

祭侄文稿
唐代 颜真卿 纸本
台北故宫博物院藏品
28.2×77cm

是如此，杜甫、李白都是。如果可以当官，从客观上讲，都算是成功的人生。

在组织中出人头地的人，在艺术感性上似乎会缺少一块，仕途不如意者反而在艺术上有成就，当然也有人两相得意，但总是会偏向擅长某一边。我自己好像属于后者，与其在公司里被重用，反而喜欢朝着写作走。

如果说我是因为升不了官所以才写作，我也不否认。总而言之，人生如果没有理想或目标，很难持续在不公平的竞赛中尽最大的努力。

颜真卿在四十岁之前的官运还算顺利，但是在唐代朝廷腐败的阴影下，宦官跋扈，安禄山之乱等动乱四起，耿直清廉的颜真卿直言批评长官，因而被调离位于首都长安的宫廷，遭到无理的人事降调。李希烈在汝州地区叛变，颜真卿被任命为使臣，手上没有任何筹码就被交付去劝降的任务，事实上等于要颜真卿去送死，但是颜真卿仍欣然前往。

李希烈也是一个怪才，北宋政治家司马光所写的编年体史书《资治通鉴》记载了颜真卿和李希烈长达两年半的对话，部分内容翻译如下。

> 李希烈："如果依照你说的顺逆之理，你认为我应该归顺于唐吗？"
> 颜真卿："我不认为，但是我还是要说服你。"
> 李希烈："皇帝和宰相派你来当说客，你认为会成功吗？"
> 颜真卿："我不认为。我被任命来当说客，所以我必须跟你说明顺逆之理。"
> 李希烈："你是来这里找死的，如果一死，就会一无所获。要不要来当我的宰相？"
> 颜真卿："绝无可能。说明顺逆之理而死，怎会一无所获？"

后来李希烈结束这场对话，听闻颜真卿的愿望后，赐予他名誉之死。这个死，结束了颜真卿的人生。

颜真卿这个硬颈之士留下的《祭侄文稿》，现在收藏于台北故宫。侄子颜季明的硬颈精神与其神似，勇敢迎战叛乱者。为侄写下吊文，是颜真卿目前仅存于世的真迹，因此当然是台北故宫的至宝。

《祭侄文稿》包含涂改的三十四字，共有两百六十九个字，充满悲壮之感。这是一份起草文稿，没有清稿。草稿成为传世名作，连颜真卿本人也会感到意外吧。正因为是草稿，流露出自然的情感，更为动人，文面上有体温的热度，又有捶胸之悲痛，心碎万分，恸哭的话语如岩浆般炙热喷出。

> 父陷子死 巢倾卵覆
> 天下悔祸 谁为荼毒
> 念尔遘残 百身何赎
> 呜呼哀哉

翻译成白话，意思如下："父亲死了，儿子也死了，好像鸟巢从树上被打落，鸟蛋也都摔破。老天对于这场灾祸难道毫无悔恨？是谁造成这场灾难？想到你遭到这样的残害，就是用一百条命也赎不回你的肉身。呜呼哀哉。"要求"天"反省，似乎等同于要皇帝反省；换言之，批判了皇帝。颜真卿写下此文时，大概对于之后发生在自己身上的悲剧已有觉悟。

颜真卿在《祭侄文稿》写到"国之将倾"，此时正是公元七五八年，安禄山自称皇帝，唐代正走向倾覆，在一百五十年后灭亡。可惜的是，天，并没有反省。

毛公鼎：
台北故宫的"镇馆之宝"

上方有两耳，腹部又大又圆为其主要的特征。商代流传下来的青铜器兽面纹经过一定的简化，连外侧的鳞文装饰也简化为一支。三只像野兽的脚，支撑34.7千克的重量。内侧刻有五百字的铭文（亦即金文），蕴藏着神秘的力量。

中文里有一个词，"镇馆之宝"，意思就是"博物馆的代表作"，但是似乎无法完全贴切传达这个词的语意；从"镇"这个汉字来看，"镇魂"的意思是用一种通灵的力量联系镇住魂魄。

青铜器本来就是一种与神沟通的通灵工具，具有灵的象征意义。台北故宫的藏品中，不只是《翠玉白菜》、汝窑瓷器，具有"镇馆之宝"称号的周代青铜器《毛公鼎》也是鼎鼎有名的文物，与《翠玉白菜》《肉形石》齐名，并称"故宫三宝"。战前的中国有三大青铜器被称为"海内三宝"，除了《毛公鼎》，还有《大克鼎》（上海博物馆）和《大盂鼎》（中国国家博物馆）。

西周王的叔父毛公也是国家重臣，深受周王的信任，处理国政的明快手腕亦受赞赏，毛公为传给子孙，下令铸造这只鼎。然而，《毛公鼎》好像被下了诅咒，命运奇妙而坎坷。

　　一八四三年在陕西省岐山出土，被村民当作废铁买卖，偶然间被北京的古董商人买下，后来经手多人，在清朝末年时被一个有名的文物收藏家端方买下。端方在辛亥革命时被派到四川去杀革命军，《毛公鼎》典押在天津的银行，后来有一位旅居中国的英国记者想要买走，引发"别让国宝被夺"的呼吁，而由当时北京政府

毛公鼎
西周晚期 青铜器
台北故宫博物院藏品
高 53.8cm
腹身 27.2cm
口径 47cm

的一位官员叶恭绰拿下。

中日战争时日军一直锁定《毛公鼎》，这个说法在中国方面的所有资料都有记载，但是究竟是怎么锁定，却没有说明；而日本方面的资料，却是完全看不到。中国方面的资料写着"被日军锁定"，却没有具体明载是谁、怎么锁定的。这个说法的真伪，暂先保留。《毛公鼎》后来密藏在香港，最后是被一位名叫陈咏仁的商人买去，在中日战争结束后的一九四六年，赠送给国民政府，入藏中央博物院，后来一起到了台湾，现在收藏在台北故宫博物院。

《毛公鼎》的名气，不只是在于其"大"（高 53.8 厘米、重 34.7 千克），还有鼎内三十二行、五百字的铭文，号称是青铜器内铭文中最长的文章。金文是指青铜器内的文字，是发展于现代文字之前的古代文字，现在也用于印章篆刻上。

在那个时代，中国是没有椅子的，发展桌椅的文化是在唐代以后，在这之前，中国人和日本人一样盘腿坐在地上。因此，青铜器不是放在桌上，而是以放在地上为前提来设计脚的造型，因而高出地面许多。包括《毛公鼎》在内，青铜器大多是三足鼎立，并不是偶然的结果，这样即使地面凹凸不平，仍可维持稳定状态。

青铜器呈现清澄的铜绿色，显得厚重庄严，完成时闪耀着美丽的金色，王借着青铜器的光辉迷惑大众，向民众夸耀自身的权力。青铜器基本功能是用于祭祀。在举行祭祀的宗庙里，君主带着臣子参加，这个集会也变成了政策决策的场合。在祭祀与政治合一的时代，对外征战是国家大事，会把祭祀的牲品放入青铜器内炖煮。该不该征战、会不会胜利等都靠占卜来确认，战胜时甚至把敌人装进青铜器内，用以谢神。

青铜器上所描绘的动物，呈现奇妙而超乎想象的形貌，雕刻的图样含意也很明确。日本的中国史学泰斗宫崎市定的著作《中国文明论集》（岩波文库）是这么写的："有些铜器表面刻了许多细琐的纹路，这极可能是为了让牲品的血不会马上流掉，尽量拉长停留的时间。如果基于这样的想象，血流在雷纹、涡卷纹上，形成像指纹的图形。周代的铜器因为这些奇怪的图样，散发着神秘的味道。"

商代制作的青铜器，在美术工艺上到达极致，但另一方面也显示巫术下咒的神鬼世界在商代社会相当盛行。商代之后就是周，各种神明被放在祭坛上，人和神之间的距离稍微拉开了，这也证明了周朝是"人的社会"。推翻商朝的决定性战役是"牧野之战"，战后不仅给予家臣土地，对于商纣王一家也给予诸侯待遇，分给土地。

社会的变化也展现在青铜器的形体上，展现时代的精神和氛围，这是文化有意思的地方。周代青铜器带有商代所没有的简朴及生活质感，面目狰狞的兽面纹也渐渐隐去，青铜器从"神之器"转变成"人之器"。周代制作的《毛公鼎》，不像商代的青铜器都写着咒文或是卜辞，而是记载了当时的政治及生活，这般庞大的人类行动记录，一直持续至今，伟大的中国史因此诞生。

26

第26话

溪山行旅图：
藏在画中的隐者思维

范宽虽是在野的画家，对于后世影响甚巨。《溪山行旅图》是他唯一留存下来的作品，浓厚的轮廓线形成山脉的巨大及特殊的层次纹理，细丝瀑布点缀入画，右下角的驮兽虽小，但阐明了人与大自然之间的关系。

这幅画非常古老、非常珍贵，台北故宫几年才会拿出来展示一次，属于"限制级"的作品，如果能在台北欣赏到，算是极为幸运。台北故宫会在秋季展出最为优质的展品，这时比较容易看到唐、宋、元的珍贵藏品。

溪山行旅图
北宋 范宽 浅设色绢本
台北故宫博物院藏品
206.3 × 103.3cm

几年前的秋天，这张大卷轴的挂画曾在二楼展出。我看到有人拿着望远镜在看画。这幅画的确画得非常细致，但似乎不到需要使用望远镜的程度。"请问您在看什么？"我忍不住好奇问他。"在看画家的署名。"他回答。我的表情显露出有些不解的样子，他告诉我："看右下方。"因为没有望远镜，就算挨近细看，也看不出

来。后来到故宫内的书店去，翻阅目录找到放大的照片看到"范宽"两字，终于明白了。

这幅画是千年以前的作品，但知道这是范宽所画也大概只是五十年前的事情。在五代末期、北宋初期那个年代，范宽并不有名，随着时间流逝也逐渐被淡忘。一九五八年有一位姓牛的台北故宫职员，在画作右下方树丛间的树叶伪装之下发现"范宽"二字。但是这个职员其实是文盲，他向当时的副院长李霖灿报告了"好像是文字的图案"，经过李副院长的鉴定，确定是范宽的作品，也是范宽唯一留存在世的作品。从此有了戏剧性的发展。如果没有这项发现，这幅作品恐怕很难获得被称为台北故宫的"蒙娜丽莎"的价值。长超过两米、宽也达一米的《溪山行旅图》，主题有两个，一个是高耸巨大的山脉，一个是山脚下走在小径上的两个旅人和四匹驮兽。对我而言，最在意的还是写在图画下方中央的"范宽"二字和身穿破旧袈裟的僧侣。不管是文字或是僧侣都画得未免太小，然而非画进不可的原因是什么，我很想知道，这应该和作者的意旨有关。中国的文人基本上都是走仕途的，但是范宽并没有当官的记录，属于在野之人。

无欲则刚、公平正直的人物，名声传遍四海的并不稀奇，但是才三十岁就隐居山林，倒是少见。范宽大口饮酒，对人有礼，本名是"中正"，字"仲立"，朋友因他宅心宽厚故叫他"范宽"，他本人也觉得不错，就拿来使用。

在中国，"隐者"的传统代代相传，源远流长。隐者的相对概念是"入世""财富"。隐者讨厌嫌弃政治或是官场，憧憬安居立命的生活。在日本的中国文学研究泰斗川合康三对我解释过隐者的概念，他说："不认同世俗社会，通过自己的作品，将自己的生命永久留存，才是真正的价值。这样的想法存在于中国社会。"中国的隐者思想静水流深，一直潜藏在中国人的精神世界之中。无论是三国中的魏，或是接下来的晋，"清谈"皆蔚为流行，知识分子推崇隐居遁世的思想，憧憬生活在大自然中。最具代表性的就是阮籍等"竹林七贤"，他们厌恶人世间的政治混乱，聚在竹林间饮酒高谈阔论。

关于隐者的传统，可以陶渊明的名诗《归园田居》为典型范例。陶渊明辞去县令官职，无官一身轻，决定回到故乡过田园生活，怡然自得之间写下《归去来辞》和《归园田居》。《归园田居》是这么写的："少无适俗韵，性本爱丘山；误落尘网中，一去十三年。羁鸟恋旧林，池鱼思故渊；开荒南野际，守拙归园田。"像这样隐者的愿望，延续到范宽生长的北宋时代。而范宽不像陶渊明曾任官职，经历过一段"无为"的时间；相反，他是打从一开始就拒绝进入官场，隐居山林，画山画水。

所谓"魔鬼藏在细节里"。作家殚精竭虑写作，自然会针对细节精雕细琢。就像一开始提到的，范宽画出大山大水，却用非常细致的方式处理僧侣，自己的名字也用树叶隐匿的方式带入。不过，隐藏自己的名字在当时的画家当中并不稀奇，山水画中搭配很小的人物也是惯用的手法。无论如何，正因为是范宽的画，我想特别解读他在这么大的一幅画中"隐藏"着的意图。

27 品茶图：
第27话　"十全老人"乾隆的坚持

　　人称"江南风流四大才子"之一的唐寅（一四七〇至一五二四），是知名的爱茶文人，甚至有"茶痴"的称号。唐寅因为卷入别人的科举舞弊案，断送仕途，遂以艺术家为终身职志。本件作品是唐寅在三十一岁所画，画中可见唐寅本人优雅品茶，右手拿着茶具，左手拿着书卷，描绘出融合茶与文化为一体的文人理想生活。

　　二〇一三年台北故宫最具话题性的展览就是"十全乾隆"，我也到场参观了。这是一个准备非常周全的展览，想帮故宫点个赞。

品茶图
明代 唐寅 浅设色纸本
台北故宫博物院藏品
93.2×29.8cm

　　乾隆皇帝是清代最强的皇帝，毕生花了许多心血在宫廷的收藏，如果称他是故宫的"生父"似乎也不过分。人称乾隆是"受天宠爱的皇帝""最幸福的皇帝"，在祖父康熙皇帝及父亲雍正皇帝累积的富强基础上，继续着繁荣盛世。自秦始皇启用皇帝制度以来，中国大小王朝至少八十个以上，也有超过三百位以上的皇帝，但是没人像乾隆皇帝如此受惠于前代恩赐。

　　然而，乾隆皇帝也不是一个衔着金汤匙出生就坐拥财富享乐什么事也不做的皇帝。他是个充满好奇心及向上精神的皇帝，过着努力勤政的日子。他自诩为"十全老人"，意思是要当一个完美的老人，成为什么都优秀、什么都不缺的人。乾隆皇帝的"超人"梦想，特别具体表现在艺术和文化领域上。

　　乾隆皇帝生于康熙皇帝的时代，在雍正皇帝时期长大，幼年时就相貌堂堂，文武兼备，康熙皇帝特别宠爱这个聪明的孙子，教导他诗书作画，施以英才教育。北方外族女真族在清朝建国后一世纪，就已经完全接受汉化。乾隆皇帝学习王羲之，沉浸于宋画，一就任皇帝就下令编纂书画目录，留下四万三千五百篇诗文，没有任何一个皇帝比得上他。

　　乾隆皇帝对于画作的喜爱程度，可用一幅画来说明。台北故宫收藏有《品茶图》，就如画作主题，这是一幅描绘享用喝茶的图画，作者是明代文人唐寅，乾隆皇帝特别钟爱他。乾隆皇帝认为苏州等江南地方的文化水准比北方高，"南巡"到江南长住，与当地的文人交流，还想把江南的气氛复制到北京，建了"静寄山庄"，重现江南的庭园和建筑。这座山庄主要作为乾隆皇帝修身养性的地方，山庄内的书房就挂着《品茶图》。更特别的是，乾隆皇帝在一七五三至一七九七年间为这幅画写了二十一首诗，把诗篇裱装在画上，这个发想异于常人。乾隆皇帝在自己认定的茶文化框架下，担任指导者，并通过这张结合画与诗的组合，大大地改变了《品茶图》原本的意境。乾隆皇帝是中国历史上非常特殊的一个皇帝，这是一件非常珍贵的素材，可以探究乾隆对于理想世界的渴望。

　　乾隆皇帝有个在文物上写上自己诗词的癖好，不少人对此有所批评。的确，画作上的留白处填满文字，失去原来静谧的空间，损害其文化价值。乾隆皇帝对于文物、对于美感及文化价值，可能有"另一层次"的考虑。对他而言，最重要的是"朕的想法"，把自己对于文物的观点写在文物上是第一优先的事情。这与今日文化属于普罗大众的想法大相径庭，是完全不同的价值观，我们不是生在那个时代，对于乾隆皇帝的做法也只能莫可奈何。

又例如乾隆皇帝刻"铭"在钧窑的瓷器上。钧窑和汝窑、定窑都是宋代五大窑之一。乾隆皇帝在钧窑的瓷碗上题字，大意是"此非宋，是元代所制，成品不是最好的东西"，显示了他的审美观。又在最后写下"今后新疆人民在我大清庇护下得到永远的幸福生活"。一七五九年，乾隆皇帝远征新疆，将其纳入清朝版图，成为历史上版图最大的国家。台湾民进党执政时期曾任台北故宫院长的石守谦，曾在论文中提到："刻在碗上赞扬皇帝伟业的文字，功能就像古代的石碑，皇帝通过收藏的作品，宣扬自己的功绩。"钧窑的瓷碗成为皇帝向后世宣扬功绩的历史见证。

进一步想，陶瓷器原本是以作为生活日用品的目的而造出来的，宫廷专用的"官窑"制造的器物只供皇家使用，但也不脱其日用品的功能。历经时代变迁，成为宫廷的收藏，变身为艺术品。加上皇帝题字的"铭"，更超越艺术品的范围，赋予了"历史的使命"。对于中国社会而言，文物具有多重的意义。

乾隆皇帝留下许多题字，说明了"十全"背后的奋斗史，也是传达掌权者思维的重要史料。这也让我们上了一课，中国社会中文物的意义，不仅是文化层面而已。

28
玉琮：
人类仰望上天的欲望

古代人类认为质地坚硬又具有光泽的美玉富含神秘的"精气"（万物根源之气），太阳在天空移动的轨迹即"黄道"进而形成"玉璧"的形体，借其通灵的力量来祭神。玉是连接天与地的通路，作为主掌政权的皇帝或是综理宗教的祭师与天上的神明交流之管道。

二〇〇八年北京奥运会的金牌采用玉的材质，当时造成了话题。玉是中国文化的象征，钟爱文物的清朝乾隆皇帝有"玉痴"之称，热衷收集玉。

台北故宫的玉制工艺品，除了《翠玉白菜》之外，最值得一提的就是《玉琮》。有句话说："中国有五千年历史。"中国人如果提出什么夸张的事情，我们不禁会以怀疑的眼光对待，唯其"玉"的历史的确超过了五千年的岁月，而且相关的文化传统传承至今，牢牢地依附在中国这块土地上。

这件玉琮是良渚时代晚期的作品，在长江流域的江苏省被发现。良渚时代是公元前二五〇〇至前二二〇〇年间，现已确认同一时期的黄河文明有仰韶文化、龙山文化的存在。如果从这件玉琮来比较玉制品的水准，长江文明或许胜过黄河文明。

　　学校教育中的"世界四大文明"，即指在尼罗河、两河流域、恒河、黄河等地相继产生的世界最早的文明。依照最新发现的考古成果，四大文明的分类有问题，与四大文明同一期间存在的，还有其他文明的发展水准更为进步，从这件玉琮就可以得知这点。

　　要了解制造《玉琮》的缘由，并不那么容易。一九六九年出版的《故宫玉器选萃》书中拍摄的《玉琮》是上下颠倒放置的，后来因为最新考古学的发现，我们终于理解了当时人们一小部分的思维。最令人惊艳的是其呈现的美感极具现代感。《玉琮》主体高 47.2 厘米，宛如一座摩天大楼的建筑体，和台湾第一高楼 101 颇为神似。看起来像耸入云霄的样子，也有"通天"的别名。这是四千年以前的作品，日本马上和中国文明比出高下。日本遗址中曾经出土《勾玉》，状如 C 字，其原始设计根本无法与中国的玉琮相比较。看着这件《玉琮》，我想到"天"，因为当时人们认为玉琮是王权的象征，这也吻合中国特有的

玉琮
良渚时代晚期 玉器
台北故宫博物院藏品
高 47.2cm
上端宽 7.7~7.8cm
下端宽 6.8cm
孔径 4.2~4.3cm

"天与地"的世界构造理论。

《玉琮》的内部是圆筒形的空心，外侧是四方形，圆是天的象征。新石器时代的人们以太阳为中心，日升而作，日落而息。当时的人民还不知道地球自转，认为太阳西沉后，就是黑夜，第二天太阳再从东边升起。"黄道"是指太阳移动的圆形轨迹，因此在玉当中呈现圆形。古代人们认为对应"天"的"地"是四角形，也就是"方"，这件《玉琮》即投射出对于天地形成的想象。

中国人对于"天"具有强烈的意识，称皇帝为天子，也会把命运的造化说是"天意"。在中国，天具有绝对的权力，没有基督教或伊斯兰教像神一样的人格，因此在中国没有绝对的神。从《玉琮》的那个时代开始，这样的思维一直持续累积在心，人们在"日＝天"的系统之下生活，"天"监看着这个世界和人们的生活及行动，因此人们心生畏惧。

《玉琮》四周共有十七个节、六十八个眼。这个"眼"是祖先和神灵的象征，可得知当时的祖灵信仰。这个时代的当权者是巫师、祭司等通灵之人，他们被选为可以和天及神灵对话的人。重复叠高的十七节，有其必要性吗？向上延伸耸立的形状，似乎缺乏稳定感，令人想到巴别塔高耸入云，但最后却崩坏收场。

《玉琮》是出土的陪葬品，当时人们相信死后灵魂可以借玉琮通天飞翔。人的欲望是无限的，人类的傲慢想要操控天，又或是对天的无限崇拜。当我们细观这只《玉琮》的主体时，想象力可无限延伸。

镂雕象牙云龙纹套球（一）：
工艺发展极致的清代

这是台北故宫博物院所藏的象牙雕刻中最令鉴赏者惊叹的一件作品。很难相信这仅是用一具象牙所雕刻出来的，即使从表面来看，一个球体雕刻到这样的程度也需要相当的坚持。这已经超出皇帝权力的要求范围，展现了工匠向极限挑战的气魄。从外观看是一个球体，但是其中有二十四层的球，而且每一层都可以活动。上面雕刻了细密的人物、花草、水果、动物等，让人看得津津有味。

我二十几岁时到中国留学，印象最深刻的就是街角印章店的象牙印章。一开始是想刻一枚玛瑙印章，走进一家印章店里，老板娘特别对我说："最近因为国际条约规定，不能再进口，这么好的象牙很难拿到的。"我已经不记得价钱了，好像有点贵，至少要几千日元吧。这枚象牙印章现在就放在我的桌上，专门用于签约用印的重要时刻。保险公司的人看到这枚印章多半会说："这个印鉴好特别！"虽然知道对方可能是客套话，但是这样的赞美还是令人开心。从使用象牙印章的亲身体验来说，象牙的魅力除了触感佳、光泽优

雅之外，材质的密度很高，用起来感觉很有分量。

中国本来就有大象，象牙和玉制作的工艺品都备受喜爱。在清代时，像这样使用象牙的雕刻作品不少，但是其中以这件《镂雕象牙云龙纹套球》最值得一提：高 54.8 厘米、球体直径 11.7 厘米，是用一具象牙所雕刻出来的球体，里面有二十四层，每一层都可以转动。到底是怎么雕刻出来的，可以如此巧夺天工，超乎想象。正式的名称是"象牙镂雕"，以同心圆为概念，称为"同心球"，看起来像地球仪，也称为"天球"。因神乎其技，鬼斧神工，又名"鬼工球"。日本人对于象牙的印象，顶多就是停留在印章，而中国千年之前就已尝试各种不同类型的加工，这件套球即是顶尖作品之一。

清代的象牙加工重镇在广东，中国大陆的大象大概在一年左右就被捕杀绝迹，广东因为地处中国南方，地理位置上接近输出

镂雕象牙云龙纹套球
清代 象牙
台北故宫博物院藏品
通高 54.8cm
球径 11.7cm
座底径 12cm

象牙的越南，具有地利之便，所以象牙加工特别发达。而《镂雕象牙云龙纹套球》就是在广东依秘传技术加工出来的。

明代一三八八年时的《格古要论》一书是这样记载的："尝有象牙圆球儿一个，中直通一窍，内车数重，皆可转动，故谓之鬼工球，或高宗内院中作者。"这个象牙球，只有三层。高宗内院是指宋代的御用工坊，拥有宋代最高的技术，当时的程度做到三层已经很了不起。到了清代，可以突破到十层。

内层的球，到底是怎么刻出来的？首先，把象牙磨出球体，再打几个洞，用特制的刀刻出各层的球体，一面转动一面雕刻，再一层一层雕花。但就算有这样的说明，还是很难理解怎么制作。这件《镂雕象牙云龙纹套球》是历经祖孙三代工匠、耗时百年才制作出来的，可以想象其作业过程多么繁复。在广州从事象牙工艺这行的人愈来愈少，内部的球数愈多层愈难，据说现在虽然最多可以做到二十六层，但是工艺美感上并没有很大的差别。

清代在工艺上的发展，不只是象牙，几乎是所有的工艺品发展到巅峰状态，最主要的原因是皇帝下令设置工坊，制作所有宫内"御用品"，提供皇帝和所有皇族使用。工坊称为"造办处""如意馆"，里面有不同部门的小工坊，例如"牙作"制作象牙工艺品，"玻璃作"制作玻璃工艺品，"漆作"制作漆器，这里集结了来自全国各地最优秀的人才。从清代康熙皇帝开始有二十七个小工坊，到了乾隆皇帝时已达到四十二个，由皇帝亲自指挥制造，《镂雕象牙云龙纹套球》很可能也是招募广东工匠到宫内制作的。

宫廷工坊的优点是工匠可以专心研制，尽情发挥，不必考虑经济因素，如果在民间，就必须考虑生计，制作比较不费工、讨喜的工艺品。宫廷工坊让工匠从这些束缚中解放出来，不以成本计算，而是以追求美感为目标，工匠也会觉得工作起来更有价值。

宫廷工坊出品的精彩作品，现在变成台北故宫的"人气国宝"，继续接受人们的赞叹，《翠玉白菜》《肉形石》都是这个时期制作的工艺品。《肉形石》是天然玛瑙上有无数小孔，就像三层肉上的毛细孔；最上面一层染成红褐色，就像酱油渗进卤肉的颜色。

清代是中国历史上最后的王朝，在悠久的中国历史上，绘画、书法、陶瓷器等艺术造诣，不见得每一种都有最好的评价，但是工艺上的成就无疑达到了巅峰。

30 镂雕象牙云龙纹套球（二）：
第30话
神乎其技的真相

　　二〇一四年八月下旬NHK配合台北故宫赴日展览，连续两晚播出了台北故宫特别节目。不愧是NHK，采访的角度非常深入，可以看出制作方面下了功夫，第二晚的节目介绍《象牙透雕套球》，说明制造过程，也引发我的疑问。

　　《镂雕象牙云龙纹套球》是台北故宫所藏工艺品的极致，有十七层的、二十一层的，就是象牙球体的加工品，其大概是台北故宫文物当中工艺技术令观众最为惊叹的。NHK说，这项技术有可能是使用欧洲传来的车床机械，以这个假设为前提，介绍清康熙皇帝如何从海外导入车床，进而改变了中国的文化。

　　象牙的雕刻技术来自欧洲的说法，这是我第一次听到，因此着手调查。在台北故宫发行的《故宫学术季刊》上找到一篇论文：《象牙球所见之工艺技术交流》，作者是台北故宫器物处研究员施静菲，看起来就是节目的资料来源，我在网上免费阅读了这篇论文。论文内容大致是这样的：欧洲传来的车床技术的确为象牙球带来革命性的新技术，提出了相当精密的研究证据。依据该论文所述，神圣罗马帝国时代在南德地区，车床技术已经相当普及，在十八世纪时传到大清帝国，当时德国制作的多层球，迄今还保存在博物馆中。

故宫象牙套球技术来自欧洲的说法，相当有意思。象牙套球在象牙工坊里是"秘密中的秘密"，如果真的是欧洲的工作机械带来的成果，的确是令人惊讶的发现。但是特别节目可能受限于节目时间长度，因而没有完全说清楚，还留下一些疑点。我的印象是这些"新的说法"，并没有完整的证据说明。例如，不管是故宫或是中国文化界通识，都认为象牙套球是元代开始制作的，当时的技术只能做到十层，再逐渐增多层数。在清朝皇帝的特别重视之下，技术精进且开花结果，故宫相关的书籍也多是这样叙述。但是特别节目对于元代到清代之间的套球制作方法没有说明，之前的套球和清代用车床制作的套球两者之间有没有差异，也没有着墨。施静菲的论文提到，留存到现代的套球几乎都是清代制作的，或许可以说明上述的矛盾之处。不过，如果以此为前提，元代之后文献上记载的套球究竟是怎么制造的，这个疑问还是没有解开。节目中还提到，康熙皇帝主导引进欧美车床技术运用于套球的制作，但是据悉车床机器朝贡到中国来的时间点，是康熙皇帝在任的最后几年，那么康熙皇帝如何成为主导者，不无疑问。再进一步调查，日本艺术评论家藤田令伊的博客对此提出了批判，他说："德国制作的套球顶多是三到五层，构造简单，层与层之间有些距离，故宫套球不可能是采用这样粗糙的技法。"换句话说，藤田先生认为这其中是有落差的："工匠用车床制造套球，我认为是不对的。拍摄了车床作业的影片，在高速旋转下的球体，雕刻器具接触的面相当大，雕出来的沟痕会很粗。又因为是高速旋转，停下来时会造成刻出更大的孔。但是故宫的套球至少十几层，而且每一层都很薄，层与层之间的距离极小，非常细致，不可能是采用这样粗糙的技法。"

我虽然不是象牙工艺的专家，但是藤田所言可资反证，介绍用车床技术，难以完成故宫的套球，即使不是全部用手工雕刻，车床机器顶多也只是辅助性工具的角色吧。

这次台北故宫赴日展览没有带来《镂雕象牙云龙纹套球》，有点可惜。电视节目从科学观点探讨象牙套球的制作方法，非常有意义。现在的套球可以做到三十层甚至五十层，今日的制作方法又是什么，令人好奇。套球的秘密还没解开，反而还隐藏更多更深的秘密在其中。

剔红花卉长颈瓶：
漆器之美

红漆厚厚地涂在器胎上雕刻而成的漆器。颈部及器身的纹样不同，布满牡丹、菊花、山茶花等花卉，展现明代初期高超的雕刻技术。

小时候在野外玩得全身发痒，有这种经验的年龄层在日本还有多少？我小学时住在横须贺的乡下，很爱到野外玩耍，记得好多次全身沾了漆液而发痒，让爸妈伤透脑筋。漆器即是利用漆树的树液制作的，这种树液含有漆酸或漆酚的特殊成分，沾到皮肤会不舒服，但是漆液会产生薄膜，光滑细腻，可以成为美丽的工艺品，产生不可思议的魔力，在用具上涂以漆树的树液，干燥之后变得坚固。漆的历史久远，早在绳文时代（日本旧石器时代）就有在碗上涂漆的记录。更加令人惊讶的是漆器寿命之长，亚洲各地挖掘出土的漆器在历经数百年或数千年后，漆的特性依然保持不变。漆树的树液为何如此具有韧性？虽然理由莫衷一是，但漆的功用是备受肯定的。漆树喜好生长在高温多湿的亚洲，并以日本、中国、朝鲜、缅甸、越南、印度等地为主，而且这块区域以西就没有种植漆树。日本漆器带有东方神秘色彩，举世闻名，因此漆器的英文为"JAPAN"，与瓷器的"CHINA"，分庭抗礼。

漆器工艺绝非日本的专属独门绝技。中国的漆器在江南地区丰润的风土背景下，宋元时期就已有长足的发展。漆器进一步晋升为"故宫等级"的工艺品，是在明代以后，雕漆已为皇帝所喜爱。原来的雕漆，是在木材、金属、陶瓷之上，一层一层涂上厚漆，在漆

剔红花卉长颈瓶
明代永乐 漆器
台北故宫博物院藏品
高 16.3cm
腹径 9.2cm
底径 9cm

上雕刻，展现雕工图案的技术。日本自古以来的漆器制作技术来自中国，正仓院的漆器就几乎都是唐代时从中国进口来的，和佛教在同一时期传到日本，让镰仓、室町时代的日本贵族特别着迷。

为了雕漆，一毫米厚的漆必须至少涂上十五到二十层，工程经常需要数年之久。漆是珍贵材料，要不间断使用，花上相当多的时间和工序。如前面所说的，雕漆和禅宗一起从中国传到日本，镰仓的禅宗寺院还有很多佛具，都是雕漆的遗作，如焚香的用具、放置香炉的香盆、放香的盒子等。中国最早的例子是组成甲胄的小块铁片，表面涂漆，这是从唐代遗址中发现的，但是雕漆的技术要到宋代才较为普及盛行。到了南宋，漆的厚度渐渐增厚，开始展现浮雕雕刻，花纹图样也从唐草的几何图形，渐渐发展到花卉、花鸟、历史题材的人物等。

雕漆器在日本的镰仓时代传到日本，也是所谓"唐物"大量进口，成为寺庙、贵族阶层府邸内的器物，是重要的宝物。雕漆在日本数量日增，鉴赏品质的眼光也随之提高。尤其在室町时代，对于雕漆的鉴赏相当严格，包括颜色、形状、大小、漆的厚度、漆的涂法、雕刻的深浅以及各种细节，都要仔细观察分析，甚至留下记录。日本人喜爱雕漆一事，连明代宫廷也知道，明永乐元年（一四〇三年），永乐皇帝送给日本的礼品就有很多雕漆，甚至改变了日本的审美观，从喜欢黑色变成红色。

明代是雕漆的黄金时代，《剔红花卉长颈瓶》正是明代的作品，亮丽的红色展现美感。雕漆采用堆朱的技术，以雕漆作为礼品，打开了通往世界的大道。明代永乐皇帝是喜爱艺术的皇帝，他要求以堆朱制作，刻出皇家的图案。永乐时期的堆朱以颜色著名，技巧精密，而又以"大明永乐年制"为最高等级的作品。

所谓堆朱，就是以颜色区分雕漆作品的说法，红色就是堆朱、青色就是堆青、黑色就是堆黑。所谓"堆"是指重复涂色的作业，传达出技术的特色。为了展现漂亮的红色，在漆液中还会加入昂贵的朱砂。

过去中国曾经以"堆"的厚度来评断价值，漆层通常是四毫米的厚度，古时候的作品，漆的厚度多达数十毫米，表示要涂上百层。鉴赏《堆朱四季花卉文瓶》这样的稀世珍品时，想象工序作业时间之久，更让人感觉文瓶的贵重。

32 澄泥虎符砚:
第 32 话 书法的后勤部队

整体呈现艳丽之态,光彩夺目,形状如一只伏虎。墨池是半圆形,周围有细卷云纹,砚台底部刻有"虎符"二字,尺寸正好是手掌大小。

小学的时候要上书法课,也许是个性别扭,不怎么喜欢写书法,楷书写得不好,字体歪歪扭扭的,常会超出格子,大概上了三年就放弃。不过现在想起来,毛笔在砚台上蘸饱墨汁的感觉真好。虽然整罐墨汁是方便的替代品,但反而不喜欢。砚中有池,叫作砚池,也有称池为"海"。磨墨后,池里充满墨汁,从墨溶出黑色液体,就像小孩玩水一样,很有趣,因此常常被老师骂:"野岛同学,要用多少磨多少。这样太浪费了吧!"纸、墨、笔、砚,中文称之为"文房四宝"。书圣王羲之在四世纪时就是这么称呼书法必备的四样宝贝:纸是阵、笔是刀或矛、墨是盔甲、砚是城池。日本艺术史学家西村康彦在日本的中国艺术评论家之中坐头把交椅,他是如此评论王羲之的这番话:"这样的说法是至理真言,充分反映了书法家、画家等追求文雅愉悦的文人们与文房四宝之间的关系精髓,展现文人挑战艺术、琢磨创作、文具备于桌边的样子。"对于这样的评析，我想再加几句话。文具是支持文化的工具，但自己也变成了一种文化，这是中国文具的特色。如同日本的茶道用具，以让茶超越美味，升华为文化。

如此说来，砚台在书法当中位于最边缘的位置，但却是生命力最长的文物，甚至可以变成收藏，这样的说法应该没人会反对。

墨是一种炭，墨和炭在日文的发音都是"sumi"，两者是不是有关系，我不是语言学专家，因此并不清楚。墨是燃烧菜籽油后收集炭，用胶凝固干燥而成；砚台是压缩河底细沙成岩石而成，表面是肉眼看不到的凹凸，以供磨墨。换个说法，墨是萝卜，砚是磨泥器。墨是消耗品，砚台是耐用品，墨会磨完，砚台则是永久使用的用具。人会讲究用具，爱惜用具。在文具当中，砚所具有的价值及多样性，鹤立鸡

澄泥虎符砚
宋代 澄泥
台北故宫博物院藏品
长 14.6cm
宽 7.6~8.5cm
高 1.6cm

群，因此容易展现"兴趣"。

台北故宫有一只伏虎形的砚台，叫作《澄泥虎符砚》。形状模仿古代中国的铜虎符，做成砚台。造型独特而可爱，也具有现代洗练的设计感。相较于其他用天然石的砚台，这只澄泥砚是烧制而成，其以布多次过滤河川的泥沙，滤出的泥沙固定成"澄泥"，烧制成砚台，造型可以自由发挥，没有固定的形状，因此文化特色浓厚。此技术手法完成于唐代，但是手法是秘密，宋代之后几乎失传，清代的时候再度出现。故宫的《澄泥虎符砚》制造于清，盖子的内侧有乾隆皇帝的诗文及印章。

砚台使用时有"砚精"之称，日本人相信里面住着魂魄，在砚台磨墨时可以听到人声，感觉有点恐怖。日本知名动画《虫师》，便描述一砚台里住着虫，会加害于人，磨墨时冷空气会进入人体，因而体温下降，因为来自寒冷地区的虫便住在砚台里。

文房四宝的其他文具不像砚台与人这么靠近，大概只有砚台可以招来世上的某种精灵吧。故宫的《澄泥虎符砚》里面，必定住着虎精。

台湾图附澎湖群岛图：
台湾的历史形象

这张图的相关位置是这样的：左侧是北、右侧是南、上侧是东、下侧是西。北自鸡笼（基隆），南到沙马矶头，描绘其中的河、山、港、湾、岛屿，还有都市里的政府机关、炮台等。

台湾图附
澎湖群岛图
清雍正元至五年
彩绘纸本
台北故宫博物院藏品
63×772cm

故宫和台湾之间并非没有渊源，这张成为故宫收藏品的地图就说明了其中的联结。

台湾真正纳入清朝版图是在郑成功死后，一六八三年郑家正式降服，那是康熙皇帝在位的第二十二年。康熙皇帝马上绘制台湾地图，称为《台湾舆图》。康熙皇帝之后的雍正皇帝绘制了《台湾图附澎湖群岛图》，其后乾隆皇帝也制作了《台湾舆图》*。

很有趣的是，这几张图都成为故宫的收藏品，并运到了台湾。其中康熙皇帝的《台湾舆图》在台湾博物馆；雍正皇帝的《台湾图附澎湖群岛图》和乾隆皇帝的《台湾舆图》都在台北故宫。二〇〇九年台北故宫举办两岸首次合作的"雍正大展"，展示了《台湾图附澎湖群岛图》，画中详细描绘，反映了那个年代清朝如何理解台湾。清朝几乎平定了中国之内所有汉人居住的地区，台湾由郑氏一族固守，成为最后纳入清朝版图的一块领土。

《台湾图附澎湖群岛图》中，南方画得比较详细，北方比较简略，很有意思。这显示了清朝当时台南和鹿港是主要交易和交流的城市，现在的台北根本不被放在眼里。在这张地图上，台北盆地几乎是没入水中的样子，从台北的地理位置来看，北面是阳明山山系，东面与宜兰之间是层层山岭，西面则地势较低，向东海岸开口。

台北盆地水深达五米时，就像这张地图所示，出现一个大湖。康熙三十三年，也就是公元一六九四年，台北发生地震，海水流入，淹没台北，也许跟这个有关。但是，也有人不认同"台北湖"的观点。这张地图上没有任何评析，也无从判断。但是我从以前就有一个印象，被水包围的台北是一种不可思议的地形。看到贯穿台北北边的基隆河呈现蛇行状，令人猜测台北地区过去可能是一块湿地或沼泽。

这张地图也是一幅很美的画，这一点是康熙皇帝的《台湾舆图》和乾隆皇帝的《台湾舆图》所不能及的。雍正皇帝是否对于台湾特别有兴趣，尚不得而知。应该是说负责绘制台湾地图的画师或地理学者格外有热情，而皇帝的热情在于对这块领土的求知欲吧。故宫的收藏品中，有不少古地图。中国人本来就是最早开始制作地图的民族，魏晋时代的裴秀提出"制图六体"，订定绘制地图的理论，

---

* 台北故宫另一名称为《台湾地图》。——原编按

包括分率（比例尺）、准望（方位）、道里（距离）、高下（高低）、方斜（坡度）、迂直（曲直）等，这些是非常合理的原则。师承这个地图理论，唐代时绘制《海内华夷图》，幅面高三丈，可惜已经佚失；但宋代制作的地图还保留在故宫，也是丈量技术及精细度极高的地图。地图是人类生活的基本工具，也是政治的基础，没有地图，就无法说明政治。地图说出政治的故事，故宫里有地图，故宫说出政治的故事。

34

第34话

画鱼藻：
展现"得水之鱼"

构图是中国的式样，运用西洋的立体画法，强调阴影。尾巴的立体感及鱼鳞的质感，令人印象深刻。郎世宁擅长画动物，连画鱼也如此生动，充分发挥他的才能。

中国人不像日本人吃那么多鱼，对于中国人而言，鱼不会夺走肉的地位；中国的餐桌以肉为主角，但是日本餐桌上的鱼并不会输给肉。鱼的价格高，不可能每天吃生鱼片，但鱼是日本餐桌上的国王，地位屹立不倒。

然而从文化层面来看，日本不如中国重视鱼。日本以鱼为主题的绘画，数量少得惊人，相关的诗文也不多，最受喜爱的是鸟。日本人对于鱼的题材，没有特别追求的风情或文化，也许对日本人而言，鱼就是随手可得的食材。日本虽有以鲤鱼为主题的挂轴，感觉是在模仿中国山水画。

中国的情况则不同，会用文化来体现鱼。我想到住在新加坡时，每年为了迎接农历新年的餐会，必会点一道菜叫"鱼生"。这是白身鱼和蔬菜混合成"生鱼片沙拉",吃的时候要把鱼和蔬菜夹得高高的再吃,这时候说"年年有鱼(余)",讨个喜气。这是因为"鱼"和"余"发音相同,因此成为新加坡华人过年时不可或缺的年菜。

　　二〇一五年一月,台北故宫在农历新年前举办"年年有余——画鱼名品特展",我特别去参观。这虽是个小规模的展览,但展示的全部都是

画鱼藻
清代 郎世宁 设色绢本
台北故宫博物院藏品
68.8×122.1cm

以鱼为主角的作品，激起人们求知的好奇心。特别引人注目的有两件作品，其中一件便是清代意大利籍宫廷画家郎世宁画的《画鱼藻》，从这件作品可以看到当时的国际交流在美术领域的脉动，令人体会到中西美术的融合。看着这部作品，可看出东方和西方对于鱼的见解不同，就像中国和日本对于鱼也有不同的理解。

画面上有一条大鲤鱼、一条中鲤鱼和四条小鱼，在鱼缸里悠游，充满动感。制作的年代虽不明确，但因为郎世宁曾侍奉康熙、雍正、乾隆三位皇帝，从乾隆曾经写过和"观鱼"相关的诗中，可以推测这是画于乾隆时代。东西方关于鱼的价值观本来就不同，西洋人把鱼当成艺术的图案，静物画也经常出现死鱼，这和喜欢画活鱼的中国大不相同，西洋人对于鱼，可能是当作一种"敬畏的对象"。另一方面，中国认为鱼是好东西，定位为吉祥的生物，例如庄子说"鱼乐"，鱼在水中自由自在认为是生命的象征，观赏鱼的人，也和自然合而为一，感觉到生命的喜悦。中国和日本都有养锦鲤的嗜好，这也有其文化的寓意。宋代便有许多以鱼为主题的画，如《鱼乐图》《鱼藻图》《游鱼图》《戏水图》等，以鱼为主题的创作，这在欧美是看不到的现象。

另外一件作品是清代华喦的《群鱼戏藻》。华喦是福建上杭人，精于画人物、山水、花鸟，这幅作品以鲇鱼为主角，描绘鱼在水中的跃动感及生命力，借由鱼呈现生命力的想法，这是西洋画家不曾有的。

八大山人也留下了一张《鱼图》，一条鱼位于画的中央，左边有两条，还有草体的字，落款是"八大山人"的印章。画中有鱼无水，这一张画的风格十分独特。鱼眼呈长方形，鱼眼向上，口开得大大的，八大山人的四个字写得很小，连缀起来像"哭之""笑之"的草书。其寓意在于因为明朝被灭而对清朝的一股同仇敌忾之情，没水之鱼正是"如鱼得水"的相反词，直指被敌围攻之苦境。八大山人虽有明朝贵族的血脉，却远离仕途，未使用真名画图。"白目"表示对清朝的轻蔑态度，"哭之"是为明朝流泪，"笑之"则是嘲笑清朝。

在八大山人死后，这幅批判政治的画辗转到了郎世宁的手中，因为八大山人的助手拜托郎世宁保管。郎世宁深受这幅画感动，对于画中的政治意涵并不在意，不过这还是宫中的问题，那位助手也被雍正皇帝流放到中国西北方去了。

在中国，鱼的含义很多，从八大山人的这段故事也可窥得鱼的重要意义。

35
第35话 画班姬团扇：
中国美女的画法

手持扇子的女人站在树下，这是描述汉朝宫女班婕妤的故事，借由此画作，唐寅隐喻了自己失意不得志的心境。

日本人印象深刻的中国美女，非杨贵妃莫属。杨贵妃的故事，广为日本人所知，但是却经常听到"以现在的标准来看，杨贵妃称不上美女"的说法。

画班姬团扇
明代 唐寅 设色纸本
台北故宫博物院藏品
150.4 × 63.6cm

唐代的美人图所画的女性，大多是圆脸，体型丰腴，眼睛细长，与现代美女的形象很不一样。台北故宫唐三彩的仕女像，大部分是圆润的身材，如果现在坐在我身旁，我大概很难和她坠入情网。日本平安时代的美女，也绝非今日的美女。然而，中国和日本的美女观愈来愈接近，明治时代以后几乎没有改变。受到中国美女诱惑的日本人，以明治大正昭和时代的大文豪芥川龙之介为代表。

芥川龙之介以大阪每日新闻社海外视察员的身份，在一九二一

年的春天被派到中国。他从东京，经过九州的司门再到上海，在中国大陆游历了四个月，足迹遍及上海、杭州、苏州、扬州、南京、九江、武汉、洛阳、郑州、北京、大同、天津、沈阳等地。回到日本后，芥川写下《南国美人论》，主要是对酒楼妓院女子的感想。例如，叫"时鸿"的女人"带有田园味道的纯朴"；叫"洛娥"的女人是"薄命的美人"；叫"花宝玉"的女人是"深层女人味的美人"等评语，美不胜收。中国的朋友问芥川，中国女人好在哪里，他这么回答："最漂亮的地方是耳朵。"中国女人戴耳环的美丽，这是当时日本女性所没有的，同时刺激了芥川的艺术感官。

中国古代的美人图，当然与现代大不相同。唐代的标准是"体态丰腴、丰胸肥臀"，胸部和臀部都是大而丰满的女性。据说唐代的流行服饰是开襟凸显丰胸。美人的标准因时代而异，宋代则盛行"身轻如燕，身姿窈窕"，纤细清瘦的女性才是美女，这样的细腰称为"杨柳腰"，算是一种复古吧。虽然腰要细，但是不管在哪个时代都崇尚丰臀，应该是出于传宗接代的考量。小说《金瓶梅》里对于美女潘金莲是如此描写的："黑鬒鬒赛鸦鸰的鬓儿，翠弯弯的新月眉儿，香喷喷樱桃口儿，直隆隆琼瑶鼻儿，粉浓浓红艳腮儿，娇滴滴银盆脸儿，轻袅袅花朵身儿，玉纤纤葱枝手儿，一捻捻杨柳腰儿，软浓浓粉白肚儿，窄星星尖翘脚儿，肉奶奶胸儿，白生生腿儿……"

事实上，美女也因国家而异。中国美女崇尚细长眉毛往上，眼睛也往上，额头宽，鼻梁不高，厚唇小口；日本美女则喜欢眉毛短而浓，眼睛大又长，发际线低，鼻子长，唇薄而长；韩国美女则是长脸，短薄眉毛，小而细的眼睛，额头窄，唇薄而小。这样一写，光是东亚地区，对于美女的定义就有这么多差异。从世界的角度来看，所谓美人，没有共同的普遍标准。

随着时代的变迁，关于美女的标准当然会改变，无论什么时代都有美女，特洛伊战争的海伦、埃及艳后、中国的杨贵妃等，每个时代都有和美女相关的历史事件发生，美人有其得天独厚的好处。但是另外也有"红颜薄命"的说法，美女为男人所争夺，遭到其他女人的妒忌，最后悲剧收场。

故宫收藏的美人图中，最令我注目的是唐寅的《画班姬团扇》。唐寅有"江南第一风流才子"之称，擅于画美人图。他还留有《王蜀宫伎图》（北京故宫）、《李端端乞诗图》（南京博物院）、《仿唐人仕女图》（台北故宫）等著名的美人图，可以说是中国历史上画美女的头号人物。

36
第 36 话

钩连乳丁纹羊首罍：
羊的青铜器

肩上有四个羊头的浮雕装饰，夔纹突点，扁平立鸟肩饰，腹部是钩状的棱脊。上海博物馆收藏有另一只相似的罍。

今日的"中国"是何时开始的，这是一个相当难回答的问题。如果从遗址来看，大约是五千年前，也有主张是四千年前开始。依我个人的见解，商代和周代交替是公元前一世纪，也就是三千年前，这是今日所说的中国的开始。

周代的思想、风俗，也就是"中华"的思维，在中国的社会通过直接和间接的方式承袭到今天。周代迄今依然是中国文化人的理想国度。周代与游牧民族的渊源很深，而羊又是游牧民族的生活重要支持，辅佐周武王的太公望吕尚姓姜，字形和字音都和羊相似，羊是周人的宝物。

日本的中国文化学者加藤彻称周文化为"羊文化"，依据加藤的研究，周人把无形的"好事"都和羊相关。义、美、善、祥、养、仪、议、羡等，确实都有羊。祥这个字，是祭天时以羊为祭品，让好事在人身上发生。把羊奉献给天，这就是周人的世界观。

　　继承羊文化的就是孔子，他创立儒家，而儒家思想特别重视仁义精神和道德修养。有一句成语"告朔饩羊"。加藤的著作曾经提到，传统的礼俗仪式，即使是虚礼，也会尽量保留下来。依据《论语》，鲁国早已不行"告朔礼"，主其事的官员却循例在祖庙供奉一头宰杀的饩羊当祭品。孔子的弟子子贡想在祭祀时干脆省去羊的祭牲，但孔子反对，他是这么说的：

钩连乳丁纹羊首罍
商代 青铜器
台北故宫博物院藏品
高 37.3cm 口径 31.3cm
腹深 27.2cm
足径 29×29.5cm
足高 10.3cm

"赐也，尔爱其羊，我爱其礼。"（子贡啊，你爱惜羊，我爱惜礼。）依据不同看事情的角度，也不能说是虚礼主义。原来传统和保守，都是培育古代人成长的思想和制度，有其一定的合理性，不应该轻忽，这是他的基本立场。

故宫和羊有关的文物，第一个想到的就是《钩连乳丁纹羊首罍》。"罍"是商周时期盛行的酒器或装水的器皿，罍的口有方形或圆形，腹部膨胀，有耳。器体的肩部最为突出，从这里向下变窄，颈短，有环的耳则颈长，底下的部位膨胀。日本也有羊的青铜器，就是日本根津美术馆的《双羊尊》，这可是故宫没有的好东西。

根津美术馆有世界有名的青铜器收藏，和日本住友集团的住友收藏并列为日本两大青铜器收藏。日本的青铜器，不是台北故宫《毛公鼎》那种大型青铜器，而是可以收进包包的中小型青铜器。这是因为流入日本的青铜器是在清朝末年、民国初年时期海运到日本，必须要能简单运送之故。根津美术馆的青铜器收藏，最知名的就是《双羊尊》，容器放置在两只羊的背上，造型很独特。如前文所述，两只羊抱着"尊"（酒器），全世界只有两只这样的作品，另一只在英国的大英博物馆。二〇一五年是羊年，因此日本曾向大英博物馆借展，两只羊并列展出，这样的特展大概是空前绝后的吧。

仔细观察这两只羊，会发现有一些区别，虽说是同一时期、同一地点制造的，但其实这几乎是不可能的事情。两者细部的图样和造型不同，根本不是双胞胎，顶多是亲戚。大英博物馆收藏的大约是商代前期的作品，根津美术馆的是商代后期。此外，从艺术的角度来看，根津美术馆的品质较佳。

　　我大概持续看了二十分钟，脑中一直出现不同的想法，本来是面无表情的羊，看着看着也像是微笑的表情。这不是开玩笑，而是观看中国古代青铜器时常常会有的错觉。装饰在青铜器上的动物，基本上是祭祀的牲品，用动物的形体作为青铜器的造型，用于祭祀仪式之中。人们相信青铜器内住着动物的灵，可以驱"魔"。动物存封在器体中，动物或者有怒，或者有笑，各不相同，通过无声的对话，像是可以跟青铜器里的动物说话，感受到不可思议的神奇力量。

37
第 37 话

伏羲坐像：
道统的象征

马麟画的伏羲，下半身是豹纹的兽皮，手脚的爪子如同野兽一般，充满野性。

依"限制风险"划分等级，其中就有原收藏于紫禁城南熏殿的《历代帝王图》。帝王图中最为贵重的是南宋画家马麟所画的"道统五像"，描绘五位历史上的君王。原本不是"五像"，而是"十三像"，即伏羲、尧、舜、禹、汤、文王、武王、周公、孔子、颜回、曾参、子思、孟子等十三人，马麟画好后，献给南宋理宗，以支持其治国理念。

马麟是活跃于中国南宋宁宗（一一九四至一二二四年间在位）时期的宫廷画院画家，他是马远的儿子，马远是南宋画院的代表性画家之一，家学渊源，擅于画山水、花鸟、人物。被赋予任务画十三像，可见他在南宋宫廷中受到顶级的评价。马氏一家以绘画成名，父亲马远的名声更在马麟之上。在日本有几件马麟的作品，大

伏羲坐像
南宋 马麟 设色绢本
台北故宫博物院藏品
249.8×112cm

朕繼承
祖
宗治文之緒祗遹
無謀日奉
卷帙萬幾餘間時求載籍
推惢道統之傳自伏羲迄
于孟子冗遠而在上其道
行鴏而在下其教明採其
大指合為之贊雖未能探
隤精微姑以寓尊其所聞
之意云爾

宓羲

雄大立極　為百王先
法要筆建　道德統全
八卦戍父　三墳不傳
無言而化　至治自然

约是室町时代进入日本，对于日本的水墨画影响深远。

在日本的台北故宫展上，展示了马远的《华灯侍宴图》。这幅"名画中的名画"已出现劣化黑点，因为和展示柜有点距离，没办法看得很清楚。由于担心损伤绘画，除了限制展示时间，也限制到境外展出。能够看到这幅宋代以前的名画，堪称幸运。

东京国立博物馆收藏的《梅花双雀图》，传为马麟的作品，能阿弥写下"梅雀 右 马麟"。自从日本的足利将军家以来，便认为是马麟的作品。作品没有落款，要证明作者是马麟，有点困难；但梅枝的表现手法，确为马远派的笔法，纤细呈现梅花和雀鸟的方式，这是南宋院体的特有画法。

现存的"道统五帝"中，最引人注目的是《伏羲坐像》。其充满野趣的姿态，和尧、舜、汤、武王四人的最大差别就是"文化"。伏羲在五千年前因为黄河出现一头龙马，背上出现奇特记号得到启示，因此发明了八卦。

自古以来，中国历史上称"三皇五帝"，对此，历史学家司马迁写《史记》时，并未触及三皇，而从五帝说起，意思是不承认三皇的历史。《史记》中的"三皇本纪"不是司马迁的原版，而是唐代子孙司马贞增补的。司马迁不放入《史记》，因为认为这段不是历史，而应归类于神话。

关于三皇，有各种说法，其中最常被提到的是伏羲、女娲、神农。神农是农业之神，也是中药、中医之神，还是占卜、商业之神。以前日本的商店街庙会时经常祭拜伏羲。伏羲和女娲是夫妇，被认为不是中原之神，特别在苗族，会将伏羲和女娲一起祭祀。

　　此外，司马迁曾列举五帝是黄帝、颛顼、喾、尧、舜，也有其他文献提出其他的名字。从司马迁那个时代，对于黄帝的真实性已有许多质疑的声音，司马迁把它放在介于"神话"和"历史"之间，他原本把商代也列入历代皇帝谱系中，但是在殷墟考古发掘之前，没人相信。后来得到证实之后，神话升格为历史。如今对于无法证明的都归于神话，神话中的虚实则是各自的自由想象。

　　如同"道统"二字的意义所示，中国人对于从古至今的历史，都有"道"一以贯之。

第二篇

谈故宫

38 四川的“战时故宫”（上）

第 38 话

二〇一三年夏天，飞机降落在四川省成都的机场，这里是中国西部的核心都市。在含着沙尘的雨中，我从成都机场出发，车程约两小时，来到了直线距离约一百五十公里外的乐山。

提到乐山，马上浮现脑海的是公元七百一十三年兴建的大弥勒石像。同在四川的峨眉山，也有列为世界遗产的佛教遗址。到了乐山，我立即去看大佛，顺着阶梯一步一步往上，爬了大约二十分钟，汗流浃背，最后终于爬到顶部。从背部绕一圈可以看到全身，有突降的陡坡下到大佛的脚部，排队的游客相当多。

不爬这边，可以从和大佛有点距离的另一边登上瞭望台，视野变得宽广起来。从成都流向乐山的岷江、北边下来的大渡河，加上当地的河川青衣江，三条河在乐山汇流变成一条，景观十分壮大。

岷江汇集了两条河，水量丰沛，南下数百公里流入从喜马拉雅山来的长江，再继续流向重庆、武汉、南京，到长江下游。地处水上交通便利之处，地理上的优越条件让乐山附近自古就是盐产地；在不靠海的中国内陆，盐是国家战略物资。

乐山受到历代王朝的重视，为了祈求水路安全而兴建大佛。又因为水路交通便利，乐山成了接受故宫文物的土地。那时正是中日战争的大时代。大佛已有一千两百年以上的历史，一九三七年十一月二十二日，在大佛的保佑之下，故宫文物躲避战火，从南京经长江，再到岷江，经过长途旅程，就是我现在看到的风景。故宫文物经水路终于抵达乐山，一直到中日战争结束，都安置在乐山安谷乡（今为安谷镇）。

从乐山城里搭计程车，窗外的景色从都市渐渐变成乡村，道路旁立着标牌，上头写着："战时故宫五公里"。我原来就知道保管故宫文物的纪念馆在安谷，但是"战时故宫"这个名称还是第一次听到，让人觉得是个很厉害的名称。陆续看到几块立牌写着"战时故宫××公里"，最终抵达了安谷。这是一座四合院样式的建筑，大门立着两块招牌，一块写着"故宫文物南迁史料陈列馆"，另一块写着"战时故宫博物馆"。

"故宫文物南迁史料陈列馆"感觉是正式名称，但"战时故宫"还是比较抢眼。因中日战争避难到乐山，故宫文物曾经安置在此，这段历史连中国人都不太知道。

当时的故宫院长马衡到各地视察，决定文物安置地点，将乐山的安谷选为合适之地，理由如下："距离城镇十公里外的郊外农村，水路运

战时故宫博物馆（图/作者提供）

乐山当地人士畅谈战时故宫（图/作者提供）

输非常便利，村内有多处庙宇，保管文物容易。"一九三七年七月十日至九月十八日期间，共分二十七次，从重庆走水路运了九千三百六十一箱文物来到这里。依据当时的记录，使用的船只多达数百艘，文物分别放置在古佛寺及六个宗庙共计七处。宗庙包括当地重要家族，如陈氏宗庙、朱氏宗庙等。

文物安置在安谷，遇到最大的管理问题是气候。整体而言，四川多雨湿度高，湿气又是文物的天敌，必须经常把文物放在太阳下日晒干燥，次数比在北京、南京时更为频繁。另外，依据当时故宫职员的经验谈，放在寺庙，有很多老鼠和白蚁，也必须展开一场艰苦的消灭鼠蚁大作战。

国民政府在安谷正式设置"故宫博物院乐山办公室"，由于安置故宫文物是一项机密，对外只能说是"和博物馆相关的东西"，绝对不能提到"故宫"二字。军方派出两支部队保护文物，在寺院、宗庙门口二十四小时轮班，不相干的人一律不准进入。如今，乐山当地人士自筹经费设置战时故宫，努力向后世传诵这段故宫文物安置在乐山的历史。

39 四川的"战时故宫"（下）

第 39 话

我造访四川乐山安谷乡，故宫文物南迁史料陈列馆馆长王春联为我介绍战时故宫，并导览陈列馆。除了聆听馆长详细解说故宫文物迁移的历史，我还看了陈列馆中庭放置的十座铜像，他们都是保护故宫文物有功的"老故宫们"，如前故宫院长马衡、故宫职员那志良、庄严等。此外，离陈列馆有一小段距离的小山丘上，建有大型纪念碑，赞扬安谷对于保护故宫文物的贡献。

当地的中小企业家王春联是发起人，他投入自己的财产完成了大部分的实体建设，我和他在陈列馆附近的一家餐厅一边用餐一边聊天。当日餐点中的东坡肉，加了一点番茄，非常美味。说起来，苏轼是四川眉山人，眉山是距离乐山不远的城市，吃到的东坡肉感觉像在原产地吃到。王先生不是文化界人士，连中学都没毕业，但是他却知道安谷过去曾经安置故宫文物的这段历史，因此决定要设置一个资料馆。

"曾是故宫文物避难所的地点有好几个，但是像安谷这样有个这么豪华的实体馆舍的，只有这里。"王先生这么说道，"我们这块地方保护故宫文物八年，这段历史是安谷的骄傲，因此希望尽量保存这段历史传给后世。同时，故宫是中华民族的财产，为了

故宫文物南迁史料陈列馆（图／作者提供）

彰显这群不辞辛劳保护文物的故宫人员，我们建造了铜像。"一九四六年从安谷运出文物时，当时的故宫院长马衡曾赠送"功侔鲁壁"的匾额给六处宗庙，以表示对安谷人民的感谢。中国的圣人孔子在鲁国的家有一面很大的墙壁，保存了许多书籍，因此后世将孔子的伟业比喻成这面墙壁，称为功侔鲁壁，表示非常伟大，就像孔子的墙壁一样。山丘上的纪念碑上也刻有功侔鲁壁，象征战时故宫。这块匾额后来一度不知去向，纪念碑完成时，曾在村民家里发现断成两半的匾额，现在则保存在纪念馆内。

此行我也认识了住在乐山当地的文史研究者魏奕雄，他参与了战时故宫陈列馆的营运规划，又曾发表多篇文章讲述乐山和故宫的关系，我访问乐山之后，也多次以电子邮件和他交换意见。

魏先生告诉我有一位故宫人欧阳道达，他当时负责将文物搬进乐山，在一九二五年故宫创立时就参与"清室善后委员会"，他是老故宫，也是陈列馆铜像的其中一人。搬运完成后，在乐山设置"故宫博物院乐山办公室"，欧阳道达担任主任，他和妻子借住农家的仓库，带着三个孩子一起生活。

魏先生告诉我，欧阳道达以严格的方式管理仓库、寺院等七处库房，每个箱子放在哪个仓库均有记录，并整理出文物清单，如果要开箱取出文物均须有欧阳道达的许可，并严禁外面的人进入仓库。且因为文物中有不少是纸或木头材质，欧阳道达也特别注意白蚁和漏雨的问题。欧阳道达在乐山八年负责文物保管，任务结束后他没有到台湾去，而是留在大陆继续当故宫职员，一九五〇年曾写了《故宫文物避寇记》一书。书中内容分为"南迁"（从北京移到南京）、"西迁"（从南京移到四川）、"东归"（从四川移到南京）、"收复京库"（回到南京的仓库）四阶段。他是一位优秀的行政官员，简洁记述了这些过程，因为他自己当时人在乐山，因此有关乐山这一段比较详细。

他写这本书的时候，是按照当时的院长马衡指示所写，完成之后没有马上印刷，只是做成影本当作内部资料参考。之后发生"文化大革命"，这本书不知去向，但在二〇〇九年时在中国重新出版。我从乐山回到日本以后，从中国的旧书网找到这本书。他把十几年的故宫避难过程客观记载下，是一份非常珍贵的资料。欧阳道达后来担任北京故宫和国家档案局的官员，八十四岁时过世。魏先生这么说："欧阳道达先生翔实记录，传达了抗日之下保护文物、乐山人如何尽力协助的情形。今天能够在乐山打造战时故宫纪念馆，也是拜欧阳道达先生之赐，感激不尽。"

身负乐山故宫文物管理大任的老故宫人欧阳道达（图/作者提供）

　　乐山至今仍对故宫文物有着深厚的感情，尽力保存保护故宫文物的回忆。此行造访乐山安谷，对中国人于历史之执着，有了更深一层的体会，也想把乐山的战时故宫列入故宫之一。

40

留在南京的"故宫"

　　提到故宫，通常一定认为只有台北和北京，或者顶多加上沈阳故宫，多数人想到的就是这三个，但我认为还有第四个故宫在南京，在本文中我将说明理由。

　　中日战争结束以后，原来安置在四川乐山与峨眉山的故宫文物一起集合到重庆。从重庆沿长江而下，抵达南京大约是一九四七年左右。当时国民党因为在内战中情势恶化，决定把文物移往台湾。一九四八年冬天展开运往台湾的作业，本来是要分成七趟航班送出，但是战火已经逼近南京，只开出三班船，最后运送了三千箱故宫文物到台湾。

　　不久后，中国共产党攻克南京，留在南京的一万五千箱故宫文物，其中一万箱立刻搬到北京，这在北京故宫的正式文献中都有记录。简单算一下，一万五千箱中，一万箱到北京，三千箱到台湾，还有两千箱在哪里，有谁想到呢？答案是两千箱留在南京，现在由南京博物院管理。

　　南京博物院是继受国民政府时代的中央博物院所设的馆舍，到二十世纪六十年代为止，南京朝天宫的仓库都定位为故宫的"南京分院"。在日本也有类似情形，东京、大阪、京都之间都有竞争关

南京博物院（图/作者提供）

系，而北京、南京、上海之间也一样存在着竞争关系。特别是南京博物院有这个历史背景，让组织内部相当有自信，因此存在着对抗北京故宫的意识。

文物从南京运往北京故宫的运送作业并未完成，还有文物留在南京的这段过程，我曾访问前南京博物院院长梁白泉，相关内容会在本书另外的篇章详述，这里就暂不陈述。

北京故宫从没放弃过取回收藏品的念头。一九九一年北京故宫副院长杨新接受台湾媒体专访时曾表示："十几万件的国宝放在南京仓库，这是北京故宫委托南京博物院保管的。""这些国宝有青铜器、书画、漆器、玉器、佛教文物等，以明清的瓷器为主。""这些国宝都是国家的，本来应该由北京故宫保管，现在交通及运送费用的问题已经可以解决，等到北京故宫地下仓库的工程完工，就可以开始和南京方面谈。"

此外，杨新严厉批评："这些文物不是一般人懂得鉴赏的，南京博物院随便展示、日晒等管理方式问题很大。"中国政府机关之间有如此强硬的严词批评，应该是很特殊的个案。虽然如此，之后也不曾听说南京的故宫文物回到北京故宫的相关消息。

南京的故宫文物问题，在故宫的历史中没有公开讨论过，可以称之为"秘史"。反而注意到南京遗留文物这件事的是日本。一九八八年十月开始，到次年二月，日本电视台为了庆祝《中日和平友好条约》缔结二十周年，邀请南京故宫文物到日本巡回展，在东京、大阪、名古屋、广岛等地举办"中国南京博物院藏宝展·苏醒的南迁文物"特展。我从旧书店买到当时的简介目录，主办者的序言非常简要地提到了故宫文物留在南京的过程，很有意思。它是这么写的："一九四五年中日战争结束，同时国共内战开始，这批南迁文物其中一部分送往台湾，形成现在北京故宫博物院和台北故宫博物院两地展示文物的格局。事实上，这批南迁文物中，有一部分没有回到北京，也没有运到台湾，而留在南京仓库休息，秘宝沉睡于此，不为人知。"简介目录中刊载了南京博物院副院长徐湖平和日本艺术评论家西村康彦的解说文章，但是对于故宫文物留在南京的"真相"却一个字也没提。这个展览，究竟展出了什么样的文物？基本上，留在南京的故宫文物以瓷器为主，有北宋时代制作的定窑《印花双鱼纹盘》、钧窑《淀青釉雷座水盘》等。明代的官窑瓷器以洪武、永乐、宣德、成化、嘉靖等时代为主，如洪武《白瓷有盖大壶》、永乐《青花云龙纹扁壶》等佳作。在这个时代到达巅峰的中国青花瓷，大概都可以掌握。此外，还网罗了清代康熙、雍正、乾隆三位皇帝的青花、五彩、粉彩、珐琅等工艺瓷器，这个时代的作品与宋元时期的单色瓷器大不相同，令人感受到中国瓷器的另一个黄金时期。

这次展览是南京的故宫遗留文物第一次大规模的对外展出，是一场具有历史意义的活动。由于牵涉到本文上述提到的"微妙"问题，

南京博物院收藏的文物（图／作者提供）

因此促成展览的难度相对提高。对于出力促成的相关人士，我想要表达敬意，心里想说："能够办成展览，真是不容易"。

当时参与展览企划的承办单位"博宣国际"公司负责人神田聪，我在二〇〇九年和他在东京见过面。神田先生回想了当时的情况，他说："带来日本展出的大约有一百件精选作品，电视台也制作了专题节目，在一九九九年一月一日元旦晚上九点的黄金时段播出两小时，节目制作费花费两亿日元，但是因为正值日本过年假期，文化的内容比较生硬，收视率只有百分之九，有点低于原来的预期。但是，展览吸引了不少人潮。"

神田先生告诉我，南京的故宫文物到日本的事情，中国国家文物局知道后十分惊讶，中国驻日大使馆负责文化的外交官对神田先生大发雷霆，表示："以后不会跟你们电视台合作，不能再发生这样的事，绝对不能接受！"这次展览得到中国大使馆的支持，但也许没有深入思考展览的"意义"，后来才从中国传来震怒的消息。总而言之，我们把拥有紫禁城文物的地方都叫故宫的话，那么南京也和北京、台北、沈阳一样，可并列为故宫之一。

41 故宫存在的理由

故宫收藏的最大特点就是"连续性"，从连续性的角度来看，我几乎可以断定故宫是世界最高等级的。

王朝积累的宫廷珍品是故宫收藏的原型，中国历代有数十个王朝，起起落落，但是不管哪个王朝，基本上都不会否定前朝所搜集的收藏，而且是全盘接收，世世代代都遵循着这项"潜规则"。其原因即在于"道统"。从过去到现在，中国历史一路走来的是"一条长而持续的道路"，这条道路不会转弯，人是配合着这条道路向前迈进的。此道路也可以称为天道或天理，如果把道路具象化，或是说照亮这条道路的，那就是文物。

那么，故宫文物的渊源可以追溯到什么时代呢？有五千年前的遗址出土的文物，也有三千年前祭祀用的青铜器，那么故宫的渊源是不是跟这些有关呢？就形成一系列收藏的意义来说，好像不只如此。

所谓收藏，是指某个人或某个集团基于特定的美感和价值观搜集的艺术品集合，这当然反映了某种美感或价值观。依据台北故宫博物院前副院长张临生的著作《故宫博物院收藏源流史略》，汉武帝时代设置"秘阁"作为收藏文物的场所，据说搜集了青铜器。据此可知，在汉代的皇室，搜集的风气已经萌芽，故宫收藏的渊源可以说是从这里开始。

历经唐代而后到了宋代，宫廷内设有绘画学校，整个王朝振兴艺术的气氛十分浓厚，北宋末期的皇帝宋徽宗，陆续制作了《宣和画谱》和《宣和书谱》，汇集名画目录及七千件以上的作品，这个就是故宫收藏的原型。后来的元、明，收藏虽有部分佚失，但仍一代代继承下来，而完成今日故宫收藏整体样貌的便是清朝乾隆皇帝。他将收藏的搜集方法、配置、用途、来历等记录在《石渠宝笈》中，这是一本收藏的目录。由此可知，收藏与皇帝自己的日常生活密切相关。例如王羲之的《快雪时晴帖》放在皇帝的寝室乾清宫，就位于宫廷的正中央。王献之《中秋帖》、王珣《伯远帖》原来放在皇帝的书房，后来和《快雪时晴帖》一起移到乾隆皇帝办公的养心殿"三希堂"。这是过去不曾发生的事，三件名作同时放在一起，并对外夸耀，显示乾隆皇帝的权威。

今天的台北故宫和一九四九年的故宫是两个不同的故宫，但是，两者并不是完全不相干的存在。

辛亥革命之后，一九一二年二月十二日溥仪表明要退位，此时制定"清室优待条件"，第七条规定："大清皇帝辞位之后，其原有之私产，由中华民国特别保护。"但是，什么是公有资产，什么是私有资产，本来就没有定义。到了一九二四年官方对这个条件做了修正："清室私产归清室完全享有，民国政府当特别保护，其一切公产应归民国政府所有。"然而，文物究竟是私有资产还是公有资产呢？在修正条文公布之前，很明显的是定位为清朝的私有资产，因此溥仪可以把文物拿到外面去变卖，但是一九二四年溥仪被逐出紫禁城，除了生活用品之外，不准他把宫内的文物带走，由此可以看出此时已经有共识，才会将文物视为公有资产。

当然这也遭遇许多反弹和压力，不过，支持创设故宫的团体就是靠着爱国主义而做事的。皇帝的收藏是"中华民族"的公有物，同时也开始使用"国宝"的逻辑，这大概也是中国第一次开始有国宝的概念。清朝以前的中国，文物是皇帝的私有物，不是国家的东西，也没有国民的概念。

故宫成立四周年时，故宫营运委员会理事长李石说了一段话："以前的故宫是皇室的私有物，但现在是全国的公有物，也是世界的公有物。全部的精神就在'公'这个字里。"这段发言，正好呼应了故宫正门前揭示的孙中山名言："天下为公"。

为什么把展示旧的皇帝文物定位为国家的事业呢？这是因为中华民国是革命打破封建体制而建立的国家，因此故宫具有革命的象征意义。孙中山的遗嘱上写着"革命尚未成功"，在这场未完的革命路上，故宫颠沛的命运正是体现革命苦难的故事，不仅进一步提高了国宝的地位，故宫的命运也

北京故宫内部一景（图／作者提供）

台北故宫九十周年庆（图／作者提供）

和中华民族结合，连故宫存在本身，也都被认为是国宝。

就文物的品质而言，中国的国家博物馆、首都博物馆、上海博物馆都有不错的藏品，但是北京故宫的存在仍是独霸群雄。而台北故宫的收藏内容，也是一枝独秀。

无论是在台湾或是大陆，故宫都是特别的存在，甚至已经超越收藏艺术价值的好坏。当然，这对于艺术品是幸还是不幸，又是另外一个问题。如果没和权力结为一体，故宫文物就不会有"文物长征"这段颠沛流离的旅程；但也因为权力的强力庇护之下，这样的收藏不因战乱而佚失。无论如何，即使在现代社会，故宫作为一个美术馆仍保有拔尖的重要性，这样的存在是不会改变的。

两岸故宫哪个好?

　　"北京故宫是个空壳子，好东西几乎都在台北。"自从我开始采访故宫这个主题，包括台北故宫高层在内的许多台湾人都这么告诉我。是否真是如此，我有点不太清楚，不过渐渐熟悉故宫以后，了解到话不能说得这么斩钉截铁。

　　从很久以前，"北京故宫空壳说"在台北故宫是一种"常识"。例如，一九八七年四月九日，当时台北故宫院长秦孝仪在台湾地区立法机构预算委员会上说："台北故宫的收藏有六十六万件以上，北平（北京）故宫只有七万件，很明显地，台北故宫的收藏很丰富，北平故宫没有什么好看的。"但是，当时北京故宫的收藏应该不会那么少，为什么连秦孝仪这样的专家都相信"七万"这个数字，这有点不可思议。前北京故宫院长郑欣淼便说："许多人不了解北京故宫的收藏，因而产生这样的误会。"

　　一四二〇年明代永乐帝完成的紫禁城，在一九二五年成为故宫。由来是紫色象征绝对的权力，在中国古星象系统中，"紫微垣"位于北天中央位置，禁城是指禁止民众进出，因而称为紫禁城。从明代到清代都当作皇宫用的紫禁城，在一九二五年变成故宫博物院

北京故宫博物院（图／作者提供）

的"器皿"。

北京故宫博物院开始于一九五〇年，这是共产党建立中华人民共和国的第二年，场地仍沿用故宫博物院使用的紫禁城，北京故宫的特点就是利用紫禁城的宫殿建筑群作为博物馆。

因此，北京故宫作为博物馆来说，拥有超规格的大面积：南北长九百六十一米、东西长七百五十三米，腹地面积为七十二万五千平方米，大概是一百个足球场大小。在腹地之内，共有占地十六万平方米的九百八十栋建筑。一九八七年时被指定为世界遗产。

从面向天安门广场的"午门"进入故宫，再从北边的"神武门"出去，边走边看建筑，大概要两到三小时的时间。但是，实际上参观故宫时，根本就忘了"看文物"，光是壮阔的建筑就已经很吸睛，看完建筑之后，体力也用得差不多了。

台北故宫完成于一九六五年，建筑外观上是中国传统的建筑，但里面却是现代博物馆的结构。腹地面积十六万平方米，只有北京故宫的四分之一，建筑面积只有一万平方米，不到北京的十分之一，规模上根本和北京故宫无法相提并论。

就连收藏品的数量，台北故宫也远不及北京故宫。原本北京故宫的收藏品最高曾达九百六十万件，后来将八百万件文献转移给中国第一历史档案馆和中国国家图书馆，现在大约有一百九十万件收藏品。台北故宫在一九六五年时，从大陆运到台湾的有六十万件收藏品，从一九六九年之后，积

台北故宫博物院（图/作者提供）

极接受外部的捐赠，即使如此，现在总共约有六十九万件，也没超过北京故宫的三分之一。

　　台北故宫享誉全球，作为博物馆一点也不输给北京故宫，其原因在于收藏品的品质。书画方面，台北故宫收藏九千一百二十件，其中被认为艺术价值较高的包括元代以前的画五百七十四件、书法一百五十五件；而北京故宫有十五万件书画，其中元代以前的画有四百二十件、书法有三百一十件。

　　很明显地，年代比较久远的书画方面，台北故宫命中率较高。以宋代的书画为例，范宽《溪山行旅图》（约一〇〇〇年）、郭熙《早春图》（约一〇七二年）、李唐《万壑松风图》（约一一二四年）这三幅国宝级的山水画都在台北故宫，每一件都是有作者署名、制作年代清楚的作品，在艺术史上定位为"名画中的名画"。但是，北京故宫有比宋代更早的晋代顾恺之《列女仁智图》和《洛神赋图》宋摹本以及唐宋壁画十件。此外，在搬运到台湾时，明清书画这批文物船班延后，结果没送去，因而北京故宫在这方面比台北故宫充

实。

除此之外，一九四九年中华人民共和国诞生之后，散失在海外及中国大陆各地的文物，有的买回，有的捐赠，因而有不少入藏北京故宫，例如，宋代张择端的《清明上河图》、唐代韩滉的《五牛图》、五代十国时代南唐顾闳中的《韩熙载夜宴图》等，都是在一九四九年之后进入北京故宫的。其他还有周恩来总理亲自指挥买进的王献之《中秋帖》和王珣《伯远帖》，是三希中的二希，现在也收藏在北京故宫。

陶瓷器方面，台北故宫拥有两万五千件；除了许多宋代五大窑的作品外，清代珐琅彩瓷也有大半在台北故宫。但是，出土文物的陶片则绝大多数都在北京故宫。

青铜器方面则是北京故宫在质量上较优，台北故宫除了有知名的《毛公鼎》，比秦始皇时代更早的青铜器只有五百件；而北京故宫有一千六百件，拥有世界最大的古青铜器收藏。

图书和文献方面，数量是北京故宫多；清代打造的《四库全书》有七套，其中最原始的"文渊阁版"在台北故宫。

此外，世界知名的人气文物则多集合在台北故宫，这是一大特色。如《翠玉白菜》《肉形石》《毛公鼎》《散氏盘》，如果说文物巨星齐聚台北故宫，一点也不夸张。

而战后考古学挖掘出新石器时代的古代文明文物、残片证明知名官窑的存在等，北京故宫在这方面比较强。皇帝穿过的衣物、仪式的道具、天文仪器、时钟等宫廷文物，北京故宫的收藏也比较丰富。

北京故宫在战后因为考古挖掘、购藏、捐赠等新进的收藏品，大幅增加；相较之下，台北故宫没有增加那么多。这也可以说明两个故宫的性格，逐渐产生变化。台北故宫依然保持原来"宫廷收藏"的性格，北京故宫则在"宫廷收藏"之上，增加多种元素，变成综合性较强的博物馆。

总括而言，台北故宫是"集结精品"的博物馆，而博物馆的"综合性"则是北京故宫的优点。台北故宫的问题是场地太小，尤其大陆观光客这两年急速增加，想要气定神闲地参观变得不可能，必须尽早改善，也就是扩大展场。

对于北京故宫而言，如前所述，大得夸张的紫禁城内，展场太过分散的问题很严重。广大的紫禁城内分散放置书画、器物（陶瓷、玉器等）、青铜器，无论是考虑体力或时间，都没办法好好看完，这是一个大问题。游客以参观世界遗产紫禁城为主，而参观故宫文物的问题短期间恐怕很难解决，也许未来在紫禁城之外另辟场地兴建博物馆展示，才是解决之道。

总而言之，收藏品方面，在数量上是北京故宫压倒性的多，台北故宫数量少但具魅力的知名文物多。如果以博物馆的场地而言，北京故宫的紫禁城是世界级的建筑，这是它的优点，但是直接当作博物馆又不好用，这是缺点。台北故宫虽小，但有利于鉴赏文物，然而最近因为激增的大陆观光客，优点又变成缺点。

整体看来，要说哪个好实在很难一概而论，有一长必有一短，长处中必有短处，短处中又有长处，只能说是不分轩轾，这是我直率的感想。

43 启动两岸故宫交流（上）

第 43 话

过去十年来故宫发生的最大变化就是两岸故宫的交流。

台湾二〇〇八年登场的马英九政权，打出改善两岸关系为主要政策，与曾经对立的中国大陆加强交流，开放门户。结果是台北故宫参观人数巨量增加，故宫大门口看到载运大陆观光客的大型巴士川流不息，在故宫大厅听到来自大陆各地不同方言的声音。参观人次在二〇〇八年之前大约一年是两百万人，到了二〇一三年突破四百万人，二〇一四年成长到五百四十万人，年年急速成长。台北故宫的最大容留人数上限为六百万人次，眼看就要突破上限，可能需要采取限制人数的措施。

对于台北故宫的现况，我想到台湾地区民意代表蒋乃辛二〇一四年七月说过的话："参观的品质像菜市场一样。"过去可以安静地欣赏文物，要看《翠玉白菜》也不必排队，可以尽情只看想看的；但是现在完全不同，常常需要排队一个小时以上才看得到。故宫方面也意识到这样的问题，正在规划"大故宫计划"的工程，预定要扩建故宫，让展示参观的空间变成现在的好几倍。

一般认为两岸故宫交流开始于二〇〇八年，其实可以往前追溯到二十世纪九十年代。进入九十年代以后，两岸发生军事冲突的可

许多来自中国大陆的观光客都会参观台北故宫博物院（图／作者提供）

能性大幅减少，人员交流逐渐常态化，大陆各种访问团到台湾参访。例如，一九九二年九月访台的大陆记者团与台北故宫院长秦孝仪见面，代表北京故宫院长吕齐民"传话"，希望促成两位院长见面、文物互展、预定于一九九五年举办故宫创设七十周年纪念活动等三件事。对此，秦院长回答"可以纳入考虑，但无法承诺"。此外，在同一时期，中国国家文物局局长张德勤表示："大陆把秦代兵马俑借给台湾，希望台湾把《翠玉白菜》借给大陆。"希望促成两岸故宫交流，对台湾释出善意。

在这个阶段，把故宫问题当作两岸关系的第一步，至少令人觉得大陆方面的意愿很强烈。这是因为他们体认到故宫存在的价值，可以作为两岸共同的根，当成一种"论证"。因此二〇〇〇年民进党陈水扁就任领导人时特别表明："不把故宫问题作为两岸关系的筹码。"

在两岸交流的初期，一九九五年日本制播"两岸故宫"节目的这个案子，令人明显感觉到"开放"。台北故宫提出了条件，接受NHK的要求，让NHK成为史上第一个同时获得两岸故宫拍摄许可的制作单位。这个时候也出现了各自的名称如何表述的问题，后来双方同意分别使用台北故宫和北京故宫，之后这样的表述方式成为两岸故宫交流的范本。

两岸故宫交流的真正启动，一直要等到二〇〇八年国民党重新执政，两岸关系改善之后才开始。二〇〇〇年民进党政权时是在台面下安静地进行，这些内幕曾经写在前北京故宫院长郑欣森发表于中国杂志《紫禁城》的文章中，标题是"我所经历过的两岸故宫交流"。郑欣森在二〇〇二年刚就任北京故宫院长，就以文化交流的名义于十二月三十一日来台，和杜正胜院长在台北故宫见面，这是两岸故宫院长的第一次相见。

又在二〇〇三年六月时，郑院长和台湾媒体驻北京记者一起见面时提到，预定于二〇〇五年故宫创设八十周年时，让分处两岸的乾隆皇帝最爱的"三希"，也就是《快雪时晴帖》（台北故宫）、《中秋帖》（北京故宫）及《伯远帖》（北京故宫），能在北京或台北或是第三地香港或澳门齐聚一堂，举办展览。因为当时两岸间对于直接的政治交涉仍有限制，这样把媒体当作"传声筒"的沟通方法，时有所闻。

之后，台北故宫和北京故宫通过传真、信件方式，继续沟通有关研究员互派及文化交流等事项，二〇〇五年一月，台北故宫发言人林天人以个人身份访问北京拜会郑院长，确认双方交流意愿。林天人带来台北故宫院长石守谦的"口信"，共同办展因为有多重因素，难以马上达成，但是赞成阶段性加强交流。此外，北京故宫和台北故宫更进一步订定"两岸故宫博物院合作备忘录"草案。

依据郑院长的说法，草案内容主要是："两岸故宫同根同源，在收藏品、学术研究、文物保护等方面都各有广泛的互补性，双方积极稳健逐步进行各项交流及合作。"郑院长并举例说明，像是可以共同举办研讨会、在第三地举办小型联展、出版品的交换及共同制作等。

然而，这份草案虽然两岸双方都署名，但是一直没有公布。郑院长只以"之后因为台湾岛内情势变化，没有赶上时机"来解释原因，更详细的情形并不了解。民进党高层说，因为陈水扁的金钱弊案等引起政权不安定，两岸故宫交流也就没有踏出第一步。但是，四年之后，这份草案变成了国民党政权下两岸故宫二〇〇九年签署文件的"原型"。

44 启动两岸故宫交流（下）

　　二〇〇九年秋天，北京故宫和上海博物馆借出三十七件文物给台北故宫，举办"雍正——清世宗文物大展"，展示内容相当充实，博得专家的喝彩。这是二〇〇九年三月台北故宫和北京故宫两位院长会谈的决定和成果，就我所知，双方从二〇〇八年十二月左右开始接触，在共同的默契之下，以合作促成雍正展为首要目标。十二月上旬，台北故宫院长处长层级官员因其他的事由访问北京，但也向北京故宫探询雍正展合作的可能性。北京故宫于十二月二十日向台北故宫正式表达同意，在台北故宫院长周功鑫访问大陆时对外宣布。

　　二〇〇九年二月二十四日周院长访问北京的"破冰之旅"，我也从台北随行到北京。当时，北京、台北故宫两位院长原本要举行联合记者会，但是突然因为北京故宫方面的要求而取消，记者会原来要在中央电视台实况转播，后来也有了变化。依据内部人士的消息，台北故宫周院长方面在记者会时可能会口头说出"国立故宫博物院"的正式名称，为了保险起见，因此取消记者会及实况转播。但是北京故宫方面知道，周院长还是会和记者见面，宣布八项双方承诺事项，其中之一就是雍正展的合作。

前台北故宫博物院院长周功鑫参访北京故宫的记者招待会，左为北京故宫博物院院长郑欣淼（图／作者提供）

此时，周院长受到高规格款待，北京故宫郑院长说，北京故宫毫无保留地把院藏最高等级的绘画拿出来给周院长欣赏，包括唐代韩滉《五牛图》、五代顾闳中《韩熙载夜宴图》、宋徽宗《听琴图》、晋代王献之《中秋帖》、晋代王珣《伯远帖》、宋代李唐《采薇图》等。这似乎是回应过去台北故宫对外不断宣传"北京故宫没有宋代绘画佳作"的说法，可以说是一种刻意的安排。

二〇一一年春天，台北故宫以元代山水画家黄公望为主题，举办"山水合璧——黄公望与富春山居图特展"。焦点就是黄公望的名作《富春山居图》，之前因为烧成两半，前半从浙江博物馆借展，加上台北故宫拥有的后半，两者合体展出，成为美谈，引起很大的瞩目。另外，还从北京故宫、上海博物馆、南京博物院、云南省博物馆等借来与黄公望相关的文物。

二〇一一年十月以"康熙大帝与太阳王路易十四特展"为题，举办以康熙皇帝为焦点的展览，北京故宫、沈阳故宫博物院、上海博物馆等都提供文物。二〇一三年十月举办"十全乾隆——清高宗

的艺术品味特展"，北
京故宫借出多达四十五
件文物。每年如此合作
举办大型展览，是两岸
关系改善后故宫交流一
马当先的佐证。

二〇一一年举办的"康熙大帝与太阳王路易
十四特展"，两岸故宫互有交流（图/作者提供）

　　两岸故宫合作如此
活跃的一大因素，就是
因为台北和北京两边故宫收藏品性格及本质上具有高度"互补性"。
这个"互补性"的说法，是前北京故宫院长郑欣淼提出的。的确，
故宫原本就只有一个，一九四九年国民党撤退到台湾，运了三千箱
文物去，这等于是当时故宫文物的百分之二十二。从北京故宫的角
度来看，这百分之二十二就像挖走了身体的心脏和内脏；另一方面
对于台北故宫来说，即使有心脏和内脏，但也感觉好像缺了手脚。
在这样的情形下，两个故宫互补性高是理所当然的事。因此举办展
览时，台北故宫缺少的东西向北京故宫求救，这又是很自然的发展，
两个故宫彼此是很契合的。

　　二〇〇八年以来，台北故宫几乎每年都会和北京故宫合办故宫
交流联展，展览主题受瞩目，参观人次高，已经成为台北故宫年度
的重要活动。但另一方面，台湾方面借展给大陆的联展形式，却从
未发生过，除了前面所说的名称问题外，还牵涉到许多复杂的政治
问题。

　　我们称北京故宫、台北故宫，其实是一种便宜行事的称法，北

京正式的名称是"故宫博物院",台北是"国立故宫博物院"。台北方面认为,故宫一九二五年成立时就使用"国立故宫博物院"这个名称,所以不会拿掉"国立";但是对于大陆方面来说,不可能承认台湾是一个"国家","中华民国"早已因为一九四九年中华人民共和国的成立而消失,不复存在。两边的立场不同,因此"国立故宫博物院"的名称在大陆方面是不可能接受的。在新闻报道上,北京媒体通常称台北故宫为"台北故宫博物院"或是"台北故宫",台湾这边也一样,平常采用弹性做法。但是到正式签约时,契约上必须使用正式名称,台北故宫的"国立故宫博物院"名称是中国大陆方面不可能接受的。

两岸故宫交流还有一个难处。台湾的故宫文物如果借展大陆,而大陆声称"本来就是我的",以所有权人的立场扣押下来,台湾方面将束手无策。台湾方面要求大陆制定免扣押的法律,但是大陆方面的回应是:"我们的领导人和高层可以承诺,请你们相信。"两边一直还是平行线,没有交集。如果大陆方面真的制定了这样的法律,保护对象倘若仅限"外国文物",那么在一个中国的政策原则下,台湾绝对不是"外国"。如此一来,立法也变得没有意义,对于台北故宫的要求,也等于没有答应。然而单方面的交流已经快到极限,这是两岸双方相关人士都认识到的问题。

无论如何,在两岸关系改善的大潮流下,两岸故宫关系亦逐渐紧密。二〇一〇年六月,两岸故宫合作举办一个活动,关系更为加深。这就是两岸故宫合办的"温故知新——两岸重走文物南迁路纪实",两岸故宫人员踏上当年文物南迁路线,旅程足迹遍及北京、南京、贵州安顺、汉中、成都、乐山，重温故宫文物流离迁徙的历史。两岸故宫相关人士大约有二十人参加，一起回顾共同拥有的两岸故宫历史，在各地举办研讨会，访问各地当时文物搬运保管的耆老，旅程大约两周。同样地，二〇一一年北京故宫郑院长访问台湾时，造访文物搬迁到台湾后的相关地点，例如台中雾峰的北沟故宫陈列室、故宫文物上岸的基隆港。以故宫搬迁的经验作为"两岸故宫的共同历史"，两岸故宫都巧妙灵活地运用着。经过这样的活动，两边关系要不好都很难。

两岸故宫之间的渊源确实很深，在国民党政权改善两岸关系基调不变的大前提下，台北和北京的距离只会更加靠近。但是如果民进党再度执政的话，会有什么变化，谁也不知道。台北故宫和北京故宫的距离同理可证，也是两岸现状的风向球。

45 民进党的"故宫"（一）：
追求"多元故宫"

客观来看，民进党执政的二〇〇〇年，台湾行政机关中感到"变化"最大的应该就是故宫吧。如果不怕招致误解，可以说，民进党在生理机能上对于故宫觉得不舒服。故宫内含的"中华"、"中国"联结，根本不符民进党追求台湾主体性的体质。这种不舒服最极端的表现方式就是民进党或"独派"人士有人高唱"不要故宫"的论述，立法机构里时常也会有民进党代表主张"故宫文物应该还给中国"，引发议论。

一九九〇年五月台湾地区立法机构审查故宫预算时，民进党民意代表彭百显即称："每年光是保管费就花这么多钱，中国的东西就还给中国，只留台湾本土的文物，其他全部送给中国如何？"这样的发言不光是国民党，就连民进党的民意代表也都加以抨击。当民进党政权诞生时，许多人自然会浮现"不要故宫"的印象；然而实际上，民进党也有现实的想法：既不是要瓦解故宫，但也不是要沿袭二〇〇〇年以前故宫既有的样子。民进党的故宫改革即从"正名"开始。

所谓"正名"是把可以联想到中国的名称，全部改成台湾。例如，"中国石油"改成"台湾中油"、以蒋介石表字冠名的中正国际机场改为"桃园国际机场"。有人提出想把故宫的名字改掉，民进党开始执政以后，主张台湾意识的政治家或政治团体更凸显这样的声音。但是，要实现故宫改名，这说法不是很切实际。杜正胜就任院长后到立法机构备询时就曾说"相较于名称，内容比较重要"，也拉开了改革的序幕。民进党时代从名称问题开始，以"故宫是什么"这个根本问题为核心，引发许多争论，而且，点火的就是杜正胜本人。陈水扁政权开始，故宫院长的任命是非常令人瞩目的人事安排，因为故宫从一九六五年成立开始，就只有蒋复璁和秦孝仪两位院长。蒋复璁的任期从一九六五到一九八三年，共计十八年。秦孝仪从一九八三到二〇〇〇年，也是十八年。一个普通的行政职务任期竟然如此之长，故宫院长变成政治任命最久的职位，而且蒋介石、蒋经国、李登辉都一致认为这个位子没有其他人可以替代。当时媒体盛传接任故宫院长的人选，除了杜正胜，还有时任副院长的张临生、前故宫职员朱惠良、文化界名家汉宝德等，这当中最后选中的是最具"台湾意识"的"中央研究院"研究员杜正胜，他也是领导人李登辉的讲稿撰稿人。

　　就任之后的杜正胜，强烈意识到"故宫的格"。故宫自夸是世界级的博物馆，但是并没有像其他博物馆那样的多元收藏，故宫只是一个中华单元的博物馆。因此他主张应该扩大收藏品的"幅度"，接着就在二〇〇二年决定兴建南院。

　　就任院长当天，杜正胜给了台北故宫职员"一封信"："如果自我满足于故宫是世界级的博物馆，这样的想法放在心里就好，不必对外说出来。各位都是专家，也去过世界各地的博物馆，对于我们自己的实际状态应该十分清楚。"这被台湾媒体报道为"震撼教育"。所谓"震撼教育"是军队对新兵施以极端困难的工作，要求改革意识。可见得"杜正胜冲击"之大。

我有点怀疑杜正胜当时该不该说到这里，的确在台北故宫里面有着对"故宫"极度骄傲的人，有点令人感到不舒服。此外，对于使用者的服务也不周到。关于专家的培训，封闭在台北故宫里的小小世界，也一定有未达国际水准的部分。虽然如此，一下子就被说"你们并非一流"，确实会引起内部反弹，也让防御心增加。如果说杜正胜是军队里的魔鬼教官，通过每天的训练，大家都有机会接触到，也许渐能理解；但是故宫院内普通职员是没有机会接触到院长的，一直到现在，台北故宫内部对于杜正胜的评价仍然很差，完全是因为"最初的一击"只招来反弹，毫无效果。

杜正胜主张"故宫不是多元的博物馆"，其实这不是什么奇怪的想法，台北故宫当然是中国艺术一元的博物馆，问题是，难道只有多元才是好的吗？杜正胜列举卢浮宫、大英博物馆、大都会博物馆等世界级的博物馆都不是一元的；但是，故宫最原始的设想就不是这样。

杜正胜的前任院长秦孝仪，当了十八年的院长，二〇〇〇年五月离职时发表了一篇文章，文中提到："一元文化不是故宫的缺点，而是足以夸耀的特色。""世界上有许多古文明留有遗物，但是民族已经灭绝。像中华民族一贯维持七千年的历史文化而没有灭绝的，也只有中华民族。""故宫本来就是宫廷收藏品的博物馆，衍生成

为收藏中华文明七千年历史的民族博物馆。"这里的价值观把一元
当作优点，和杜正胜的"博物馆＝多元"的想法不同。

从理论来说，博物馆是以"广博的收集物品"为基本理念，杜
正胜所想的方向是说得通的。如果收藏单一文化，不会是博物馆，
而是某某美术馆。但台北故宫的历史及其文物的品质，本来就是以
单一文化为前提的宫廷收藏，把台北故宫换成多元的想法其实有点
缺乏可行性。

另一方面，像秦孝仪这样把故宫限定在中华民族博物馆，抱持
着有些过度的骄傲，我也认为有点时代错乱，以"中华"为概念，
其实也难以说明故宫的全部。中国除了继受各种民族文化的影响，
非汉族统治的时间只长不短。单纯定位为中华，也是一种中华至上
主义的意识形态。

民进党的故宫改革有许多值得肯定的地方，例如"故宫必须是
一个更为开放的博物馆"的方向。二〇〇〇年五月二十六日，在就
职之后第一次以地区领导人身份访问故宫时，陈水扁曾说："故宫
拥有世界级的文化资产，不应该自我封闭，让世界走进故宫，故宫
自己也要走出去。"这样的信息非常正确，经过民进党八年的执政，
故宫整个气氛变得明亮，服务品质也大幅提升。我第一次访问故宫
是在二十世纪八十年代末期，也许原来的期望太大，以致觉得有强
烈的失望。当年我还是个没有知识去评论文物内容的大学生而已，
馆内幽暗、安静、没有活力的印象，让人难以相信这是世界级的博
物馆。

有这种感觉的绝不是只有我一人。扮演监督制衡角色的监察机

构曾在一九九六年调查故宫，提出批评："这是一个古代风格的博物馆，给人的印象过于安静，故宫不应该仅做民族文化调查，自我封闭。"

民进党向台北故宫改革挑战。台北故宫第一个分院"故宫南院"浮上台面，被视为改革的象征。

民进党的"故宫"（二）：
故宫南院是希望还是重担？

　　二〇一五年台湾诞生了新的"故宫"，台北故宫的第一个分院在南部嘉义开幕，但是这个"故宫"的主题是"亚洲"，而不是台北故宫或北京故宫的"中华"。

　　这座分院在政治斗争中诞生。二〇〇〇年执政的民进党将台北故宫的目标设定为"去中国"，原因在于民进党的本质是以"台湾"为主体性并因此获得选举胜利的政党，台北故宫是体现从大陆带过来的"中华"，民进党有必要采取与国民党不同的态度。民进党一开始选定以"亚洲"作为故宫南院的主题，提出在民进党的南部地盘嘉义兴建博物馆，将此计划作为"故宫去中国化"的措施。选址时，中部的台中、南部的高雄、台南等地都是备选地点。台南将地点选在离高铁台南站不远处，非常积极争取，但是后来当时的嘉义县长陈明文发挥政治手腕，获得陈水扁的同意而获选。

　　不过，这座南院后来历经民进党与国民党的政治对立，原始构想太过理想化，又经过多次修正，当初的设计者也和台北故宫之间打起官司等，过程非常复杂，台湾也没几个人可以说清楚所有的来龙去脉。本来应该在陈水扁结束任期的二〇〇八年之前成立，但是拖延了八年，终于要在马英九结束二〇一六年任期之前完成，说起来真的很讽刺。一旦领导人亲自下去了解处理之后，当然想在自己的任期之内看到成果。

政权从民进党移转到国民党时，有一段时间南院问题陷入一种模糊状态，包括名称上是不是要加上"故宫"、展示的文物是不是要由台北故宫提供等。依据我自己留下的采访记录，二〇〇八年刚就任的周功鑫院长当时提到，倾向于把"故宫"的名字拿掉、台北故宫文物不借展南院。后来因为民进党的强力反对，才维持故宫南院，文物也将移过去保管。编列的预算也不足以支持一个独立运作收藏的博物馆，届时可能必须将与亚洲文化相关的台北故宫文物移过去。此外，如果把"故宫"的名字拿掉，也不可能由台北故宫来处理博物馆兴建的事情。

因为政权轮替带来南院的定位"摇摆"，嘉义县长陈明文在二〇〇九年二月接受我的访问时，很愤慨地说："关于故宫的名称，绝对不能退让。收藏品当然要以故宫文物为主，这个计划是故宫的计划，如果没有故宫自己的文物，没道理。"

令人惊讶的是，周功鑫院长在二〇〇九年时给了南院一个新定义，打出"花的博物馆"。二〇〇八年十月起在嘉义举办"探索亚洲——故宫南院首部曲特展"，为期三个半月，参观人次只有两万。为了聚集人气，以花为主题网罗亚洲各地的文物，同时设置花的主题公园，但是和定位为"以亚洲为主题的故宫分院"，又有落差。

"故宫歧视南部人不懂文化。""翠玉白菜变成花椰菜。""如果想做一个花市，不是已经有建国花市了吗？""对于嘉义人特别严格吗？"不只是嘉义市政府和民进党，连国民党的民意代表也严厉批评，面对这样的批评声浪，计划不得不变更。

二〇〇九年三月二十九日，《联合晚报》刊出了专访现已故的台湾文化界名家汉宝德的报道，提到故宫南院，标题是"故宫一连串的错误"，列举了三点：第一，七十万平方米的腹地面积太大，没有注意到建筑体本身以外的设计；第二，选定嘉义作为馆址，欠缺合理性；第三，用玻璃设计的玉山意象并不适合故宫。文中严词批判了南院相关的所有错误。

总括来说，从国民党的角度出发，这是民进党留下的"负面遗产"，不能不处理，南院的原始构想本来就不是国民党想要的，令人感觉不到真正的热情。本来应该二〇〇一年完成，但又大幅落后，好不容易以二〇一五年底完成为目标，正紧锣密鼓准备当中。

我在二〇一四年春天造访了故宫南院预定地，看到一部毛公鼎形的计时器，上面写着"承诺故宫南院二〇一二年春天（四月三十日）完工开馆"，下方有电子计日器显示天数，天数的部分用 LED 板显示数字。这是民进党执政的嘉义县政府于二〇一〇年设的。本来写的天数，意思是"距离开馆还有××天"，四月三十日过了以后，变成"负的天数"。故宫发出声明谴责："我们为文化建设全心努力之时，设置这样的东西是浪费预算。"但嘉义县政府还是置之不理。我看到故宫南院的兴建工地现场，那里正在打地基，预定用地的四周都围起高墙，看不到里面。毛公鼎形计时器已经是"负七百天"。故宫南院前面的道路改为"故宫大道"，周边冠名"故宫"的豪宅一栋一栋建起，卖屋的广告到处都是，强打宣传"住在故宫附近"。

对我而言，南院问题正好是让我理解故宫的好教材。二○○九年时，台湾地区立法机构有一场民进党与国民党民意代表针对南院问题的辩论，令我十分难忘。国民

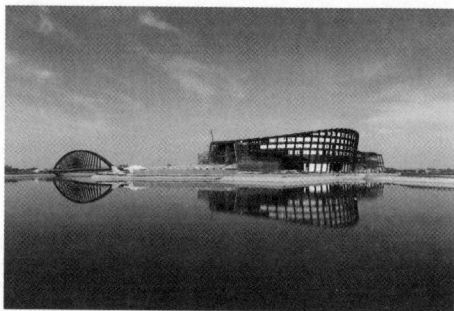

故宫南院主体与景观桥设计
（图／行政主管机构工程会）

党民意代表说：“故宫是中华文物的博物馆，不是亚洲的，中华和亚洲不一样，南院成立以后，故宫的优点会不见。”民进党民意代表则说：“故宫确实也许是中华文物的博物馆，中华是亚洲的一部分，有南院也不是什么奇怪的事情。”这个问题就在于“台湾”究竟是一个什么样的地方，这和自我认同的定义也有关系。

二○一五年四月，民进党候选人蔡英文针对南院表示：“故宫南院从民进党执政时期就开始规划，但当时规划的规模、启用时辰、赋予的任务，到现在都不一样了；如今好不容易动了起来，但格局缩水，国民党好像都在做交代似的。”对此，台北故宫方面发布新闻稿澄清：“南院是由故宫院长直接指导，与台北故宫位阶平行，‘一南一北’，从未矮化或缩水。”

有种预感，二○一六年开始，南院将再度卷入政治风暴当中。

47 民进党的"故宫"（三）：
第47话 组织条例修正的攻防战

　　这些可能算是基本原则。对于一个行政机关，它的存在必须要有法律依据，故宫当然也是，那就是"故宫博物院组织法"（至二○○八年以前是"组织条例"）。

　　故宫的"组织法"有一段变迁的过程。一九二五年故宫创设时，订有"故宫博物院临时组织大纲"，如同字面上的意思，这是临时性的法律。一九二八年修正制定"故宫博物院组织法"，在国民政府之下设置故宫博物院，以理事会作为指导机关。之后国民政府制定了"国立北平故宫博物院暂定组织条例"，确立故宫隶属于行政院。这时候使用"北平"，和今日的用语有点不同。蒋介石北伐成功后，将国民政府的首都设于南京，北京不是首都，不适合称之为"京"，因此用北京的旧名"北平"，连故宫名称也加上北平。国民党撤退到台湾后，也把故宫组织带到台湾，与"中央博物院"临时并为"故宫中央博物院联合管理处"，但没有立法，这其中含有"反攻大陆"的期待。但是不能一直当作"临时的家"，一九六五年台北故宫落成时，同时制定了"故宫博物院管理委员会临时组织规定"，在行政主管机构和故宫之间设置管理委员会，赋予重要权限，故宫院长也是委员会的成员，委员会实质指挥故宫重要的营运政策，台北故宫则是负责实务运作。一九八六年制定"故宫博物院组织条例"，管理委员会改组为指导委员会，只担任顾问咨询的角色，行政主管机构和故宫直接对接，提高故宫自主性。从"组织条例"修正为"组织法"的修法审议阶段，是二〇〇七年底到二〇〇八年间，民进党执政时期。对于想执行故宫改革的民进党而言，这是最后一战，虽然随后即将来临的二〇〇八年三月台湾地区领导人选举已预测会失败，但是当时的院长林曼丽仍积极进行"组织条例"的修正。

原来故宫内部就认为应该要修正"组织条例"，从一九八七年施行至今已经过二十年，许多条文与现况不符，台北故宫在二〇〇七年一月将修正草案送进立法机构，但并未马上通过，历经了一年多的讨论审议。其中最大的焦点就是第一条，原本"组织条例"第一条是这样写的："为整理、保管、展出原国立北平故宫博物院及国立中央博物院筹备处所藏之历代古文物及艺术品，并加强对中国古代文物艺术品之征集、研究、阐扬，以扩大社教功能，特设'国立'故宫博物院，隶属于'行政院'。"这与台北故宫成立的背景有关，从大陆撤退到台湾时，故宫文物和中央博物院文物一起到了台湾，当一九六五年台北故宫博物院成立时，两者交织在条文中。

台北故宫向行政主管机构提出的修正草案版本是"为整理、保管、展出古代文物艺术品之征集、研究、阐扬，以扩大社教功能，特设'国立'故宫博物院"。依此新版本，故宫清理盘点原来故宫和中央博物院的关系，过去只限于"保管"故宫和中央博物院所有的文物，修正条文则增加了可以征集新的收藏品这一项。另外，第二条的掌理事项删除了原本"古文物"中的"古"字，将文物的保管及展示纳入业务范围。对于民进党修正案立即表示不满的不是对手国民党，而是对岸的大陆。政府机关媒体《人民日报》和新华社都提出激烈批判，《人民日报》海外版头条新闻标题是："台北故宫怎能'去中国化'"。耐人寻味的是大陆研究台湾的重要学者、北京联合大学台湾研究所徐博东教授所提出的评论："台北故宫是两岸文化一脉相承的重要指标，如果'中华民国'的法律文件是法律层面的指标，台北故宫是文化层面的指标的话，台北故宫正在尝试'文化台独'，非常触动我们民族情感神经。"

徐教授曾经三度参观台北故宫，他说："我总是观察台湾的青少年参观故宫的样子，对于台湾的青少年认知'我是中国人'，台北故宫的影响甚大，这也触发了中国人的骄傲。不想看到以'台湾独立'为目标，（故宫的'去中国化'）把大陆当成外国，企图太过毒辣。"徐教授所言，某种程度也代表了中国政府的想法。故宫被定位为"两岸继承的指标"，过去批评台北故宫的存在是"蒋介石偷走的东西"，现在的思维已经改变，以"中华民国已经是不存在的政治体制"来切割。

究竟台湾的青少年是否通过参观故宫就能加强"中国人的意识"，对此我也没办法说这对培养"中华意识"没有效果，但是我知道故宫的"教化"影响力在台湾正在逐渐降低，徐教授的说法有点夸大。

无论如何，民进党进行修正"组织条例"，引起台湾内部蓝营媒体和文化界的严厉批判。《联合报》表示："故宫试图抹杀文物历史，不仅不可能做到，也不是一项聪明的尝试。故宫的'组织条例'也许有必要修正，但是不应借此扭曲历史，以达'去中国化'的目的。"国民党民意代表的态度也变得强硬，修正条文陷入僵局，特别是在国民党选举占优势的情况下，他们的要求更加强势，甚至不审，使得民进党不得不大幅让步。结果第一条的部分和原来的"组织条例"条文内容完全相同，在民进党的修正案中，原本希望去除"国立北平故宫博物院"和"国立中央博物院"的关联没有成功，第二条的"古文物"用词也没有改变。

修正"组织条例"是民进党想要故宫切割"过去"的最后一战，但终究败北。当然，"组织条例"不只是象征性的部分，还有整并组织的条文，统合过去组织内部"室""处"等小单位，全新的故宫组织得以符合博物馆营运的新时代，可说是"一胜一负"，但是总体而言，外界对于民进党仍有许多不满。

民进党在立法机构没有掌握多数，这还是最后的瓶颈，尤其是民进党和国民党的认同及两岸政策基调不同，难以通过政治协商取得共识。结果还是以数字论输赢，民进党尝试改革故宫的最后一章，在国民党掌握席次优势之下，可说是无功而返。

48
民进党的"故宫"（四）：创造与社会的连接点

　　民进党想要拉近台北故宫和台湾社会的距离，从民进党的立场来看，当时的故宫可说是"高高在上，和台湾社会距离很远"，我个人也同意这样的观点。民进党尝试通过拍摄台北故宫文物的电影，创造出与社会的连接点，由此产生了三部作品，分别是郑文堂导演的《经过》、王小棣导演的《历史典藏的新生命》、侯孝贤导演的《盛世里的工匠技艺》。

　　《经过》这部电影，非常清晰简单地说出民进党对于台北故宫的态度，"经过"就是"过去了"的意思，探讨故宫文物对于台湾来说"是不是一种过去的存在"。它的结论，简单说，台北故宫不是台湾的过去，而是在台湾生根，在台湾生长变化，电影中传达出这样的价值观。

　　拍摄这部片时，导演郑文堂曾经这么说过："要把跟故宫有关的电影拍得有趣，真的是很难。"为了写剧本，郑文堂泡在国家图书馆几乎一整年，读过一九六五年台北故宫设立时的所有报道，并和北宋苏轼的《寒食帖》相遇。本书中已经介绍过《寒食帖》，这里不再赘述。郑文堂感受到这部帖的命运"就像我们一样"，与台湾的命运雷同。郑文堂这么说："相较于艺术品的本身，它的历史

郑文堂执导的电影《经过》截图（图／台湾电影网）

更能引起共鸣。"

郑文堂是台湾电影导演中生代的代表，他的父亲受日本教育长大，他的婶婶是日本人，小时候坐在榻榻米上吃饭，熟悉日本方式的生活形态，因此他想拍摄与日本相关的电影。郑文堂起用年轻女演员桂纶镁，她才刚演过《蓝色大门》，非常出色，男演员是戴立忍，他年纪较长，两人也因为一起演出这部片而开始交往。

出资拍片的是台北故宫，这是台北故宫第一次在电影制作上投资。第一次看到这部电影是二〇〇八年，当时我还在台湾。电影娱乐性不高，故宫的结构也有点牵强。一开始，我不认为这部片有那么好，但是电影让我理解了"经过"的意义，我认为是一部重要的作品。尤其是电影主角之一戴立忍所演的自由撰稿人，在电脑画面中打出"故宫为什么来到这南方的岛上？"这句话问自己，最后则以这段作为结论："在这里，有盖在山里的博物馆，本来在这座岛上应该只是经过，但是命运却让博物馆留在这块土地上。"

我认为这代表了台湾人对于台北故宫的新观点，具有重要的意义。等待"反攻大陆"之日所建的台北故宫原来是"暂时之所"，变成续留在台湾的半永久设施，这样现实的演变，不只是民进党，连国民党的人都得接受。故宫的命运从"暂时在台湾"，明显有了新的变化。

另一部《历史典藏的新生命》是由知名导演王小棣所拍的七十六分钟纪录片，讲述故宫文物结合了现代艺术、科学技术、外国的艺术等，内容的设定有点勉强。曾在电视上播出，但是没在电影院上映，后来放入华航机上节目里，效果并不好。

最后是台湾电影大师级人物侯孝贤拍摄的纪录片《盛世里的工匠技艺》，这对侯孝贤来说是最具挑战的纪录片，拍得非常好。电影共分为"唐英""多宝格"等四个主题，主要是介绍明清时代制作故宫收藏工艺品背后的故事，描写工匠、艺术家、官员对于文物的热爱，除了说出文物表现文人精神的高尚艺术，也阐述工匠等技术人员的价值观，以执着的信念造就了文物，尤其是影片不通过语言，巧妙地用影像的力量传达出来。支持人类社会进步的，不只是欧洲几个世纪以来发展的机械科学文明，在此之前手工艺所累积的技术，也是人类生活及文明的支柱。故宫收藏的文物代表的极致工艺，正是证明了这段历史。法国人类学家列维－斯特劳斯所说的"技艺，是人类在宇宙中为自己找到的位置"这句话出现在影片的开头，令人印象非常深刻。

我认为这三部作品，在艺术性及娱乐性上各有优劣，但每一部都多多少少象征了"民进党的故宫"。

49
第49话

海外展（一）：
英国展

　　一九二五年诞生的故宫，首次赴外国展览的国家是英国。原因是英国的中国艺术爱好者提出邀请，希望在伦敦举行大规模的展会，其中包括大卫爵士（Sir Percival David），他是东方艺术的收藏家，闻名于世，南京的国民政府对这个邀请积极回应。当时中国国内舆论认为，万一发生意外，珍贵文物将无法恢复，对于赴海外展览相当消极，清华大学教授对此联名提出激烈批评："自九一八事变以来，国民一睹而不可得，今英人一纸，遽允所请，厚人而薄己，所谓国宝者，亦不过政治家之一份寿礼而已，何国之有？"总之，知识分子评价都不高。此外，知名画家徐悲鸿针对政府主张"宣传中华文化的意义"也提出异议，他认为中华文化是世界公认的事实，因此根本不需要宣传，徐悲鸿指出："文物从北京运到南京，已在避难当中，没有必要出国。"

　　但是，当时的南京国民政府认为，自从九一八事变以来，如要牵制日本侵略华北的行动，可以通过宣传中华优良文化的"文化外交"，有助于建立良好的"中英关系"及"中欧关系"，因此决定参加。这个决定的背后，与当时不久前意大利与法国相继在伦敦成功举办艺术展览密切相关。这两次展览对于英意和英法关系都发挥了正面影响。事实上，故宫的英国展也的确产生了蒋介石等国民政府高层原来意想不到的成果。

"伦敦中国艺术国际展览会"从一九三五年十一月到次年三月，以英国政府和南京国民政府共同主办的形式，在英国皇家艺术研究院（R.A.）的百灵顿堂展出，展示品以当时欧洲高人气的陶瓷器为主，故宫的展品占一半。除了故宫的文物之外，还有古物陈列所、中央研究院、北平图书馆、河南博物馆、安徽图书馆等馆所的文物。中国方面共出借一千两百二十二件。但是，展会的展品不只是从中国运来的东西，总展出件数达三千三百件，文物流出海外情况令人印象深刻。英国海军远东舰队巡洋舰"萨福克号"（H.M.S. *Suffolk*）满载文物，在一九三五年从上海出发，经过四十八天的航行，终于在七月二十五日抵达朴次茅斯港。

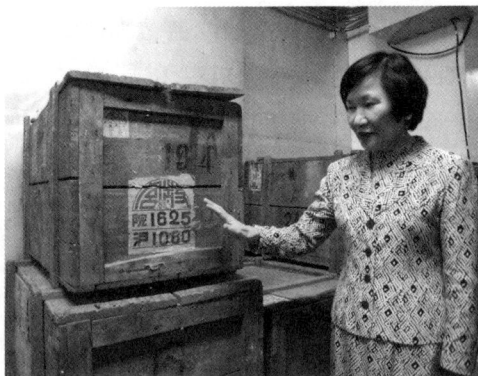

前台北故宫院长周功鑫介绍一九三五年运往英国"伦敦中国艺术国际展览会"的作品箱（图／作者提供）

展会非常成功，为期十四周，参观者达四十二万人次。南京国民政府运用故宫文物进行"文化外交"，效果显著。之后陆续是战前的苏联展、战后的美国展，还有最近的日本展，形成"故宫的海外展是中华民国外交"的传统，而这次展览即是原点。当然，中华人民共和国也继承了这项传统，在中日建交之后的对日文化外交中，赠送大熊猫、故宫文物赴日展览变成"中日友好"的最佳工具。

通过英国展，故宫文物达到发扬国威、建立海外人脉、提升好感等实际功效，当时的中国政界、文化界相关人士都亲身感受到这种效果。原来在欧洲的"东方艺术"，日本艺术具有相当代表性，但是因为这次展会，中国方面的策展委员会完全达到了"让西洋认同中国艺术之美"的目的，日本和中国在欧洲的艺术地位翻转。一直到今天，中国艺术是东方艺术的代表，日本艺术是中国文化的支流，这样的看法相当普遍。艺术在国际影响力的变化，英国展具有划时代的意义，日本艺术被中国艺术取而代之，从原创性或底蕴厚度而言，这恐怕也是迟早会发生的事。

这场展会的名称是"International Exhibition of Chinese Art"，中文是"伦敦中国艺术国际展览会"，所集结的故宫收藏迄今仍公认是故宫文物最高水准的文物，伦敦艺展目录也成为中国艺术研究者不可缺少的参考书。

我日前看过当时的这本目录，借自日本最具代表性陶瓷器研究者弓场纪知，的确是集"至宝中的至宝"文物于一堂，令人眼花缭乱，这种程度的展览，已经不可能在中国台湾或是大陆境内举

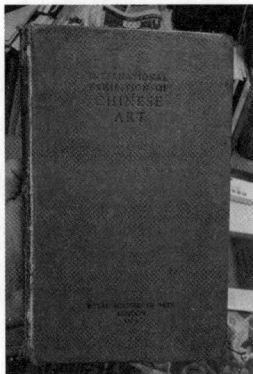

故宫一九三五年在英国举办的"伦敦中国艺术国际展览会"目录（图／作者提供）

办。目录上刊载展览的"patron"即共同赞助者为英国国王、王后及国民政府元首蒋介石三人联名。从制作目录、两国领导人共同举办展会到英国军舰负责运送等，除了要回应国内舆论批评忧心把"国宝"送出海外的声音外，也同时符合英国的期望。

在此同时，伦敦展之后有关中国艺术品问题，还有一件影响层面很大的事情，那就是体认到"文物外流"的严重性。在英国展览结束后，国民政府的"中央古物保管委员会"制定"非常时期古物保管办法"，也决议下达"调查古物流出办法"。清朝末年以来，文物不断外流，但一直到伦敦展期间，这个问题才引起注意。海外收藏家拿到英国展览的艺术品，佳作连连，价值高昂，一目了然。国民政府的相关人士看到文物严重流出问题摆在眼前，感到恐慌。

依据调查古物流出办法，保管委员会知道要整理古物外流的清单。但是，要整理什么样的清单，根本不知道究竟是否完整。"非常时期古物保管办法"第一条规定："中央或地方古物保管机关在非常时期依据本办法处理所管古物。"该办法制定之后，一九三七年中日战争全面爆发，能将南京的故宫文物移送到西部，也是根据这项办法。如果没有制定此法，恐怕不能顺利撤退避难，英国展或可说间接有助于保护故宫文物及中国文物。

50
第50话

海外展（二）：
苏联展

　　故宫文物到英国展览大丰收，第二次赴国外展览的地点令人有些意外，是在苏联首都莫斯科；但是如果从当时国际情势研判，那就不能说是意外了。

　　苏联展在一九四〇年举办，中国正卷入抗日战争之中，此时的中苏关系相当密切，对抗日本的步伐一致。当时的苏联不只帮助中国共产党，也支持国民党，蒋介石也想讨好斯大林。

　　举行展览时，苏联和中国关系急速密切，恢复邦交，成立中苏文化协会，并由这个文化协会主办展会。一九三九年中苏缔结《新中苏通商条约》，国民政府需要强化武器装备，苏联也注意到这样的情况。

　　有关苏联展览的资料非常少，故宫本身也没有积极公开什么苏联展的消息，连现在所谓的故宫正史这样的公开资讯也没有记载。其中的理由容后再谈，在故宫所有的赴海外展览中，苏联展的谜团最多。

　　以下的说明，主要依据北京故宫出版的月刊《紫禁城》二〇一三年三月号刊载宋兆霖所撰之《再探抗战时期中国文物赴苏联展览之千回百折》所写成。

　　苏联展览的特殊之处在于故宫文物借给苏联达三年以上，英国展和之后其他展览的借展时间都没有超过一年。当时的国民政府已暂迁到重庆，故宫文物也从南京到西部去，分别保管在四川、云南、贵州等地。此次展览要花功夫从各地搜集文物，包括保管在贵州安顺的十件商周青铜器、四十件玉器以及四十八件唐、宋、元、明、清的书画。不只是故宫文物，尚有古物陈列所、中央研究院的文物，还加上个人收藏品。

　　运送文物时，原本也提出比照英国展方式派出苏联军舰，但后来是用火车走陆路运输。一九三九年七月从重庆出发，行经新疆，在九月时抵达莫斯科，这是一趟长达两个月的旅程。

　　展览于一九四〇年一月在莫斯科国立东方文化博物馆开展，原本是展到次年三月，但因为各方好评不断，所以延长了一年以上，文物也就地留在莫斯科。"苏联对外文化协会"更进一步向国民政府提出要求，希望从一九四一年三月开始在列宁格勒举办"中国艺术展览会"，蒋介石犹豫之后，还是同意，可见对于苏联还是有"特别考量"。

　　本来列宁格勒的展览是到一九四一年七月结束，但是六月的时候苏联和德国爆发战争，故宫文物果真与战乱缘分很深，展览因而中止，国民政府担心文物安全，急催苏联还回文物，但是苏联以搬运安全为由延后归还。

　　焦急的国民政府下达最后通牒，表示要派军机载回文物。最后文物在一九四二年九月走陆路回到中国，文物送到兰州，苏联在这里交接给国民政府。

如此曲折的苏联展览，竟然在搬到台湾的故宫及故宫相关人士出版的书籍或资料都没有记载。有故宫活字典之称的庄严和那志良，在他们出版的著作当中也没提到，有些不自然。

很明显，原因是政治问题。冷战之下，宣示反共撤退到台湾的国民党政权，如果公开过去与苏联蜜月期时进行的文化外交，在政治上显得有点不正确，这简直更加证明了故宫文物就是"外交工具"。

51
海外展（三）：
两次赴美国展览

战后台北故宫第一次赴海外展览是一九六一年，地点是当时台湾"最坚强的后盾"美国，选择美国是理所当然的事情。这个时候还没有台北故宫，放置在台中北沟的故宫文物一九六一年五月到次年六月间，千里迢迢越过太平洋赴美，到华盛顿、纽约、波士顿、芝加哥、旧金山等五城市巡回展览。

提案举办展览的是向来热心支持蒋介石的《时代》（Time）、《生活》（Life）杂志的老板鲁思（Henry Ruth）等人。台湾方面，依据蒋介石的指令，以杭立武、董作宾、王云五等文化界、政界名流为中心成立"七人小组"，展开检讨及交涉。

提案是在一九五三年，刚开始的时候，台湾方面兴致勃勃。杭立武代表七人小组访美，踏勘预定举办展会的地点，如纽约的大都会博物馆、波士顿美术馆、芝加哥美术馆、华盛顿国立美术馆、旧金山笛洋美术馆（M.H. de Young Museum）等，开始商谈协议。

一九五四年美国突然对台湾提出要延后整个计划，却没有说明理由，但是很明显地，这和台海情势密切相关。

对于故宫文物赴美展，中国共产党开始进行负面宣传，直指"美国将夺取中国的文物",同时说蒋介石是"强盗"把文物送到台湾,现在又让中华民族贵重的财产流到海外,换取美国出售的武器,最后结论是应该赶快解放台湾。

此时美国突然向台湾提出延期,因为中国的情报战让美国觉得情势紧张,朝鲜战争已趋于停火,美国也正在检讨从东亚撤军或是重新配置军力。大陆确保了战力,如果现在进攻台湾海峡,将是美国的噩梦,所以必须先消灭火种。

之后,美国和中国台湾之间的谈判断断续续的,最大的问题还是中国政策。具体的风险有两个,一个是运送时的危险,另一个是在美展览期间中国大陆向美国法院提出文物所有权的主张。针对运送安全的问题,采用"英国展模式"由美国军舰运送,算是解决了。另一个免扣押问题有点麻烦。一九五九年美国助理国务卿罗伯逊(Walter S. Robertson)向"驻美大使"叶公超致送一份书信表示:"国务院有准备向法院提出免责。"(意思是法院不会采理扣押的申请。)赴美展览终于谈妥定案,从一九六〇年二月展开为期一年的展览。中国大陆方面当然马上展开激烈的批评,不过展览极为成功,巡回纽约、华盛顿、波士顿、芝加哥、旧金山等美国五大城市,入场参观人次空前,在美国带动"支持蒋介石"的舆论,产生极大的效果。

三十年之后,一九九六年时策划第二次的美国展,到美国四大都市巡回十三个月,希望重现一九六一年的盛况。国民党政权希望规划更胜一九六一年的展览,把台北故宫最珍贵的宋元时代书画列入展出清单。

　　然而，台湾的文化团体发起了激烈的反对运动。反对团体打出"抢救限制级国宝"的口号，有数百个人坐在台北故宫前拉布条，要求故宫解除和美国的"契约"，质疑国民党政权运用故宫从事对外交流，"究竟有什么实质的效果，充满疑问，外国人如果要看故宫文物，来台湾不就好了"。反对运动的特定标的是"限制级"的艺术品。预定到美国展出的三百四十五件作品中，七十几件是宋元和更早之前的古书画，其中二十七件是故宫列为特别贵重、容易损伤劣化的文物，连故宫自己展出都有限制。这些限制级的文物基本上每三年只能展出一年，展览时须特别要求调整空调和灯光，外界批评："这二十七件是在岛内都看不到的文物，为什么要拿给外国人看？为什么这么长的时间不在故宫？"还有反对者持比较极端的主张，他们说："美国这么想看的话，拿出精巧的复制品不就得了。"不过，主要的论调还是"保护国宝""不要失去中国人的尊严"等民族主义主张，这和一九三五年时反对赴英国展览的主张、论调类似。"国宝的丧失"，让人想起西欧列强蹂躏国宝与国土带给中国人的屈辱感，反映了这一段被剥夺的近代历史造成的意识。

　　对此，台北故宫院长秦孝仪首当其冲，被追着要求"说明"。台北故宫方面提出一些说明，希望各界能够理解，包括因为这次美国展，美国联邦政府已经将免扣押的保障刊登公报，美国政府相关机构也提出三亿美元的保险，再加上英国劳合社（Lloyd's）保险公司的七亿美元双重保险。为呼应一九六一年美国展的好评，这次展会的重点文物有郭熙的《早春图》、范宽的《溪山行旅图》等宋代的代表性作品，如果中止借展，将会影响展会的地位。

当时正接近台湾地区领导人选举的时期，代表新党的陈履安高度关心这个反对运动，并予以支持，因而让这个问题更加政治化，后续的新闻受到瞩目，连日占据报纸版面。陈履安是国民党大佬陈诚的儿子。陈履安直接与台北故宫院长秦孝仪见面，秦院长当场从怀中拿出一张照片，上面是陈诚在一九六一年美国展时访美参观故宫文物展，秦院长说："令尊不是爱国人士吗？"这个举动激怒了陈履安，两人在记者面前激烈口角。这一幕令人深刻感受到，国民党已经不是一党独大、坚若磐石，外省人的政治势力正在转移当中。最后，台湾当局无法不顾舆论的压力，决定重新盘点像郭熙的《早春图》、范宽的《溪山行旅图》这一类限制级文物状态，从展览清单中删除二十三件。不只是书画，还有像汝窑《水仙盆》等，也以"非常贵重"为由不借展。

从此以后，台北故宫对于这类北宋以前书画赴海外展览的借展都很消极。赴日展宋元以前的书画件数少，推测也是台北故宫担心作品劣化和舆论反对而做的决定。

后来美国展非常成功，纽约大都会博物馆的八周展期吸引了四十二万参观人次。但是，借展文物引起的争议，成为台北故宫和台湾的一个教训。过去只要是官方既定方针民众就无法说三道四的时代，在国民党一党独大之下，持续到八十年代。然而，随着台湾民主化带来"舆论"和"选举"等力道增强，以前官方依其自由裁量就可把故宫当作对外交流工具的时代已经过去，这在第二次赴美展览前引发的争议，已有实证。事实上，当时大陆并未对第二次的赴美展览严加批评，外交部发言人陈健被媒体要求对此发言时，他的回应只有："请询问其他相关部门。"这也反映了美国和大陆的接近、两岸开始接触的时代背景。

52 海外展（四）：
法国、德国、奥地利展

　　第二次到美国展览之后，台北故宫到法国、德国、奥地利等欧洲三国举办展览。法国展的主题为"帝国的回忆"，一九九八年十月二十二日至一九九九年一月二十五日在巴黎举办。德国展的主题为"天子之宝"，二〇〇三年七月起在柏林展览，当年十一月起在波恩展览。奥地利展的主题为"物华天宝"，二〇〇八年二月到五月在维也纳展出。

　　法国展的最大障碍是免扣押的问题。当时法国没有免扣押的法律，一九九三年法国政府方面希望举办故宫展览，故宫方面即提出要求免扣押法制化。后来法国国会在一九九四年八月通过"六七九法"，该法包括承认免扣押的条文。借展法国的文物共计三百四十六件，鉴于第二次美国展的风波，清单中完全排除"限制级"的书画，整个清单和美国展重复的文物只有二十六件，保险金额据说高达五亿美元。

　　从对外交流的层面来看，最为迂回曲折、问题最多的是德国展。德国柏林的"天子之宝"展览历经许多曲折过程，一开始洽谈是在国民党时代，等到实现是在民进党时代，这也是政党轮替之后台北故宫的第一次海外展览。德意志联邦共和国国立艺术展览会馆开始和台北故宫接触，是在一九九三年二月。当时的馆长通过驻波恩的台湾办事处传达希望举办故宫展的意愿，馆长并于当年四月访问台湾，会晤秦孝仪院长。台湾方面表示，台北故宫赴海外展览的基本条件就是须有免扣押文物的法律制度，除了在首都波恩举办展览外，还希望到柏林去展览；此外，提出双方举办交换展，德国也愿意出借文物到台湾展览。当时德国才刚统一不久，国家整体气势旺盛，充满对外交流的野心。另一方面，台湾也正值民主化及经济成长发展时期，故宫文物的"对外输出"又关系到"国际生存空间"的拓展，因此台湾的态度相当积极，一切看起来情势大好。

但是，难题浮上台面。德国虽有"文化资产保护法"，但是没有保护海外文物的相关条文，因此，台湾方面告知德国暂停展览计划。苦恼中的德国采取了令人意想不到的行动，一九九四年四月，台北故宫收到德国馆长的来信，信上说："我们将赴北京，要求北京方面不要干涉台北故宫赴德国展览。"换言之，德方希望获得北京方面的"默认"。对于这样的动作，台湾方面当然反弹。秦孝仪院长在同一年的五月寄出抗议信："要求中共的同意，将丧失展览会的意义。"他表示台湾的尊严和立场将因此受到伤害。台湾其实只是要求保护文物的法律，但是德国的反应迟钝，计划好像浮在空中。

再次启动德国展是在一九九八年，德国修正"文化资产保护法"，在第二章第二十条规定，即使有第三者的要求，从海外带进来展示的文物，也必须加以保护。台北故宫和德国之间的谈判重新展开，政权轮替之后就任的杜正胜院长对于德国展的兴致很高，指示朝向举办展览的方向迈进。

后来在研商细节上也花了很多时间，从二〇〇三年七月起，七月到十月先在柏林展览，同年十一月到二〇〇四年二月在波恩展览。

奥地利展共展出一百一十六件，相较于其他的海外展览算是规模较小，保险总额是二亿二千万美元。最受瞩目的文物之一是《清院本清明上河图》，我已在本书中介绍过，这件作品从未出境展出过。

北京故宫收藏的《清明上河图》绘于宋代，清院本则出自清朝乾隆皇帝时代五位宫廷画家之手，比原版的《清明上河图》画得更好。虽然在人气和知名度上比不过原版，但是描绘了清朝人民的生活和风情，颇具价值。筹备这次的日本展时，也列入邀展名单，但很遗憾的是，这幅画最后还是没到日本展出。

53

日本展（一）：
奇妙的新闻快报拉开序幕

　　二〇一三年十月十七日本各大早报同步报道："二〇一四年六月，台北故宫博物院展在日本举办。"这是有关故宫展的头一次报道，此前都是台面下的运作，日本各家媒体互相竞争的比赛，终于有了个结果，在这一瞬间浮出台面。各家媒体热切期望故宫展到日本举办，并希望成为主办，四年来在日本国会议员、台湾的马英九政权、日本政府之间周旋，进行了一场"持久战"，终于来到最后一步。

　　这一天，台北故宫、东京国立博物馆（东博）、九州国立博物馆（九博）三方签约，成为各报重要新闻，搭配着展览重点文物《翠玉白菜》和《肉形石》。各媒体报道内容几乎一样，看起来像是一般的艺文活动新闻，但是如果仔细分析各家媒体报道内容，可以发现其中有一点"不自然"。

　　日本由博物馆或美术馆和媒体合办一般大型展会，通常只有一家媒体或是一家报社加上一家电视台；但这次用主要版面报道台北故宫展的多达五家媒体：《朝日新闻》《读卖新闻》《每日新闻》《产经新闻》《东京新闻》（中日新闻）。这些媒体都是台北故宫日本展的"主办单位",另外还有 NHK、富士电视台也是主办单位,两家电视台也积极报道日本展的新闻。一个展会的主办单位集合了这么多媒体,这在日本也是前所未闻的情形。此外,向来热心于文化事业的《日本经济新闻》,通常会被列入五大报或六大报,这次却没有参与。

当天另有伊豆大岛的台风灾情新闻,新闻版面采取混合方式排版,每家报纸的呈现方式也略有不同,报道最多的是《读卖新闻》。有一版的左上方用大篇幅报道,另有特刊版面详细说明展会内容,同时刊登台北故宫院长冯明珠专访。另一版的报道中提到:"读卖新闻社是主办单位,负责总干事。"另一家大幅报道的则是《产经新闻》,和《读卖新闻》一样,一整版报道,加上文化版的上半面,详细介绍日本展。

《每日新闻》相形之下比较普通,一版以"至宝《翠玉白菜》到日本"为题,报道版面不像《读卖新闻》那么大,在社会版占了中篇幅度。最低调的应该算是《朝日新闻》,没有一整版的报道,在社会版的第三版报道,选择的位置层次低于社会版第一及第二版,报道的方式也没那么醒目,介绍的内容也略显平淡。

每一家报社都是"主办单位",为什么呈现方式会有的这么大差别,有点不可思议。各家报社的公告都写上"日华议员恳谈会"特别赞助。"日华议员恳谈会"是由日本"亲台派"国会议员所组成的联盟,全部大概有两百五十人。现任会长是众议员平沼赳夫,包括首相安倍晋三、前首相森喜朗、自民党内派系"清和会"议员大多加入该会。文化活动和政治家团体扯上关系,这也是很稀奇的事,这些当然也不会在报纸上说明。

　　有关台北故宫的日本展，如果只看十月十七日的报道，像是一场普通的展会，但却出现意想不到的"问题"。要了解故事背景，必须提到更远的事情，这要从日本展的"历史"说起。

　　台北故宫赴日展实际开始启动是在二〇一一年三月二十五日，参议院会议通过"海外美术品等公开促进法"的那一天。这部陌生的法案与故宫日本展有什么关系呢？法律条文本身并不长，其目的在于"促进海外美术品（艺术品）在我国（日本）公开展示"，但法律的第三条是重点核心："……经文部科学大臣指定者，不得强制执行、假扣押及假处分。"这个条文就是台湾要求的展览条件，须有"担保免扣押的法律"。日本以前没有这项法律，这也是台北故宫不能赴日展览的最大原因，而这和台湾的特殊处境有关。

　　台湾在意"免扣押"这件事，是因为担心北京方面会主张"这是中国的东西，应该还给大陆"所产生的诉讼。即使诉讼没输，系争文物很可能被假处分而禁止移动到台湾，文物就会流落在借展国；如果诉讼输了，很可能北京就会取回，不是没有风险。

　　过去有个例子，但不是文物。位于日本京都的光华寮是一栋学生宿舍，二战后所有权人是当时的中华民国政府，但在一九七二年中国和日本建交之后，这栋学生宿舍究竟是台湾的还是大陆的引发争议，判决结果是台湾输了。

　　北京方面过去批评蒋介石"偷取"故宫文物，当然近年来两岸关系改善，北京不太可能采取激烈的行动；但是台湾方面，只要有风险，举办海外展览时一定会确认是否已有担保免扣押的法律，以此为是否借展该国的基准。有关免除扣押海外借入艺术品之相关法律，在英国、美国、法国、德国、俄罗斯、奥地利等国都相当完备，台北故宫就会伺机到这些国家展出。

"中国信托商业银行"最高顾问冯寄台当时是"驻日代表",他在台北办公室里回顾了当时法案通过的情形:"原本是自民党的议员相当善意支持推动法案,但是当时的执政党是民主党,他们并不是反对这个法案,只是不像自民党那么积极。这是因为传统上自民党和台湾的关系比较密切,而民主党并不是,只是这样的差别而已。经过我们向民主党多方游说争取,也拜托了刚卸任的鸠山首相。最后的关键是在于当时民主党党团想对抗自民党,积极争取主导权,促成法案通过,对于台湾来说真的很幸运。"

此外,可称之为"故宫法案之父"的自民党众议院议员古屋圭司,长期致力于推动法案,他是这样解读法案通过的台面下过程:"当时在民主党政权下,由于小泽一郎不认同议员立法,法案的协商一直不顺利。担任教育科学委员会主席的田中真纪子因为和中国大陆关系十分密切,一开始比较消极,但是后来我积极向她说明:'这个法案无论是对中国大陆或是对台湾都是很有意义的',最后采用政府提案的版本,审议通过。"

古屋一九九五年曾访问台湾,当时的地区领导人李登辉告诉他,如果没有这个法律,故宫就没办法赴日展览。从那个时候开始,他一路执着推动法案。"从这层意义来说,这是一部花了二十年做成的法律。"古屋骄傲地说。

法案终于通过,排除了台北故宫展的障碍,同时这也是媒体"主办权竞赛"的开始。

54

日本展（二）：挫折的历史

　　台北故宫展第一次到日本是一九六〇年。对于当时的台湾方面而言，日本是仅次于美国的重要伙伴。

　　日本方面开始谈故宫展的是首相岸信介，他以首相身份第一次访问台湾，与蒋介石会谈。岸首相原本就是坚定的反共主义者，和蒋介石非常契合，岸首相在日本政界是台湾的重要朋友。继承了岸派的自民党派系"清和会"，一直与台湾保持密切关系，和上一篇提到的"日华议员恳谈会"形成主力。后来岸信介和《日本经济新闻》的专务取缔役（指执行董事）、爱好艺术的圆城寺次郎等人会谈，在台北故宫完成的一九六五年，日本正式询问台湾方面有关举办日本展的可行性。

　　台湾在一九六一年赴美举办展览非常成功，也对日本的提案很有兴趣，因此组成"故宫博物院古物赴日展览专案小组"，在岸信介和蒋介石两位首长的主导下，一下子行动起来了。

　　但是，从这个时候事情开始有了变化。台湾方面恐怕中国共产党会反对，要求日本提供与美国展之"同等"待遇，具体包括"搬运文物由日本政府派军舰运送""日本外务省发表相当于美国政府所发表的声明"等几项条件。故宫赴海外展览，在一九三五年英国展及一九六一年美国展都有军舰运送文物的前例。美国展时，美国国务院曾发表"展示之艺术品会归还台湾"的正式声明，对于蒋介石而言，这样的要求不是随便说说的。但是，日本的情况有些许不同，日本方面的回应是"派遣军舰是不可能的"。从日本的角度来看，日本只有"自卫舰"，但这不是军舰；加上日本如果将自卫舰派外执行任务，将会引起对立，在当时的情况下，这是几乎不可能去做的事情。至于政府声明，如果是由日本媒体主办的展会，恐怕很难要政府出面发表声明。这些情况的研判传到台湾，台湾方面放弃派遣军舰的想法，但是仍然要求日本政府的"政府保障"。后来日本无法回应，结果日本展计划流产。

时间来到二十世纪八九十年代，有关故宫展的讨论，一直没有具体的行动。一九七二年日本与台湾"断交"，提高了政府保证的难度，这也是因素之一。

到了二十一世纪，出现了积极想要实现故宫展的人物：日本画家平山郁夫。平山强烈希望促成"两岸展"，让台北故宫和北京故宫的文物一起到日本展览，从文化层面让两岸的长期对立得到和解。他又是"日中友好协会"的会长，握有中国方面的重要管道，他认为，他有信心去完成这项艰难的事业。平常不碰"政治"的平山，却希望在人生的最后阶段能亲自帮忙解决两岸关系。

二〇〇六年六月，平山为了两岸展的事情访问北京，会晤当时的北京故宫院长郑欣森。郑欣森从院长退下来之后担任顾问，办公室就在故宫附近的四合院，现在仍在处理故宫的业务，对于平山当年的来访，郑欣淼印象很深刻："平山先生充满热情和诚意，希望为了亚洲和平，也为了大陆和台湾，在日本举办两岸联展。"这一年三月，平山以日中友好协会会长的身份，在北京与国家主席胡锦涛会谈，当场提出故宫两岸展的事情。胡锦涛的反应并不清楚，但是平山本人很有信心认为已经得到胡锦涛的"保证"。

他和郑欣淼的会谈是"六月十二日上午"，在郑欣淼的日志仍有记录。平山先生逐步催生两岸展："我想在日本举办两岸展。两岸展将是非常重要的文化交流活动，引发很大的回响。为了降低政治性，不由政府主办，而采用两岸故宫交流的形式。二〇〇七年秋天，在日本将召开第九届'世界华商大会'，可以让来自世界各地的华人看看代表中华民族精神的故宫文物。"郑欣淼对平山的提案表示："这是非常有意义的，我们基本上没有问题。"他除了表示赞同，还提出建议，"两岸故宫的交流，如果办两岸展，将和两岸关系相关。在中国，台湾问题是非常敏感而且复杂的问题，是不是可以办两岸展，两岸双方必须先好好沟通才行。"

郑欣淼这番话，意味着"很难取得台湾的了解"，这是有弦外之音的。平山对于这些话的感受如何，不得而知。平山到北京取得北京方面的合作意愿之后，开始向台北故宫询问可能性。在这段时间，他对台北故宫院长林曼丽尝试各种不同的游说方式。

依据林曼丽的说法，大约是二〇〇六年时，"某位日本媒体高层"访问故宫，带来一段重要信息："平山郁夫先生组成了一个重要团队，目的是为了举办故宫展览会。前首相桥本龙太郎和中国胡锦涛先生见面，得到了一个承诺，那就是台北故宫到日本展览，不会行使扣押的权利。"林曼丽说:"我对于日本展非常积极,希望马上就办,但是在日本,如果法律没有通过那是行不通的。"她回想起这段往事,"如果在东京举办两岸展,对于北京当然是个很好的契机,不管是胡锦涛或是谁,应该都会同意。但是,我们必须考量这对台湾有什么好处呢?好像对台湾不是件好事,我又收到平山先生的来信,之后也有提议让台北和北京两位故宫院长在东京的研讨会上见面。说因为林院长是女性,会成为瞩目焦点,但是终究没有实现。平山先生真的是很想在东京举办两岸展。"

之后,有一位林曼丽从没想过的人物和她联系,那就是国民党大佬萧万长,也是后来马英九政权第一任任期时的副领导人。因为一个读书会两人一起吃饭,萧万长对林曼丽说:"如果举办两岸联展的话,你会在历史上留名。"到底是谁拜托萧万长说这些话,林曼丽并不清楚,但她当时听到这些话的反应是:"留名历史对我而言根本不重要,他只考虑到自己吧。"林曼丽最后决定不接受日本展,她提到当时决定的原因:"那个时期,台湾和大陆的关系非常紧张,我们当然很希望能够赴日本展览,但是也担心焦点全部都在北京身上。如果有难得的机会去日本展览,台湾单独办展比较能够以台湾自己为焦点,这是当时决策的理由。"就像郑欣淼所担心的,两岸展因为"政治"而触礁了。

就"两岸展"的目的而言,大陆方面认为"这是联结统一台湾的两岸和解",因此认同其意义;对于被国际社会孤立已久的台湾来说,故宫赴海外展览是宣传台湾最好的时机,两岸要一起坐在同一张桌子上并不容易。但是当时台湾的执政党是民进党,主张"台湾是台湾"的立场，和大陆区分开来，要举办两岸展的难度变得更高。但是平山并没有放弃，他把两岸展当作他人生最后的一大事业，希望一定要实现。

二〇〇八年五月，主张改善两岸关系的马英九政权在台湾诞生，两岸间开始直飞，大量的大陆观光客访问台湾，在两岸融冰之中，平山感觉到"机会来临"。

二〇〇九年六月在平山的号召下，启动组成"两岸故宫博物馆展览实行委员会"，成员包括东京国立博物馆、《朝日新闻》、NHK、电通、全日空等，都是名声响亮的重要角色。他一边开始向两岸双方游说，同时提出"免扣押"法案，展开国会的沟通工作。

平山的沟通对象包括和自己关系良好的自民党加藤纮一等"亲中派"议员、古屋为首的"亲台派"议员，他感觉到自民党提出法案的可能性。二〇〇九年麻生政权的最后阶段，原本预计国会会通过法案，但是麻生首相突然被要求解散国会，自民党又在选举大败，执政党变成民主党，法案因而触礁，平山也在那一年年底脑中风过世，失去推动主力的委员会也就随之解散消失，两岸展变成幻影。我们对于平山的热心表示敬意，但在二〇〇九年当时，因为两岸情势的变化，举办两岸展的机会已经消失，而之后实现的可能性更是愈来愈低。

由于两岸关系改善，台北故宫和北京故宫从二〇〇九年开始密切交流，同一年在台北故宫举办了真正第一次两岸合作的"雍正——清世宗文物大展"，两岸展在台湾已经实现，到日本举办的必要性也就更难被两岸双方所接受。

　　此外，两岸展对于台湾的民进党或国民党而言，也都不太可能接受。对于台湾来说，故宫展是对外交流的一张王牌，如果和北京一起办，那就失去了这层意义。从这点来解读的话，两岸展本来就是一个"不合逻辑"的提议。

55
日本展（三）：
媒体间的战争

　　免扣押的法律通过之后，台北故宫日本展的举办条件都已齐备，
接下来需要组成整个活动的架构。而在日本举办类似展览，经常碰
到由哪家媒体主导的问题。在日本，文化相关的展会由媒体主导举
办，这种形态在全世界中是很特别的。在日本由媒体主办展会已是
常态，在全世界很少有这样的情形，媒体不只是协助，而是"主办"，
甚至连营收都包办。

　　日本媒体参与企划文化事业，主要有两大理由。第一，基于媒
体的公共性，这是社会贡献的一环。此外，作为一个私营企业，通
过展会也有塑造形象的作用，而且也会有营收进账。兼有公私两种
目的，媒体的文化事业部门人员也经常在这两者之间求取平衡。这
些当然都属于一个健全媒体事业的范围之内，不过我经常看到一个
问题：媒体自己举办的活动，该媒体就大幅报道，其他媒体举办的
活动就不报道，这样的情形已渐成为常态。文化活动的报道由各报
社的文化部门负责，在高层指示活动必须成功的要求下，又只报道
"自家活动"，基调当然都是肯定的语气，常常变成宣传的内容，
也让媒体的"公正性"蒙上阴影。

如果考虑情理，大幅正面报道自家公司的活动，对于企业来说是理所当然的事情。但问题是在日本所有的文化性活动只有"自家办的"和"别人办的"这两种二择一的选择，日本媒体在结构上很难发挥文化专业来客观评价展会内容，也不易写出有助于社会进步的报道。

为了主办文化活动，各媒体设有"文化事业"部门负责展会事业，结交拓展各地博物馆、美术馆之人脉关系，沟通交涉，搜集资讯，争取展会的主办权，尤其是关注程度较高的展会，争夺主办的事情时有所闻。

媒体间竞争主办文化活动，如果不是很特殊的案子，大概就是台面下交易决定后就没声没息，也不会搬上台面。台北故宫展的激烈竞争，有部分杂志曾经报道过。点燃导火线的是《日本经济新闻》和《读卖新闻》的结合，其核心是《日本经济新闻》杉田会长和《读卖新闻》的最高顾问老川祥一，两人一起在二〇一一年七月访问台湾，拜会马英九。

与海外领导人见面，媒体高层干部专程飞去采访的情形，现在已经不多见。以前曾有报社社长一起飞去拜会中国或美国领导人，但是最近大多是编辑部门主管如总编辑层级人士前往采访的比较多。从台湾的重要性来看，媒体拜会领导人的最佳层级应该是编辑组长或是国际部长。

《日本经济新闻》和《读卖新闻》的经营高层人物联袂拜会台湾地区领导人，台湾媒体报道标题为"不寻常的访问"，两人拜会马英九，一看就知道是为了"台北故宫日本展"的主办权，可是马英九身边的人私下对我表示，"应该没有明确对《日本经济新闻》《读卖新闻》两位高层人士说要交给他们"。经查台湾地区领导人办公室的拜会记录，刊载领导人的发言："在日本，传统上都由媒体协助，许多人都在关注此次展览，希望日本媒体能共同推动。"从文字来看，并没有说到要交给哪家媒体办理。

《读卖新闻》和《日本经济新闻》两报的报道当然不是这么写的。可是听了马英九正面积极的发言内容，两家媒体内心乐观认为"取得事实上的许可"，或至少觉得已成功向台湾游说。从那之后，两家媒体对于台北故宫展的主办权，采取加速前进的行动。

而《朝日新闻》的动作比较谨慎，因为《朝日新闻》将在二〇一二年一月主办"北京故宫一百选"展览，正在和北京方面交涉当中。当时的议题是北京故宫最重要的作品《清明上河图》首度赴海外展览的问题，是不是能到日本。对于《朝日新闻》来说，暗地里当然希望和台北故宫赴日展错开，但对外说法则维持"各家媒体共同主办，不希望《朝日新闻》被'独漏'"的基本策略。

看到《读卖新闻》《日本经济新闻》一连串的行动，《产经新闻》充满焦虑。一九七二年台湾和日本"断交"之后，日本主要媒体当中唯一仍然维持开设台北支局的《产经新闻》认为"台湾是自己的囊中物"。过去古屋奎二等历代支局长积极报道台湾问题，古屋自己也有以故宫为主题的好几本著作。《产经新闻》的会长住田良能也激励期勉属下，"《产经》的行动绝对不能慢"。住田甚至还亲自到台湾会见马英九，陈述《产经新闻》过去的成绩，以及与台湾之间的友好亲密关系，试图引导到有利《产经新闻》的方向。

　　但是《产经新闻》仍有担忧。台湾方面对于和《产经新闻》合作并不是那么积极，过去的确关系亲密，但从现实面来看，《产经新闻》的影响力不及《朝日新闻》《日本经济新闻》《读卖新闻》等媒体，台湾又积极展现与大陆改善关系的态势，这些都是不利于《产经新闻》的因素。在某一段时期甚至还出现了台湾方面和《日本经济新闻》《读卖新闻》《朝日新闻》已经秘密进行合作的猜疑，形成最令《产经新闻》害怕的"独漏《产经》"局面。

　　在日本媒体激烈争取的行动之中，台湾方面也逐渐确定想法："选择某家必会遭到其他家的怨恨，这是我们不能做的事。"面对多家媒体积极争取游说的冯寄台经常对我透露这样的心意。现在回想起来，主办权争夺战的过程激烈是必然的，因此后来变成"ALL JAPAN"，这也是史无前例的媒体并列主办方式。

56
第56话

日本展（四）：
浮动的二○一二年

　　二○一二年，在台面下是东京国立博物馆和台北故宫，由"日华议员恳谈会"从中协调。台湾方面有点混乱，台北驻日经济文化办事处和台北故宫之间正在拔河。办事处的冯寄台认为："故宫赴日展览是串联各部门的一项任务。"冯曾经亲身体验到故宫赴海外展览的"威力"，这也是冯寄台自己的使命感。

　　早在选举之前，冯寄台就是马英九的智囊，也有直通马英九的热线管道，认为台北故宫的日本展是马英九交付给自己的重大任务。推动在日本立法免扣押的辛苦过程，也不只是为了文化交流而已，更重要的是提高台湾的国际地位，以及增加日本对于台湾的好感程度，冯寄台这样的想法有其合理性。

　　但是，当时的台北故宫院长周功鑫却有不同想法。她常说"政治归政治，文化归文化"，台北故宫日本展本质就是一场文化活动，应该由故宫这样的文化机构掌握主导权。后来冯寄台在二○一二年五月底卸下"驻日代表"职务离开日本，就照着周院长的路线走。少了冯寄台对于台湾地区领导人办公室的影响力，办事处等部门希望运用故宫作为对外交流的声音也就逐渐消失，整个赴日展览变成由故宫主导。

无论是日本或是台湾方面，有诸多原因让故宫展的相关准备一直没有进展，这时扮演"协调者"角色的就是"日华议员恳谈会"。由政治团体担任艺术展会窗口的例子相当罕见，但是由于日本和台湾之间没有政治邦交，也很难直接建立行政的交涉管道。"这次的故宫日本展，牵涉到许多复杂而且敏感的问题，'日华恳'不可能不扮演任何角色。"古屋曾经这么说。

在这期间，日本自民党又重新夺回政权，尤其在安倍政权之下，"日华恳"的发言力量倍增，也有相关。各媒体的主办问题，接受台湾方面的意见采取"ALL JAPAN"，也是"日华恳"协调的结果。

二〇一三年秋天，大致方向已定，东博副馆长岛谷弘幸终于把争取主办的各家媒体找来，进行"最后的报告"。依据曾经听取报告的台湾方面人士告诉我，报告会上主要传达"东博和台北故宫之间已经协议好的内容"，主要有以下几点：

·二〇一四年夏季起在东博和九博举办台北故宫展。

·日本也借展文物给台湾，在台湾举办日本艺术展览。

·媒体的主办以"ALL JAPAN"形式办理，但是核心执行角色由馆方决定。

"什么时候选出总干事的媒体？""对北京方面是怎么说明的？"各家媒体陆续提出这样的问题，但是一直没有处理。最后是由《读卖新闻》担任执行媒体，到现在理由不明，但坊间传言是因为有"日华恳"的支持而选择了《读卖新闻》。媒体之间也有人说："不就是渡边恒雄去策动的吗？"我个人的看法也是如此。

　　《读卖新闻》的最高顾问老川先生与"日华恳"关系良好，这是业界一般的看法。老川先生是一位响当当的政治记者，手腕高明，主跑"日华恳"中最具势力的清和会，和"日华恳"的资深国会议员关系深厚。过去正仓院展的主办权曾被《读卖新闻》从《朝日新闻》手中夺去，最大功臣就是老川先生，这在业界之间广为流传。

　　输给《读卖新闻》的还有《日本经济新闻》。《日本经济新闻》一开始由杉田先生主导，感觉比《读卖新闻》更有胜算，但是在二〇一三年春天左右，《日本经济新闻》决定从台北故宫展的争夺战中"撤退"。台湾方面相关人士证实曾经接到《日本经济新闻》的联系："突然接到《日本经济新闻》来的电话说：'因为和政治人物有关，有点难做，决定退出主办。'"此话真假难辨，但是已经有这么多的媒体以"ALL JAPAN"形式参与，不可能只凸显《日本经济新闻》，也没有商业利润可言。主要媒体当中仅《日本经济新闻》缺席，大概是这样的背景。

　　可以和《日本经济新闻》对照的另一家媒体是《产经新闻》。从这次主办单位的顺序来看，《产经新闻》是在《读卖新闻》之后排名第二位。但是《产经新闻》的出资比例比《朝日新闻》和《每日新闻》都还少，它是加了富士电视台后，以"富士产经集团"的理由排在"第二"。

　　依据《产经新闻》相关人士的说法，《产经新闻》有两次"神助"。一个是"日华恳"的规划，"日华恳"当中有许多议员与《产经新闻》关系良好，安倍政权对于《产经新闻》的友善报道一直有好感，因此有人认为不该让《产经新闻》出糗。此外，《产经新闻》

曾在二〇一二年四月刊登"驻日代表"冯寄台出席园游会的新闻，做了整版报道且附照片，虽然报方无意联系到故宫展，但是这后来带给台湾很好的印象，在无法排除《产经新闻》的情况下，这也是后来演变成"ALL JAPAN"的原因之一。

这次日本展的计划，原有巡回日本震灾受灾地东北及关西各地的构想，但是因为台北故宫以"可能遭到辐射污染"为由婉拒，虽然这个理由对于日本来说没有科学根据，但是台北故宫态度消极。关西地区虽有京都国立博物馆，但是这次并没有纳为办展地点。

如此这般，相关人士终于朝向故宫展迈进。

57 日本展（五）：
第57话 日本展有没有成功？

　　身为新闻记者，不论是对哪个事件，必须在某个时点上运用手上的材料做出评价；但是有时也会出现错误，得不到外界的赞同。虽然如此，持续尽全力做出客观公正的评论，就是这份工作的"良心"和"诚意"。

　　对于这次故宫日本展的总评价，我认为最恰当的说法是"没有失败，但也不算成功"。这么说的理由，我将在此分析说明。

　　针对故宫展的评价，可分为几个层次来谈，首先是商业，其次是文化交流。

　　先从商业说起。评论一个展览成功与否最简单的方法就是看入场人次。人气知名度不是全部，任何的展览都想争取最多的入场人次，计划本身也是朝着这个方向规划。日本展的展期从二〇一四年六月二十四日到九月十五日在东京国立博物馆举行，同一

台北故宫博物院日本展海报
（图／作者提供）

年十月七日到十一月三十日在九州国立博物馆举行，两馆各自举办。依据正式的入场人次统计数字，东博是四十万两千两百四十一人，九博是二十五万六千零七十人，总计有六十五万八千三百一十一人。

日本的美术年鉴社营运的"线上年度艺术"报道指出，根据"二〇一四美术展览入场人数排行榜前二十名"，二〇一四年在日本举办的展览中，入场人数最高的是在国立新美术馆举办的"奥塞美术馆展"（读卖新闻社等主办），计有六十五万八千人。

故宫日本展在东博的入场人数排名第二，九博的部分排名第十。东博和九博加起来还是排第二，并未超过奥塞美术馆展，坐上二〇一四年展会入场人数第一名的宝座。

我想把六十五万八千多人的入场人数和过去曾在日本举办过的展览逐一比较。过去曾经办过的展会中，入场人数一直保持第一名的是一九七四年的"蒙娜丽莎展"，入场人次一百五十万人，迄今已成为传奇。第二名是一九六五年举办的"法老王图坦卡蒙展"，有一百二十九万人次。这两个展会的例子比较特别，如果以近年相当受好评的展览来看，二〇〇九年"国宝阿修罗展"九十四万六千人，二〇一三年"达·芬奇展"有七十九万六千人参观。从这层意义来说，台北故宫日本展的入场人数虽然不是史上最高，但也不差，算是稳健的数字。另外，展会成败的呈现方式，日本经常以入场总人数作为比较的资料，国际上也有以单日平均入场人数来观测。展览会场的面积大小及展会期程的长短都会影响总人数，从平均入场人数也可以客观地看出多少人涌入展场。从单日平均入场人数来看，日本二〇一四年单日平均入场人数最高的是奈良国立博物馆举办的"正仓院展",数字是一万三千人。这个展比较特别,每年都会吸引大批观众入场,可以先不纳为比较对象。其次是东京国立博物馆举办的"日本国宝展",一天有八千两百人,接着是"奥塞美术馆展",一天有七千六百人。无论是在东京或是九州的故宫展,一天大概是五千人左右,在日本排不进前十名。

眼光投向全世界,《艺术新闻》(*The Art Newspaper*)每年公布全世界前二十名展会。二〇一四年前三名都由台北故宫独占,分别是"明四大家特展——唐寅""十全乾隆——清高宗的艺术品特展""乾隆潮——新媒体艺术展",单日入场人数分别是一万两千八百人、一万两千七百人、一万零六百人。日本的"日本国宝展"排名第九,"奥塞美术馆展"排名十二,故宫日本展并没有进入前二十名内。不管是从入场总人数或是单日平均入场人数,从历年的比较及国际性的比较来看,故宫日本展在商业上的评价算是"没有失败,也没有成功"。文化交流的评价又是如何呢?这里比较难用客观的数字来证明,也请理解这只能是主观的评价。在商业、文化交流等几个层面来看,我认为成功度最低的是文化交流。

几乎所有的日本人都认为,这次的故宫展等于《翠玉白菜》。这次展会有无引发对中华文明和故宫文物的热烈讨论呢?据我所知,根本看不到这样的情形发生。一方面是这次展示的文物中,没有哪一样比《翠玉白菜》更有魅力,另一方面是日本社会对于中国文化相对比较不关心,两种原因应该都有关系。大部分媒体介绍展示品时多以《翠玉白菜》为主,这是为了吸引入场观众而不得不为的办法,结果把其他许多珍贵的文物隐藏在《翠玉白菜》的后面。

北京故宫在二〇一二年举行的日本展以宋代名画《清明上河图》为展示焦点，就像这次的《翠玉白菜》一样，都是最受瞩目的展示品。但是，《翠玉白菜》的艺术价值层次不同，充其量不过就是工艺品，不是艺术品；而《清明上河图》是在中国绘画史上留名千古的名作。

重要的是，一幅名画或名作反映了当时的时代背景、社会情势、经济水准、艺术的价值观，衍生出许多讨论的可行性，为整个艺术论坛带来活力。但是看到《翠玉白菜》，观众感叹"真美"，一句话就结束，除了盛赞当时的工艺技术，不会有更深一层的讨论。对此，东博和媒体的相关人士都了解吧，但是一直没有找出和《翠玉白菜》同等的"明星级"展品，台北故宫展从头到尾就只有《翠玉白菜》，因此我认为文化交流的效果不佳。

58
大阪市立东洋陶瓷美术馆
汝窑特别展（一）：
体现"单一主题展览"之理想

　　"台北故宫博物院——北宋汝窑青瓷水仙盆"特别展从二〇一六年十二月十日起在日本大阪市立东洋陶瓷美术馆盛大开展，展期延续至二〇一七年三月二十六日。

　　台北故宫博物院和大阪市立东洋陶瓷美术馆之间的交流始于二〇〇六年，当时大阪市立东洋陶瓷美术馆慷慨借出馆藏的高丽青瓷，丰富台北故宫"大观——北宋汝窑特展"展览内容。后于二〇一五年再度借出藏品，催生了"尚青——高丽青瓷特展"和"扬帆万里——日本伊万里瓷器特展"两场展览，作为台北故宫南部院区试营运贺礼，精彩的展件引起不少关注。台北故宫为感谢大阪市立东洋陶瓷美术馆长久以来的合作交流，特以"台北故宫博物院——北宋汝窑青瓷水仙盆"作为回馈展。

艺术展览可分为两大类，第一类如同幕之内便当[*]，展示各式各样的作品；第二种则像牛肉便当一样，细细品味单一主题。两种类型各有其优缺点。整体而言，我个人比较偏爱后者。一方面前者在各种材质混合展出下，不易辨别出佳作；另一方面由于展览主轴不明，观众可能搞不清楚来看什么，甚至主办方也选不出主打展品，这样的情况其实也不少。

最典型的案例是二〇一四年东京国立博物馆举办的"台北故宫博物院——神品至宝展"。号称"人气国宝"的《翠玉白菜》能来到日本固然不错，但事实上该件器物名气虽高，在艺术史上的价值却不高，因此也无法呈现与其他展品的联系。

结果，仅借出二周的《翠玉白菜》返台后，展览难回盛况，入场人数等都无法达到最满意的结果，使这个长久以来备受瞩目的展览徒留遗憾。

当然，多元主题的展览方式也有十分成功的案例，不过随着近年观众的眼力提高，同时具备丰富出国经验，见多识广，单以其他地方来的艺术品作号召，已无法轻易触动日本的美术爱好者，反倒是深入单一主题的展览类型中，不乏成功号召观众的案例。

这种聚焦单一主题、体现美术馆的一种理想形式的展览，即为十二月十日起在大阪市立东洋陶瓷美术馆展出的"台北故宫博物院——北宋汝窑青瓷水仙盆"特别展。

　　宋朝是中华文化大放异彩的时代，当时的美感价值观也对日本造成了深远的影响。宋代分为北宋和南宋两个时期，文化势力而言，尤以北宋为胜。此时烧造宫廷专用青瓷的窑口为汝窑。由于烧造地点位于今日河南省境内、古名汝州之地，故有此称，近年来也持续有相关的新发现。

　　大阪市立东洋陶瓷美术馆这一次汝窑特别展的明星展品正是本书前文提及的《青瓷无纹水仙盆》，在汝窑青瓷之中它透亮的青色也是相当突出。可谓青瓷中的青瓷，汝窑中的汝窑。

　　这件《青瓷无纹水仙盆》目前为止从未离开过台北故宫。上述东博举办的台北故宫展也未曾借到此件藏品。此次能来到日本，实在出人意料之外，对达成这个成果的大阪市立东洋陶瓷美术馆出众的交涉能力，我衷心感到敬佩。

　　这个时间点恰值刚诞生的台北故宫博物院南部院区正在举办"日本美术之最——东京、九州国立博物馆精品展"。二〇一六年十二月开幕典礼不久后，我曾亲自造访南院展场，相当讶异于现场展示了大量大阪市立东洋陶瓷美术馆的藏品，至今仍印象深刻。南院刚开馆不久，藏品尚未充实。大阪市立东洋陶瓷美术馆提供这样的借展，我猜测是希望之后有需要时能获得故宫的"回馈展"。

大阪市立东洋陶瓷美术馆汝窑特别展（二）：谜一般的汝窑

　　除了《青瓷无纹水仙盆》之外，这次赴大阪参展的还包括另外三件台北故宫博物院所藏的青瓷水仙盆。东洋陶瓷美术馆原本就收藏了一件汝窑水仙盆，是从欧洲流出后购入，成为镇馆藏品之一，也是一件相当好的作品。在日本这块土地上，各方持有的汝窑水仙盆共聚一堂，是这次展览的焦点。最后加上一件清朝帝王下令仿制的景德镇官窑水仙盆，共计六件汝窑水仙盆构成了纯粹的单一主题展。

　　汝窑也被高丽青瓷当作模仿的对象。因在河南产地发现与高丽青瓷相似的样本，所以也能够回应这样的看法。尽管后世致力于重现汝窑瓷器，却仍无法企及。近年来也利用遗址发现的瓷片进行研究，不过那种"雨过天青"色彩的秘密仍未解开。

　　汝窑尚存谜团，水仙盆也有未解之谜——其用途至今仍不清楚。水仙盆这个名称实为后世所附加。究竟是用来盛装何物？或如同乾隆皇帝将之吟咏为盛装狗食或猫食，但我想应该不是那样，究竟是什么呢，只能想到装满水后插上一朵鲜花之类的。

亲临大阪市立东洋陶瓷美术馆的展示空间，不知为何水仙盆看起来很大，感觉比台北时看到的大上一点五倍左右。同时，色调也显得更加透亮。

原来关键在于照明。这次大阪市立东洋陶瓷美术馆因应展览需求，细心处理及考虑照明方式，挑战如何能够尽量呈现汝窑青色的透亮质感。其中，又以如何在室内营造出接近自然光下观看的环境为一大课题。

器物本身的演色性（色彩的再现率），自然光下若定为一百的话，一般的日光灯下约是七十，LED 灯下能达九十左右。大阪市立东洋陶瓷美术馆在京都当地照明制作商的协助下，将再现率提升至九十七左右，最大限度贴近自然光下的表现。毫无疑问，相较于过去在故宫观赏的经验，这次更能看出水仙盆的美感与神采。

仅有六件的展览，却在我们眼前展现了美的世界之广大。

充实的展览带来了一件好消息。即将开展之际，未具名人士拜访大阪市立东洋陶瓷美术馆，宣称带来一件汝窑瓷器。馆方半信半疑之下开箱一看，没想到竟是一件汝窑真品。

日本原来共有三件汝窑瓷器。一件是安宅旧藏的青瓷水仙盆，另一件是因川端康成曾经珍藏而闻名、现存东京国立博物馆的青瓷盘。相传川端氏以便宜的价格从不识汝窑的古董商人手中购入，后来直到二〇一五年才由一位民间藏家寄赠东京国立博物馆。此外，本来还有一件汝窑瓷器，但在香港的拍卖会上以二十三亿日元的高价标走后流出境外，使日本持有数量变为两件。此次日本终于又再度发现了第三件汝窑瓷器。

60 中华文化与故宫

一般人经常用"中华文化的至宝""中华文化的精髓"来形容故宫，但是却很少有详细说明解释为什么故宫代表中国文化。我们知道的程度，大概停留在"提到中华文化就想到故宫"。

日本的人气历史作家司马辽太郎是一个严格使用"中华"词汇的人。他说"中华"是文化的概念："在西方概念中'中华'是领土思想，在中国则是文明主义的语汇……文明主义的版图和欧风的领土思想，在历史的本质上极为不同。"

"中国"是一个民族国家，在中国的"中国人""中华民族"或是"汉民族"一代代建立王朝直到现在，通常是这么思考的；但是如果好好去读中国的历史，就会知道这是一种误解。

日本人经常所想象的领土有一条界线划出范围，在这范围内的几乎是同一民族过着不变的生活。这是因为日本位于东方边境上的岛国环境，和三方都是陆地环绕的中国状况完全不同。学校使用的世界史教科书，经常都有地图，显示中国王朝统治着一块相当广阔的领土。这张地图只是简单地画出"大致是这样"，实际上从现代的观点，已经不是领土、国境的概念，界线已消失在广大的土地上。

中国的文明诞生在中原黄河流域，也就是以今日洛阳为中心的区域。包括周代、商代在内，武力强大的部族首领长期持续支配中原，经过春秋战国时代，公元前二二一年秦始皇统一天下，才真正有国家的诞生。从汉末到三国时代，中国人口大概在五百万人以下，这和汉朝最强盛时期相比，只有十分之一。从北边南下的鲜卑、匈奴等异族统治中原，原来在中原的"汉民族"移居南方，进入异族入主中原的五代十国时代。之后的隋唐又是统一的王朝，但其实很可能是由鲜卑等异族所奠定的。元是蒙古族，清是满族，宋明王朝这样的汉族统治时期反而短。因此，中国的政治史其实有很大一部分是异族王朝的兴盛衰败循环。

然而，几乎所有的异族王朝，都有一个共同点，在武力征服之后，开始学习汉字和书画，导入科举，接受中华文化。蒙古族的元朝，在后半期推动汉化，但是代价是武力大幅弱化。汉字书画代表的中华文化，让异族吞下，把他们染成"中华的颜色"，最后成为同化为中华的原动力，成为异族联结到中华架构内的"印记"。

中国原本是"天下思想"，"南蛮、东夷、西戎、北狄"，异族也是天下的不可或缺要素，但却不属于天子统治天下的政治主体之中。然而，在中国建立王朝的人们，也不是本来就住在中原，据说他们也是从"南蛮、东夷、西戎、北狄"之中进入中原的。在日本，要问谁是日本人，大概"住在日本列岛的就是日本人"，定义相当容易。因此，所拥有的文化，只是形成自我认同的次要因素。华夷秩序当中，分为华和夷，也就是认同的证明不是血缘或是料理，而是文化。中国使用"化外之民"这个词汇时，事实上意味着"异国之人"。"化外"等于文化到不了的地方。此外，中文说"没有文化的人"，隐含的意思等于"你不是人"，被这么说的人应该会脸色大变发怒。

为什么文化好像只有一个尺度？是因为没有定义"中华"的方法。如果逆向操作来说明，无论一个人的体型、容貌如何，只要身上习得优雅的文化，就可以成为"中华"的一分子。就这个观点来说，有人认为标准太低，有人认为标准太高，意见分歧不小，但我认为这里反而可以看到中华文化的开放性。

无论是有什么样的血统，或是来自哪个地区的"过去"，通过学习文化之后，可以因此切割，这是一个很干脆的规则。当然"华夷"之间有歧视的意思，但是相较于其他东亚国家，对于血统、地域等无法克服的歧视，在中国反而比较不会发生，因为容许"中华之外"的民族融入中国文化体系，发挥了获得外部活力的功能。

日本的僧侣及贵族跨海到中国，得到意想不到的发展，这样的传说屡见不鲜。遣唐使留学生阿倍仲麻吕参加科举考试金榜题名，成为唐朝的官员，也和李白这样的当代文人交流往来，他是代表性的日本人，以文化能力为护照，进入"华"的中枢。

简单来说，有文化的，是中华民族，也是中国人。因此，中国经常是"重文轻武"。日文中有"文武两道"的词汇，在日本有点被误用。在日本，文和武是不同的东西，也不是上下关系，甚至认为武比较有用，因此日本自古以来没有文人这个阶级，画家就是画家。但是，在中国，文人是政治家，政治家是文人。武的地位比文低，武人握有权力之后也会努力成为文人，中国俗语说"好男不当兵，好铁不打钉"，好人才不会去从军，这是一个重文轻武的社会。

　　日本的中国史学泰斗宫崎市定曾在一九六三年演讲，题目是"中国文明的本质"。他从中国对于文化的概念说起，提到"'文'这个字在汉字当中，包含了广泛的意涵，也相当模糊暧昧"。"文"具有超越"武"的"绝对权威"，"文就是天"。宫崎的结论是："中国的文化只在中国，不在周围的夷狄，中国之所以是中国，就是因为有文化。"

　　从各种资料显示，最简单的方法就是把文化当作思考的起点。因此我们需要接近中国的文化，就能理解中国人背后的想法和价值观。中国的政治理想是"礼乐之治"。礼乐等于是文化，换言之，政治就是文化，文化就是政治，就像硬币的两面，两者连成一体。魏朝的曹丕说"文章是经国大业，不朽盛事"，绝非空言。

　　理解文化就可以理解中国，理解故宫就是理解文化；换句话说，理解故宫就是理解中国，因此故宫相当重要。

　　中国有四五千年历史，就政治层面来说没有连续性可言，但是在文化层面有连续性的继承。如果要思考中国是什么，中国人自己就是中国，除了文化，没有其他可以作为证明。就好像大队接力的"接棒"一样，故宫文物就是历代王朝一代接着一代的传承。

61 张大千与故宫

这号人物是善还是恶、是圣还是俗，很难以一般的尺度衡量。此人过世之后，让在世间的我们感到困惑，本人豪迈地到天国去，却让我们仓皇地看着他。张大千是中国重量级艺术家，在众多艺术家之间被认为可与毕加索相提并论，评为"五百年来第一才子"，没有人会怀疑他的才能。他留着白长须，散发着"怪物"的气息。

他经常到东京，据说在东京有座宅邸。二〇〇二年日本艺术杂志《艺术新潮》刊登的张大千专辑报道指出，他创作使用的画具多在日本购买，笔是九段下的玉川堂，颜料是池之端的喜屋，纸和绢也在日本各地取得。此外，他也把古书画带进日本，永青文库拥有黄庭坚的《伏波神祠诗卷》，就是通过张大千买到的。王羲之的《行穰帖》据说有一段时间在日本，日本的文化人希望能留在日本，但很遗憾，最后还是收藏在美国普林斯顿大学的美术馆。

张大千和故宫也有相当深的渊源。从台北故宫沿着外双溪往东走，步行约十五分钟就可抵达张大千纪念馆。这个馆在张大千生前叫作"摩耶精舍"，他在这里度过晚年。该馆采取预约制，参观须先向故宫登记。

这座张大千纪念馆曾有一则新闻："张大千纪念馆有四房徐雯

波的石碑"，当时在台湾相当轰动。张大千一生有四位妻子，育有九子七女。徐雯波是第四任妻子，两人在中日战争时于四川相识，一起到台湾度过下半生。石碑是台北故宫所立，上书"徐雯波陪伴张大千下半生，情深义重，至为可佩"，主张"合情、合理、合法"。但是张大千住在美国的长子提出质疑——这位长子当然不是徐雯波所生的儿子——并多次向台北故宫表示"此举有违张大千遗愿"，要求尽速移除石碑，但是台北故宫仍不为所动。为何台北故宫会为徐雯波立碑，原因不得而知，猜测应该有某种约定吧。即使张大千已经离开人世，却仍然在人间引起骚动。

张大千在二十世纪四十年代的几年当中，临摹敦煌壁画数百张。一九四九年十二月时，他叫住正要从四川成都机场搭机起飞的教育部长杭立武，抱着六十张敦煌壁画摹本希望能一起搭机。杭立武把自己的行李丢下，让张大千的作品上飞机，交换的条件是壁画临摹作品要捐赠给故宫。后来张大千的确从居住地巴西把壁画摹本寄到台湾交给台北故宫，实现了当年的承诺。

国民党撤退台湾后，张大千也离开大陆。在革命和战乱之中，张大千搜集购买散失的文物。一九五二年，张大千在香港卖出名画《韩熙载夜宴图》，引起艺术界骚动，在周恩来的指示下，大陆买下这幅画，收藏于北京故宫。蒋介石知道后非常生气，此时台湾正在积极规划军事作战，准备"反攻大陆"，"三希"中的"二希"都被大陆抢去，这次的"大鱼"又被抓走。

但是，张大千对台北故宫的贡献很大。张大千旅居阿根廷、美国等多地，但一直和台北故宫保持着关系。一九七六年，他担任负责指导台北故宫营运的"故宫管理委员会"委员，一九八三年过世。因为生病，将他最后未完成的大作《庐山图》捐赠给台北故宫。

《庐山图》是一幅长三点六米、高六米的大作，一九八一年开始创作，这段时间张大千因病渐渐无法提笔，甚至连署名都没有，不过作品大致完成九成，可说是张大千集毕生功力与技巧的代表作，我很遗憾不曾看过这幅画。

这幅《庐山图》是他的友人、住在日本的华侨李海天先生委托创作的。李先生在横滨的中华街经营重庆饭店，巧的是我哥哥的婚礼也在这里举行。餐厅取名为"重庆饭店"的原因，据说是李先生在六十年代开店，主厨是川菜名厨陈建民的徒弟，他来自重庆，所以就叫重庆饭店。李先生是国民党的支持者，在台湾华侨界很有名。

除了这幅《庐山图》，张大千还捐赠了七十五件古书画给台北故宫，但是有人说其中几件是张大千自己画的赝品。张大千是制造赝品的名人，他会模仿画出中国名作，甚至伪造刻印，当作真品卖出，这件事他自己也承认。

张大千过世后，捐赠给台北故宫的七十五件书画是张大千生前已指定的。在九十年代，台北故宫方面也遭到批评，质疑张大千赠送的是赝品，但是台北故宫当时回应："信任张大千鉴定的眼光，所以接受捐赠。故宫不会进行精密鉴定，因为从情理考量，张大千先生没有理由要把赝品送给故宫，我们不做这样的思考。"相关回应也向报纸媒体发表。

还有其他作品被认为是张大千的伪作，其中最有名的是一九九七年纽约大都会美术馆取得的《溪岸图》。这幅画被称为中国的《蒙娜丽莎》，是董源的作品。《纽约时报》说"这是中国山水画最早期的三大代表作之一"，没多久就传出赝品疑云。张大千又是这幅画的前一个拥有者，更加深疑虑，到现在都没有结论，但是在大陆或台湾多视其为真作。在日本和美国，有人从样式判断，认为不是宋代的作品。前台北故宫院长石守谦认为，这是宋代的作品，但没办法认定作者是不是董源。关于艺术品的真假，有时答案不会只有一个。宋代以前的画家，留下来的作品通常大概只会有一两件，即使要从署名或是画风来判断，可以当作参考的其他作品也不多，因此正确性相当薄弱。就如《清明上河图》的张择端，也无法依据其他的历史证据来确认他是不是作者。到底是不是他的作品，真的很难断定。复杂程度一般人无法猜测，而清浊两者兼有范围之大，也令人难以想象。张大千就是这样的一号人物。

仿古与唐英

　　二〇一五年三月底，日本举办了一场中国艺术品的拍卖会。主办单位和参加者公认最受瞩目的拍卖品是《清雍正仿哥釉露胎古铜纹贯耳尊》。这是清代雍正皇帝时代制造的仿哥窑瓷器的作品。其下方宽、向上开展的优雅造型，仿铜色，上半部刻有饕餮纹，一看就知道是好东西。定价为一千五百万日元。最后在会场上竞标达到两千万日元，落槌拍出，现场响起热烈掌声。提供拍卖品的是"望族收藏家"，得标者是特地从中国来参加拍卖会的收藏家。

　　到故宫看展，经常会看到"仿古"两字，它的意思是"仿制古物做成的东西"，但即使是模仿，也是非常认真的，仿古甚至是中国艺术当中的一个重要类别。本书多次提到的宋徽宗，他将汉朝唐朝时已经失传的玉器全都一一再现，这对中国来说是一大贡献。宋徽宗在位二十四年，据说制作了一千种仿古玉器，而且每一种全都制作了两件，因此总共有两千件，至于为什么要每种两件，原因不详。

　　醉心于玉器仿古的不只是宋徽宗，历代皇帝都有这个梦想，希望再现古玉。与宋徽宗同样热衷于艺术的乾隆皇帝在紫禁城内打造了一个"如意馆"，是专司仿古的工作坊，不只玉器，还做瓷器仿古，并在瓷器底部刻上"大清乾隆仿古""乾隆仿古"等字样。

不少皇帝对于艺术不感兴趣，他们不关心绘画或陶瓷器，但就比较重视玉器，原因何在？因为玉是神明给的礼物，富有崇高的灵性，玉会带来事业成功和幸福，因此他们会把玉放在手边，这也是给孤独的最高掌权人提供精神支柱。

这番仿古的乐趣，日本人不太能体会，一听到仿古，就会认为价格低了一截，甚至找不到买家。日本人对原创品的信仰，比中国人强烈。日本人从中国进口原创品，之后的数百年、千年都小心谨慎保管，他们认为原创品只有一个，也不可能再造，对于仿古的作法反而认为不可思议。中国人一向尊古，但是除了尊重之外，难道没有要超越古人的意思吗？就是因为我有权力，才能找到这么好的材料和工匠，同时又因为我的人格特别出众，才能做出来这么好的作品，甚至超越过去古人制作的玉器。但是如果要问我的看法，我认为这是一种错置的精神，为什么仿古的结果就是不能超越过去？不过话说回来，这在中国人内部并未形成矛盾，因为大家普遍的认知就是如此，真正的好东西都是过去的东西。

在历史上就有这号钟情于仿古的人物。清代雍正皇帝时代的唐英，在雍正六年时被任命派驻在景德镇，指导管理御窑，也就是直属于皇帝的窑。对于瓷器的生产，唐英是外行人，但是他通过勤奋努力，钻研瓷器的制造，包括最难的釉药调剂发色技术，终至知识等身而成为专家。唐英对于仿古特别有兴趣，也做了详细研究，尤其针对汝窑、定窑等五大窑，希望重新复活宋代顶尖的作品。他真的成功了，"仿哥"作品一件一件出炉，这些仿古作品都在故宫的瓷器专区中绽放光芒。

这个时代的窑，一开始叫"年窑"，因为唐英的上司叫年希尧，体制上，雍正皇帝把窑交给他来管理，但是因为他对制瓷没有兴趣，再转交给唐英。年希尧后来也因为怠忽职守而被免职，又因为唐英在宫廷内的评价很好，因此御窑又称"唐窑"。唐英将中国制瓷技术再创高峰，因而在故宫的历史上留名。

63 第63话 琉球与故宫

　　故宫有一处从来没想到过的"宝库"，就在冲绳，也就是琉球。冲绳现在是日本领土的一个行政单位"冲绳县"，但如果说"冲绳是日本的固有领土"，答案是否定的。冲绳在日本明治时代时纳入日本领土，冲绳原来与中国是册封关系。在此同时，又与日本萨摩藩是从属的关系，这就是所谓的"两属关系"。

　　琉球王国向中国进贡始于一三七二年，明太祖派使节杨载到琉球，中山王决定开始朝贡，中国和琉球之间的册封关系一直延续，到一八七九年为止琉球才并入日本，前后大约有五百年。朝贡国依照地位高低排序，琉球接在朝鲜的后面，又比安南（越南）前面；而实际上"封贡"（册封为朝贡国）的次数，琉球比朝鲜多，清代时共计八次派遣册封使到冲绳。

　　朝贡的两方，实质上朝贡国的利益较大，船只往来，载满贡品过去，又载满赏赐品回来，"朝贡"其实是一种恩惠。使节进到中国之后，所有费用都由清政府负担。此外，其他的利益还有朝贡贸易，从琉球出口到中国的货品，享有免税的待遇。从中国取得的物资，琉球再卖给日本和邻近国家，从中取得好几倍的利润，当时称为"唐一倍"，因此建立了琉球在十五、十六世纪及十八世纪的经济黄金时代。中国派来的册封使，他的使命就是通过"任命汝为琉球国王"的文字，承认新的国王，也就是"册封"，这也意味着琉球进入明清朝廷的间接支配体系。中国和琉球之间为君臣关系，中国皇帝和琉球王就等同于父子或祖孙。

关于琉球的朝贡品和交流记录，台北和北京两地故宫都有收藏，文献主要在台北，艺术品则在北京。藏于北京故宫的琉球时代美术工艺品，曾有冲绳支局报道过，证明其确实存在。后来，那霸市和冲绳县相关人士都曾展开调查，发现故宫确有大量的琉球文物，包括琉球的漆器、染织品（红型、宫古上布、八重山上布等），日本的刀剑、屏风、扇子等。故宫保存的是琉球朝贡给中国的进贡品，而进贡还分为"经常性进贡"和"特殊进贡"两类，故宫收藏的是"特殊进贡品"。

在此说明一下进贡的制度。大概按两年一次的频率，琉球国王派使节定期向中国皇帝经常性进贡，中国方面会要求指定贡品，琉球送去的通常是硫黄、铜、锡、马等，也会再加工转化成火药、货币或是工艺品。明朝曾要求送"琉球马"，这是军马的需求，当时蒙古在万里长城以北尚保有势力，以支应对抗蒙古的军事行动。经常性进贡以"消费财"为主，除了这些"经常性进贡"以外，当有皇帝喜庆或皇帝驾崩时，派遣册封使或使节送礼或致意，此时就送其他的贡品，即为"特殊进贡"。

这些琉球艺术品在今天的冲绳已不多见，但故宫的琉球工艺品保存情况良好，因而成为琉球艺术工艺研究者很好的研究素材，意义重大，这对于中琉交流的历史来说，也是极为珍贵的资料。另一方面，台北故宫保存有琉球相关的文献资料，包括清代时针对琉球王朝与清代之间朝贡关系的文章。之所以存放在台北故宫，是因为当故宫文物搬到台湾时，有关清代对外缔结的条约、对外关系的文章都被列为优先运送项目。

根据故宫的资料，在所有朝贡国之间，清朝和琉球的关系最为密切，超越朝鲜、安南（越南）等国，故宫就保存了将近五百篇的"中琉关系"外交文章。例如，一七八三年（乾隆四十八年），"琉球国遇难者从浙江移送福建之免税奏文"中，遇难者与进贡毫无关系，因为他们并非自愿漂流到中国，考虑其处境和暴风带来的损失，清政府决定在他们返国时不对其所携带的物品课税。琉球和中国之间隔着东海，琉球的遇难船只经常漂到中国，这时清政府对于随身物品便不予课税，显示出一种"温情"。

琉球和中国，历史上的"缘分"即长眠在故宫里。

64

杨守敬与故宫

　　台北故宫藏有清末文官杨守敬收藏的古书一万五千册，它们对中日间的文化交流发挥了重要作用。杨守敬是清朝派驻日本的公使，在日本五年期间虽不长，却对日本、中国及其文化史做出了重要的贡献。

　　杨守敬派驻日本的时代，正好是日本迈向西化的年代，古时候从中国传到日本的古书贱价出售，对于杨守敬而言，这正好是买进大量古书的好时机。杨守敬过世后便把藏书捐赠给北京的故宫博物院，之后随着部分故宫文物搬到台北故宫。

　　杨守敬一八八〇年赴日，正好是甲午战争（日本称日清战争）爆发的十五年前。他与日本研究汉学的学者交流，接触传至日本的中国古典书籍，大为赞叹，又认识日本图书学的专家，如森立之、寺田望南、向山黄村等，获得许多图书搜集的知识。四年后，也就是一八八四年，带着许多古书、古抄本，满载回国。到七十六岁过世之前，杨守敬一直致力于搜集书籍，后来他一边在湖北省黄州当老师，一边整理藏书。他生前曾留下这段话："世之藏书者……守敬则至少壮赴都，日游市上，节衣啬食而得；其在日本，则以所携古碑、古钱、古印之属交易之，无一幸获者；归国后，复以卖字增其缺，故有一册竭数日之力始能入厨者……若长此不靖，典籍散轶，则非独吾之不幸，亦天下后世之不幸也。"*

　　杨守敬的理想得以完成，故宫博物院创立七年后的一九三二年，当时的中华民国政府以三万五千日元买下他的藏书，主要放置在故宫西侧的寿安宫，设有专用书库保存并对外公开。其藏书有一千六百六十七部、一万五千零九百零六册，成为今日台北故宫的珍贵藏书，且具有特殊价值，台北故宫沿用杨守敬生前书斋的名号，称为"观海堂藏书"。

　　杨守敬在日本有很多知音，在短短几年间就搜得大量且贵重的古书；此外，他把中国大量贵重的"北碑"拓本带到日本，也造成了巨大的影响。

　　简单说明一下"北碑"和"南帖"。中国南北朝时期南北分裂，书法也分为两个派别。汉之后是魏，接着是晋，传承王羲之、王献之的书法称为南帖，基本是模仿书写在纸上的书法，传到南朝而成南帖；另一方面，北朝的北魏发展至刻在碑上的碑文，成为北碑。哪一边才是主流，哪一边才是传承了魏朝原本的书法，对此，在中国一直争论不休。清朝末年发现大量北碑，其意义才重新改写。日本传统上只有南帖，而杨守敬带进来的北碑拓本，就像是近代西化浪潮下叩关中国的外国船舰。

　　杨守敬的老家就是藏书楼，他赴日时带了一万两三千件碑文和法帖，打算卖掉充作生活费，其结果是他带来许多的北碑拓本大力促进了日本书法界的现代化。日本原来是以纤细优雅的晋唐书法为师，充满旺盛生命力的北碑在明治时代传入，掳获了日本人的心。杨守敬传入的拓本和他自己的一手好字，对于中日的文化交流贡献极大，称得上近代第一人。

　　杨守敬在《日本访书志》中的"缘起"提到一些很有意思的观点，他说，日本的古书，比起当时的清朝，更加接近原始版本的内容。杨守敬是这么写的："日本古钞本，经注多有虚字。阮氏《校刊记》疑是彼国人妄增。今通观其钞本，乃知实沿于隋唐之遗。即其原于北宋者，尚未尽删削。今合校数本，其渐次铲除之迹犹可寻……日本文事盛于延喜、天平，当唐之中叶。厥后日寻干戈，至明启、祯间，德川氏秉政，始偃武修文。故自德川氏以前，可信其无伪作之弊。《古文孝经》固非真孔传，然亦必司马贞、刘子元所共议之本，《提要》疑是宋以后人伪作，未悉彼国情事也。"*

　　读到此，我想起正仓院。正仓院是天皇家在奈良的文物仓库，一年公开一次，仅开放一周，参观的民众很踊跃。从奈良时代到平安时代间，收藏许多通过遣唐使传到日本的文物，其中有很多在中国已经消失的文物，甚至包括连故宫都没有的珍贵文物。这是文物移动到地方之后保存状态反而良好的逆转现象。换言之，愈是地方、愈是边境，反而会把中央传交下来的东西当作"宝物"珍藏。

　　这种现象也发生在"方言"的保存中。在台湾和广东说的话，现在虽然被称为"方言"，但其实是古时候曾经在中原使用过的语言，比起现在的北京话（普通话）保留了更多原来的语汇和发音，这是因为语言跟着民族迁移。文物也会移动，移动的结果是可以在日本找到中国已经消失的古书，这也被称为"文化扩散"现象，还是有可能发生的。

65 北沟物语

　　故宫文物于一九四九年迁台，一直到一九六五年才在台北外双溪再现。在这段时间的故宫，有"故宫博物院"的组织及"故宫文物"的收藏品，但是没有"博物馆"的外壳，只是由组织保管着。原因很简单，蒋介石在"反攻大陆"以前，不会想到要成立一座博物馆，此时放置文物的地方，就是位于台中雾峰的北沟。

　　故宫文物自一九三三年南迁开始，基本上一直处于避战的轮回中，不见天日。经过二十年的时间，在一九五六年春天时，北沟的临时陈列室本来是管制的，第二年开始对外公开展示，但受限于场地空间，仅能展示两百件，加上地点交通不便，观光客要参观极为困难。

　　二〇一四年一月，北沟因为故宫文物引起话题。北沟的故宫文物仓库遗址，因为土地开发被埋在地底，曾经存放文物的山洞已经埋在地下三米之深。提出呼吁的是人称"老故宫"的代表性人物：前台北故宫副院长庄严的儿子庄灵。庄灵投书《联合报》，写下令人感伤的文章，说道："几年前我还应邀分别带着央视、香港、澳门还有岛内电视节目制作团队，甚至前北京故宫郑院长，到北沟指出以前的文物库房在哪里，我也曾热心向我们前故宫院长和台中文

"老故宫"的代表性人物、台北故宫博物院前副院长庄严（图/作者提供）

化局长建议如何简单保留北沟遗址……上下都对文化史迹成了失忆症患者时，我只能痛心地写下这篇文字，可是，它还有用吗？"

这篇文章撼动了社会各界，得到许多支持的声音，台中市政府也出面说明要保护山洞等。在我采访故宫的过程中，庄灵给我很多帮助，他谈起故宫的老故事，无人能出其右。他是出生在故宫颠沛流离的历史当中活生生的见证者，他也曾和他父亲生活在北沟，有份特别的情感。

在故宫历史中，北沟的确是"被遗忘的一页"。文物存放在北沟有十五年的时间，在一九六五年台北故宫完工前，北沟是唯一可以看到故宫文物的地方。搬到台北故宫以后，北沟随之被遗弃，七年后变成台湾电影的片厂，是一个以"台影文化城"为名的主题公园。但是后来因为不景气而关闭，杂草丛生，成为一片荒地，又因为一九九九年的九二一大地震，庄严曾命名"洞天山堂"的山洞——以前是存放文物的仓库——也整个震坏了。我曾在二〇〇八年访问这里，看到的只有杂草和空地，山洞里都是瓦砾碎片，这个时候是没有人会关心的。但是也有人指出，这里如果崩坏淹没了，会发生危机。

　　蒋介石、宋美龄等重要人物和海外来的贵宾都曾访问北沟，胡适更是北沟的常客。当年胡适因为政治原因而和蒋介石有了微妙的关系，胡适追求民主选举的意见遭到蒋介石的反对。一九五九年胡适曾写信给在北沟工作的庄严和孔子后代孔德成，信是这样写的："十二月十六日下午到北沟，十八日的上午打算回去，此次为避生日而来，千万诸兄不要告诉省政府诸公，也不要请我吃饭，

一九六五年之前台北故宫博物院文物存放于台中雾峰的北沟仓库，图中馆员正在清点文物（图／作者提供）

但每天平常吃便饭就最好。"传达出他不想张扬的意思。

　　不只胡适，张大千、董作宾、李济、黄君璧等，许多从大陆渡海到台湾的文人都曾访问北沟，他们到北沟确认自己的中国认同，也一解思乡之愁。部分故宫文物从北京、南京、四川、南京最后移到台北之前，确确实实在北沟写下历史的一页。

66 我和故宫院长们

二〇一一年二月，我站在寒冷的北京紫禁城内，瑟瑟发抖，干冷的空气刺痛着脸颊，如果不是因为采访所需，应该不会在这样的季节来到北京吧。

站在我眼前的是两个故宫的两位故宫院长——北京故宫院长郑欣淼和台北故宫院长周功鑫。这是台北故宫院长第一次到访北京故宫，也是两位故宫院长首次在正式场合见面，可说是历史上的重要一刻。我们这些媒体记者追踪采访，北京故宫的郑院长向大家介绍紫禁城。这一天北京天空万里无云，或许是因为紫外线太强的缘故，周院长一直戴着黑色墨镜。

自那以后的半个月，郑院长访问台湾，两人又在台北见面，第二次举行会谈。在记者会上，我抛出了一个一直很想询问的问题给这两人："两岸关系不断改善之中，那么两个故宫什么时候统一呢？"在我发问之后，现场立刻陷入一阵沉默，然后又爆出笑声，大概是这个问题太过直接了吧，无论是台湾记者或是大陆记者，都绝不会以这个方式提问。然而我的信念是，抛给受访者的问题最好尽量直截了当地触及问题核心，因为我觉得，我最想知道的事情应该就是读者们最想了解的，我就是为了这个目标而采访。当然在这样的过程，也会遇到令人不愉快的采访对象。在一般情况下，大多数的受访对象都很愿意回答各式各样的问题。

两位故宫院长的反应，让我印象很深——他们都强调"故宫交流"的重要性，但是回答的用词，两人有些许微妙的不同。郑院长是这样回答的："故宫的收藏品都是中华民族的文化遗产，为两岸同胞所共有。这个问题交给未来的两岸同胞去解决就好了。"而周院长是这么说的："故宫的收藏品已经在台湾放了六十年，在台湾这片土地上，对台湾民众来说已经不可或缺。"

对我来说，这两位故宫院长都非常令人难忘。台湾马英九执政后，两岸故宫交流正式开始。二〇〇八年底我开始有个想法，想要采访两位故宫院长，让他们在同一天的报纸版面上出现，变成一次"纸上对谈"。据我所知，在那之前和之后，都没有任何一个记者让两岸故宫长实现纸上对谈。我先采访了郑院长，接着又采访周院长，事先没有跟这两位院长商量这件事，因为我担心如果哪一方说"不能两人一起采访"，那我也不能强人所难。采访报道登载后，郑院长写了电子邮件给我，他说这篇报道"真是划时代的内容，非常开心"，我当时松了一口气，心里一块石头总算落地。

此外，我也从故宫院长们口中听到一些"难忘的故事"。例如二〇〇六到二〇〇八年民进党执政时期担任台北故宫院长的林曼丽，在马英九就任前几天跟我见面，地点就在台北故宫的院长室，当时院长室里都已经打包，稍显落寞。林曼丽似乎对于院长的工作还有一点留恋和牵挂："国民党的部分民意代表，中华观念太强了，守护中华和向亚洲传播故宫魅力两者完全不矛盾。我多次跟民意代表说明，但是他们还是不相信。"她指的是，在民进党进行故宫改革的过程中，台北故宫尝试购买亚洲文物以强化亚洲因素，但却遭到国民党民意代表的阻止。虽然陈水扁担任台湾地区领导人，但是民进党在立法机构里还是只占少数席次，在预算审议等方面经常受到来自国民党的制约。

另一方面，民进党的第一任故宫院长杜正胜，高举故宫"去政治化"的目标，致力于故宫改革。杜正胜在接受我的采访时，关于"去政治化"，他曾这么说："要让故宫彻底消除政治性是几乎不可能的，但我想尽量减少故宫的政治性。"

杜正胜的态度，以作为一个博物馆的领导者而言，我想算是抓住正确的方向；然而，杜正胜在故宫南院建设、改变故宫展示方法等方面，提出不少激进的改革方案，更演变成台湾政坛朝野两党的对立。讽刺的是，高举"去政治化"目标，却招来"政治化"的结果。

故宫的院长有时不单纯只是故宫的负责人，因为故宫院长背负着文物的命运。采访这些故宫人，对记者来说是一件很紧张的工作，需要将他们的发言一字一句去琢磨、理解、记录，才能写成报道。回顾下来，大概没有一个记者像我这样见过这么多位故宫历代院长，如果把拜会次数也算进去，密集程度应该是世界第一。我专访台北故宫的杜正胜院长、冯明珠院长各一次，林曼丽院长在任期间见过数次，她离职之后回到台北教育大学任教，我也大概一年和她见一到两次。光是专访周功鑫院长就安排了五次，她离职后也吃了好几次饭。北京故宫的郑欣淼院长在任期间专访过三次，他退休后在北京故宫旁的四合院一家事务所当顾问，我也拜访过他，一起用餐。

二○○九年初前台北故宫院长周功鑫（左）参访北京故宫，与前北京故宫院长郑欣淼合影（图／作者提供）

唯一没见过的是石守谦，联络好几次都没有回应，可能是因为他涉及弊案被起诉，但后来他被判无罪，证明了清白。我猜想他还是不想跟台北故宫有牵扯，事实上石先生在离职后也不曾针对台北故宫的事情发言。

和故宫院长们见面，最有意思的是他们每个人都有各自的思考立场，对于文化的想法都不同。每个人有他的个性，阐述自己的信念和理想。我想，要被任命为故宫院长的人，本来就很特别，因为故宫是一个特别的地方，故宫院长又是一个特别的职位，所以每位故宫院长都有独特的个性。我虽然没有见过台北故宫的首任院长蒋复璁，但我知道蒋院长曾经说过这样一段话。某一次，蒋介石问他："你有想过，故宫院长的工作有多重吗？"蒋复璁这么回答："故宫的收藏品是我国家、民族的历史文物，是文化的结晶。我的能力虽然不足，但会尽力达成任务，严密保管。"这是在那个时代下的重大发言，把"保管"当作首要任务，可以让人感觉到当时的时代背景，也传达了情势紧张的气氛。

无论是在台湾或是大陆，故宫院长不过是一个行政官职。但是故宫存在的重要性，绝对超过一个单一博物馆，因为它背负了一个国家的骄傲和存在意义。故宫也扛起重大历史责任，保管的文物等于是中华文明的代言。担任院长的荣誉高，但是一旦发生问题，马上会遭到社会各界严厉的批判，院长的责任及压力远超过其他的行政官员。

蒋复璁以来，故宫首长就是"阁员"级别，这个传统迄今不变，也许全世界只有台北故宫是这样。"工作磨出人才"，也是故宫院长职位的特殊之处。

67 故宫旅游学

　　对于日本人来说，"故宫"一词有着特殊的韵味。在中国大陆，除了故宫之外，值得一去的博物馆还有很多，如国家博物馆、首都博物馆等，就我个人而言，我最喜欢上海博物馆。但是，到中国大陆观光旅游的日本人是不会去故宫以外的博物馆的，理由非常简单，日本人对于陈列在北京故宫里的文物不感兴趣，甚至不知道里面有文物，他们感兴趣的是北京故宫的建筑本身。

　　这其中有若干个理由。首先，紫禁城非常有名，名列世界遗产。而且当日本人听到"紫禁城"这个词时，马上想到的会是清朝的末代皇帝溥仪。日本人借着被赶出紫禁城的溥仪建立了"满洲国"。在这个过程中，日本人利用了溥仪，而溥仪也利用了日本人。两者之间爱恨交加的关系经常出现在战后日本的电视剧和小说中，反复刻画描写。然而，来到紫禁城的日本游客，一般都不会去参观北京故宫中的文物。

　　其实我也一样。一九八七年，十八岁的我来到北京，这是我生平第一次出国旅行。当时，我只会说一点点中文，对于中国的认识也仅限于毛泽东和万里长城；因此，当被带到北京故宫时，我只是绕着宏伟的太和殿和其他建筑，简单地参观了一下，就动身前往下一个景点了。日本人在北京故宫停留的时间一般在三小时左右，对于他们来说，像万里长城这样非去不可的景点还有很多；虽说有三小时，但其中光是进出故宫就要花费半小时以上，在短短两个小时之内要走遍看完巨大的故宫，根本就是一件不可能的事情。

在这其中，北京故宫存在着一个结构性的问题。故宫本身原本不是一座博物馆，而是在一九二五年时把这座宫殿当作博物馆使用；因此，从北京故宫的结构上来看，要将众多展品集中在一个场地展示，是非常困难的事情。北京故宫分别设有青铜器、玉器、书画、陶瓷器等展馆，各馆之间的距离也十分遥远。如果是在春秋时节，走一走正好可以散散步。但是在冬夏两季的北京，在室外走上三十分钟即会耗去大量体力，而那些为了欣赏所有建筑而走了一个多小时的游客，又怎么可能会想再去看看文物呢？

不过，最近参观故宫的路线已逐渐固定下来，就是从天安门旁的午门进入故宫，再从北侧的神武门离开故宫，游客不能从距离文物展示场馆较近的神武门进入故宫，因此对于喜爱文物的人来说，门槛又提高了一截。包括我自己在内，喜爱文物的人通常忙于学习，多数不擅长运动，体力方面也不行，要穿过天安门、午门、走过太和殿……光是用想的，就没有心思去看文物了。

当然，北京故宫的管理阶层一定也已经做过诸多讨论。我认为最好的解决办法是在紫禁城外另外设立一座专业的博物馆，但是这将涉及北京故宫、紫禁城等中国国家形象的重要因素。我可以理解，在短时间内是无法改变现况的。而能够让日本人尽情欣赏中国文物的地方，就是台北故宫了。理由有三，首先，台北故宫是按照博物馆的形式建成的，能将文物有效地展示在人们面前，这也是它和北京故宫最大的不同之处。其次，这里汇集了许多日本人所熟知的知名文物，如《翠玉白菜》《毛公鼎》《早春图》等。日本人到访台北故宫之前，都会先翻阅许多旅游书籍。在这些书中反复介绍的《翠玉白菜》，真的有一种魅力，让人产生"既然来到台湾，就要一睹为快"的想法。最后，除了故宫之外，台北并没有能够长时间游览的旅游景点，这可以说是台北故宫的一大优势。在这里，游客不会在购物和美食方面花上一整天的时间。

说起台北的其他景点，也只有中正纪念堂、龙山寺之类的，日月潭和阿里山太远，要去的话就要留下来过夜。而台北故宫能让游客尽情逛上两三个小时，导游也不必担心游客会迷路走丢，这是可以轻松带团的地点。综合以上原因，故宫成为各条旅游路线中的必到之地。

此外，大多数的人会认为像中正纪念堂这样的景点，去过一次就没有必要再去第二次，但是故宫的情形不同，人们往往会一去再去。因为参观之后，人们过了一个月就会忘记在这里看过什么文物。对于日本观光客回头率较高的台湾旅游来说，故宫可说是一个最合适的景点。

二〇〇八年以来，台湾开始开放大陆观光客来台旅游，当时我也正好被派往台湾工作。大陆游客来到台湾故宫所表现出来的"兴奋感"，这是日本人没有的，这与中国人的历史记忆密切相关。对于中国人来说，故宫文物是近代苦难和两岸分离的象征。改变中华民族命运的近代历史，都与故宫文物有着千丝万缕的关联。对于来

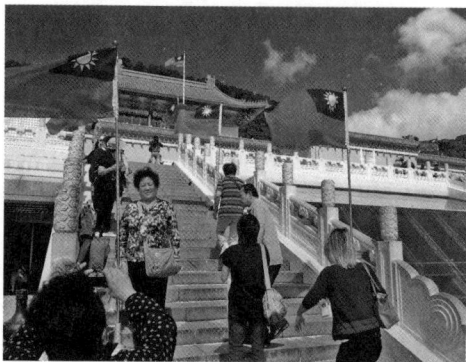

许多来自中国大陆或日本的
观光客都会将台北故宫博物
院列入台湾观光重点行程之
一（图／作者提供）

到台北故宫的大陆观光客来说，这些历史一定会浮现在他们的脑海
之中，能在"宝岛"台湾与珍贵文物和台北故宫相逢，他们又怎能
不兴奋呢？因此，从台湾人或日本人的眼光看来，这些来到台北故
宫的大陆观光客讲话声音很大，甚至有些嘈杂，但是我们要包容一
点。因为对于大陆人来说，台北故宫具有特殊且特别的含义。

　　总而言之，日本人期待在台北故宫观赏到一件件珍贵的文物；
而对于大陆人来说，除了观赏文物，能够来到台湾的另一个"故宫
博物院"，本身就是一件非常有意义的事情了。

68 "老故宫"与文物有灵

　　"老故宫"这个词，特别响亮，读起来总令人感觉特别的尊敬和敬畏。讲起"老故宫"，其实有两种，一种是一九六五年台北故宫完成后通过正式考试录取的职员，在故宫里磨炼成长的人，张临生前副院长、周功鑫前院长、冯明珠院长都是代表人物，她们都是大学或研究所毕业后，选择到故宫工作。这些得到拔擢的为何都是女性呢？原因不明，总之她们都是"资深"的台北故宫职员。此外，老故宫也指更上一个世代的人，和故宫文物一起搬迁到台湾，一起生活。知名的有那志良，他曾出版《故宫四十年》一书，还有本书中出现多次的庄严，都是知名的"老故宫"，这里就没有女性，清一色都是男性。

　　周院长们是台北故宫里资深的"新·老故宫"，那志良他们是"真·老故宫"。"新·老故宫"要怎么跟"真·老故宫"来往，也是伤透脑筋。张临生曾经对我这么说："他们的确是很难处理，当时的老故宫分为两派，来自故宫博物院的和来自中央博物院的，这两个组织一起变成现在的故宫。第一任的蒋院长来自中央图书馆，刚开始两派人马都不服蒋院长，更上一层的管理委员会有很多元老级人物，真的相当辛苦。""他们非常重视保管，认为这是第一要务。那么辛苦从大陆运来，照片也不能随便拍。我从器物处长升任

"真·老故宫"之一高仁俊
（图/作者提供）

副院长，连一张照片也没拍过。"

我曾经专访"真·老故宫"高仁俊，以下是当时的记录。

野岛：故宫文物运到台北，一切毫发无伤，这是真的吗？

高：的确是如此。我们从北平（北京）离开时大约运出一万六千箱，路上曾经乘船走水路，也有搭火车或卡车走陆路。当然有很多人问，为什么这么长的时间都没有损伤，觉得很不可思议。事实上，真的全都没弄丢。一万六千箱回到南京时，我们进行清点和抽点。运到台湾以后，一九五一年在雾峰进行抽点，之后又在一九五二到一九五四年进行全面清点。当时运到台湾的有三千箱，一件也没丢。

野岛：您认为有神明保佑着这些文物吗？

高：有的。这当然是个传说，也许也是一种迷信，但是如果不这么想的话，很多事情没办法解释。例如每次都是文物撤走以后发生炸弹爆炸，真的有一股不可思议的力量，我们也都感觉得到。

这样的一场"文物大长征"，历经数万公里的旅行，却没有文物丢掉或损伤，真的是奇迹。我看过一件军方干部蒋鼎文呈给蒋介石的公文，一九三七年故宫文物运到宝鸡时，公文是这么写的："故宫博物院卸运卡车过轨道遭火车撞击车尾，一箱瓷器全毁、三箱受损、十四箱重伤，康熙瓷盘破裂，并拟严惩火车卡车司机。"后来

故宫文物搬迁过程
（图／作者提供）

文物到汉中时，执勤中的士兵把手榴弹掉到地面引发爆炸，波及乾隆时代的《白地青花瓷瓶》。虽然如此，整体来看，故宫文物之旅的确是奇迹般安全完成了。

蒋介石对这些"老故宫"抱持着感激之意，故宫职员渡海来台的有二十余人，就像一个大家庭，他们离开故乡，告别亲人，身无一文地来到台湾。蒋介石对这件事情特别痛心，也感谢他们保护文物，发放了总额两万新台币的奖金。以当时的物价，这个金额不小。当时故宫职员的月薪大概是两百到三百新台币，等于每个人拿到两三个月的薪水。

如果没有"老故宫"，就没有台北故宫，文物就不保，这么想的话，这一点奖金也报答不了"老故宫"所付出的努力。也因为这样的人情，"老故宫"在他们退休之后还可以继续住宿舍，虽然台北故宫的职员宿舍问题曾经一度成为立法机构的争议焦点。对于"老故宫"的特别礼遇，应该也是在蒋介石的"默许"之下，回报他们搬运保护文物的重大贡献。

69 台北故宫价值有多大？

第 69 话

关于台北故宫，很多外国人都听过这样的说法：故宫是保卫台湾的最大"护身符"，先不论这个说法的可信度，的确如果把故宫文物全部烧掉，无论是站在哪一方的政治立场，只要是中华民族都不可能这么做。

台北故宫象征性的价值，难以用数据量化，但是试想其经济价值究竟有多少呢？犹记得在二十几岁到故宫参观，当时我对故宫什么都不了解，有位中年女性的导览人员非常自豪地说："故宫文物的价值，大概可以买下整个台湾。"这句话令我印象非常深刻，到现在还记得。

事实上，这句话一点也不夸张，故宫文物的总价值应该是个天文数字。例如，在清朝当官的意大利宫廷画家郎世宁所画的《秋林群鹿图》，曾在二〇〇五年香港佳士得春拍中以两千零二十八万港元成交（约新台币八千五百万元），相当于日元三亿元。台北故宫有六十四件郎世宁的作品，这些作品有的比《秋林群鹿图》知名，有的不是，如果以《秋林群鹿图》作为平均价格，光是佳士得的拍卖价就高达日元二十六亿元。

北宋四大家之一米芾的作品《研山铭》，在二〇〇二年时由中

台北故宫博物院存放文物的山洞
（图/作者提供）

国国家文物局以人民币三千两百九十八万元买下，台北故宫有米芾作品七十一件，如果以此基准计算，总额将近三十九亿日元。只要卖出几件这样的文物，就可以盖一座故宫博物院。

一九六五年台北故宫建筑兴建完成之前，曾经有过这样的事情。某个美国财团得知国民党当局正愁着筹措台北故宫的兴建经费，这个财团表示："如果能够赠给我们一件汝窑，财团可以负担所有的兴建博物馆费用。"也就是说，只要一件故宫陶瓷器中最高等级的汝窑，就可以盖博物馆，但是台北故宫拒绝了。事实上，当时的兴建经费需要新台币六千万元，如果把物价变动算进去，现在市值大概是八十四亿元。二〇〇五年伦敦佳士得曾拍卖元代的青花瓷，以一千五百六十八万英镑成交，创下陶瓷类的最高价纪录。以瓷器类来说，汝窑的规格又比青花更高一层，美国财团提出的要求其实也不是什么"超现实"的数字。台北故宫拥有数千件佳作，其价值确实可匹敌台湾这样规模的地区的年度预算。

保管如此高价文物的台北故宫，位于台北郊外，据说是风水最好的地理位置。背后及左右两边有山丘围绕，前方有外双溪，就是风水上所说的"依山傍水"的地形。文物放在故宫建筑物背后的山洞里，进入这座仓库，必须经过五道门锁，所有门锁都是特殊结构，

台北故宫博物院历史照片（图／作者提供）

知道最后一道门锁密码的人，在故宫不超过十人，连台湾地区领导人也没有知道密码的权限，整个安全防护措施完备，不可能让外人入侵。山洞型的仓库，总长达一百八十米，距离地表的地盘厚度达二十米，很明显是为了因应对岸空袭而做的保护；同时，将文物保管于山洞也是故宫人士一贯熟悉的方法。前台北故宫副院长张临生笑着告诉我："故宫喜欢山洞，抗日战争的时候就是放在山洞，来台湾以后，一开始也放在台中的山洞，其实山洞的湿气对文物不好，但这是故宫一路辛苦走来的共同记忆，也变成保护文物的习惯。"

　　一九六五年台北故宫落成，当时建筑体的设计案相当罕见地采用公开征件，选出来的是留学归国的新锐建筑师王大闳，他大胆采取现代风格的建筑样式，审查委员对于他的前瞻性给予高度评价。我曾经看过这个设计案，即使以现在的眼光来看也会觉得 OK。

　　但是当时蒋介石看过之后，对于这个设计欠缺"中华元素"表示不满，下令重新检讨。因此最后不采纳征件的结果，而由审查委员之一的资深建筑师黄宝瑜负责设计。

　　黄宝瑜的提案是中华风格的宫殿式建筑，仿佛就是北京紫禁城面向天安门广场的午门。蒋介石通过故宫向全世界宣传"中华传统"，汲取这个意向的建筑，符合蒋介石的意思，最后便采用了黄宝瑜的设计案。

　　之后王大闳也"学习"到这个意向，几年后提出中华风格建筑的设计，参加台湾孙中山纪念馆的建筑设计征件，获胜录取。这座君临天下的建筑成为台北地标，提出设计的建筑师也在历史留名。

孔子也在故宫

　　孔子是中国文化的象征性人物，故宫和孔子也有不少渊源。孔子的直系子孙至今仍住在台湾，他们不只是住在那里，还发挥着重要的政治作用。日本也经常能看见自称"孔子第 X 代"的人，日本人对孔子的品牌印象很深。他们虽然是"孔子的子孙"，在族谱上列名相关，但是并非嫡系。孔子的嫡系子孙即孔家，住在中国曲阜的孔府，而直系子孙则和蒋介石一起渡海到了台湾。此人是孔德成，精通金文、古代器物、三礼的专家。故宫文物移到台湾后，曾被保管在台中雾峰北沟的临时仓库及陈列室，陈列室在一九四七年对外开放时，年仅三十多岁的孔德成被任命为"联合管理处"主任。这个联合管理处同时移转隶属于台湾的故宫和"中央博物院"等两个单位，所以称之为"联合"。如此重要的职务交给这样的一个年轻人，很明显地是因为他是孔家人，由中华思想代表人物孔子的直系子孙担任汇集中华文明精华的故宫主管，此项人事安排非常具有象征意义。

　　孔德成从小接受四书五经等经典古籍的儒家英才教育，具备良好基础，通过接触故宫文物，文化素养更加提高深化，在古代书法和青铜器方面累积了相当丰富的知识，甚至达到专家的水准。孔德成辞去主任职位的过程，相当戏剧性。一九五三年，故宫文物发生了成立以来的首次重大意外。当时，故宫文物保管在北沟的钢铁结构建筑中，但其顶部的玻璃窗发生原因不明的破损，导致一场大雨浸湿了部分文物。更严重的是，这座仓库正好存放着珍贵的《四库全书荟要》，其中几册因为雨水的浸泡致使文字模糊无法辨别。庞大的《四库全书》完成之后，乾隆皇帝命人从中精选出重要的书目，编写成《四库全书荟要》，即使如此，"荟要"还是多达四百六十三种、两万零八百二十八卷、一万一千一百七十八册。

意外发生后，孔德成马上提出辞呈，但是没有被批准，最后他甚至下跪恳求上司同意他辞职，孔子后代都已经跪求了，也无法再拒绝，只好批准。但在之后很长的一段时间，孔德成一直在"故宫管理委员会"和"指导委员会"中担任职务，发挥故宫"监护人"的功能。

事实上，台北故宫中收藏着几件孔府呈送给皇帝的文物。"孔府"位于山东省曲阜，就是孔子的故乡，孔子历代直系子孙都住在这里，现在成为中华人民共和国的国家重点文物保护单位，吸引来自全国各地的游客。

孔家直系七十二代孙孔宪培的妻子于氏为向慈禧太后祝寿呈送的《恭绣御制万年枝上日初长诗意》，现在收藏在台北故宫里；但在孔家的记录中，并没有留下呈送的具体时间。另外，北宋画家文同的《墨竹图》也是孔家的赠礼之一，其枝叶浓淡交错，展现出与其他宋代绘画不同的风格。它曾在一九六一年美国展等诸多境外展会中亮相，是一幅经常参展的优秀作品。

在台湾的体制下，孔家唯一世袭的职位就是"大成至圣先师奉祀官"，其主要任务是在台北市孔庙主持祭祀仪式。二〇〇八年，在该职位任职的孔德成过世，由孔家第七十九代孙、一九七五年出生的孔垂长继任。

故宫里有一座孔子铜像，立在行政楼的对面，这是中国文化大学教授、雕刻家方延杰一九七二年的作品；此外，放在阳明山的王阳明铜像也是他的创作，在一九七

台北故宫博物院内的孔子像（图/作者提供）

三年完成。有段插曲，这座王阳明像上刻着"朙"字，方延杰使用这个字是因为"朙"是"明"字的篆书体，但后来这个字却被用来表示"郁闷的脸"，在网络世界大为流行。如果说故宫是中华文化的殿堂，那么孔子就是创造中华文化源泉的人物；因此孔子的铜像在台北故宫这座中国文化殿堂内坐镇，绝不是什么不可思议的事情。

末代皇帝溥仪和沈阳故宫

如果要说出三位与故宫渊源最深的皇帝，我会毫不犹豫说出这三人——组成故宫收藏原型的宋徽宗、发展成今日故宫样貌的清乾隆皇帝，最后一位也许有争议，我认为是清朝的末代皇帝溥仪。

溥仪和故宫的诞生渊源深厚。在光绪皇帝之后，溥仪三岁当皇帝，选他的是慈禧太后，但他即位不久，慈禧太后就过世了。溥仪当皇帝时，正值清朝内忧外患之时，他成为中国数千年封建体制的最后一位皇帝，因此有了"末代皇帝"的称号。

有人认为，溥仪破坏了故宫收藏。清朝结束后，靠着政治妥协下的"清室优待条件"，溥仪还得以继续住在紫禁城；但是为了筹出生活费，也为将来被"逐出宫外"做准备，借由赏赐弟弟溥杰的名目，把文物带出宫外。后来在紫禁城发现"恩赏目录"，得知从唐到清的上千件珍贵书画已流出，其中包括北宋张择端的《清明上河图》。历史真的很有趣，如果溥仪没有把北宋的《清明上河图》带出宫，这幅画一定会被蒋介石带到台湾。但是溥仪把画带到"满洲国"的"新京"（长春），"满洲国"灭亡后，溥仪带着这幅画出逃，混乱之中被苏联逮捕，一时之间北宋《清明上河图》去向不明，后来一九五〇年在沈阳的某家银行仓库被奇迹发现，成为今日

沈阳故宫（图/作者提供）

北京故宫的镇馆之宝。

　　发现的人是故宫院长马衡的弟子杨仁恺。杨仁恺在东北地方——发现溥仪带去而佚失的紫禁城文物，许多文物又再度回到北京故宫，杨仁恺成为"国宝鉴定大师"，名震天下。

　　沈阳故宫也是名副其实的"故宫"之一。清朝的开创者努尔哈赤定都于此，后来清朝建国后定都北京，沈阳成为副都，称为"盛京"，作为清朝皇家贵族夏日避暑胜地。包括康熙、乾隆等在内的历代皇帝，也都会到沈阳来参拜祖先的陵寝。皇帝到沈阳称为"驻跸"，每次停留两三周再回到北京，这是两都制的做法，过去中国时常有此情形。明朝也以北京为首都，南京为副都。北宋时有开封、洛阳等好几都。沈阳有宫殿，迷你紫禁城也已指定为世界遗产。

辛亥革命之后，设置东三省博物馆，到"满洲国"时代改为奉天博物馆，今日称为"沈阳故宫"。博物馆内主要展示清朝宫廷内的装饰品及服饰，同时也收藏了溥仪从紫禁城带出的珠宝。一九四五年八月十七日溥仪从"满洲国"奉天市（沈阳）逃出，正要从沈阳搭机逃亡到日本时，被苏联军队逮捕，据说机内发现两只大箱，装满各式珠宝。

"满洲国"有许多溥仪带去的紫禁城文物，"满洲国"倒台时溥仪想要带走，书画类不好装进行李，主要带的是珠宝。溥仪"皇宫"里的侍从及卫兵竞相带走书画，后来在中国被称为"东北货"，其中包括一流作品如《清明上河图》（北京故宫收藏）、《簪花仕女图》（辽宁省博物馆收藏）等。

溥仪被送到伯力（今哈巴罗夫斯克）收容所，溥仪的珠宝也被一并带去。收容期间长达五年，溥仪生怕被引渡回中国而成为战犯，就把一部分珠宝献给苏联政府，此外也分送首饰和时钟给警卫，让他在狱中的待遇好些。

一九五〇年八月，中苏签署协定，溥仪和日本战犯一起引渡到中国，溥仪的珠宝也一起由中国政府承接。溥仪进入抚顺战犯管理所，当时他为了要表示自己有所反省，表明要将珠宝献给中国政府，其中如《乾隆田黄三炼章》等比较贵重的，现收藏在北京故宫，其余大部分移到东北博物馆保管，之后变成沈阳故宫的收藏品。

现存于沈阳故宫的溥仪的宝石藏品数量多达四百五十四件，其中包括清代宫廷制造的玉器、宝石、珊瑚、鼻烟壶、豪华钟表等宝物，当中许多都展现出让人得以了解清代宫廷文化真实面貌的特点。

与金钱价值相比，它们所具有的历史价值要大上许多。

　　溥仪是清代的末代皇帝，也是中国的最后一位皇帝，之后再无他人。虽然袁世凯曾自封为皇帝，但仍是以失败告终。紫禁城中的宫廷宝物被当时的中华民国政府所继承，成为故宫的藏品，所以可以说，故宫的所有文物以前都是溥仪的财产。在象征着中国封建社会终结的同时，这些收藏在沈阳故宫的溥仪宝物，也见证了他波澜万丈的颠簸一生。

　　从这个意义上来看，溥仪也应该与宋徽宗、乾隆一同纳入与故宫关系最深的皇帝之列。

72 日本人与故宫

故宫与日本人命运关系密切，如果日本人没有想要占领满洲、没有引发上海事变、没有想要攻下南京、对于中国的领土没有野心的话，故宫不会是今日的样貌，这是无法否认的事实。

原来的"一个故宫"会变成台北故宫和北京故宫"两个故宫"，最直接的原因便是国共内战导致大陆与台湾的分离。可是因为日本和故宫问题的关系很深，日本人也很关心台北故宫，在台湾的"国史馆"有很多与故宫和日本人相关的、有意思的文件。

一九八二年二月六日，台北故宫向"故宫博物院管理委员会"提出"临时报告"。根据这份报告，日本佐藤荣作首相的妻子佐藤宽子有意将《唐三彩四天王增长天》送给台北故宫，并已得到日本政府有关机关的同意，希望在四月五日前参加剪彩仪式；委员会受理佐藤宽子女士的申请，表示"热烈欢迎"。以上全都写在"国史馆"的文件中。

佐藤宽子的母亲是东京国际法庭大审判中被起诉的松冈洋右的妹妹佐藤藤枝，佐藤荣作是宽子招赘的女婿，佐藤宽子在"冲绳返还协定"*时期到了美国，当时她穿的迷你裙引发话题，是一位颇有个性的女性。这座《唐三彩四天王增长天》是一件相当好的艺术品，经常在台北故宫的陶瓷器专区中展示。当然最被强调的还是"首相夫人"佐藤宽子的立场，也有在台湾"扬威"的意味。

从台北故宫设立之初，陆续都有来自日本的捐赠，这是因为在文化背景上，日本人拥有很多中国艺术的古董。从"国史馆"的文件，可找到二十世纪七十年代从日本捐赠台北故宫的文物清单，以及捐赠者的姓名和日期。

五六年一月	梅原末治	石壁
五八年十二月	坂本五郎	古陶瓷
五九年三月	小山富士夫	古陶瓷
五九年十月	梅原末治	古陶瓷
六〇年八月	大野万里	古陶瓷
六〇年十一月	久志卓真	古陶瓷
六二年十二月	大须贺选	铜书马
六六年三月	赤井清美	白玉
六九年七月	加藤伟三	瓷器
六九年七月	水野达实	瓷器
六九年七月	金子岩典	瓷器

| 七〇年十月 | 松冈秀畅 | 平田久夫 | 拓片 |
| 七一年二月 | 细川护贞 | | 宋本《尚书正义》 |

捐赠大批文物给台北故宫博物院的日本古董商坂本五郎（图/作者提供）

这名单中，梅原末治是日本明治时代出生、研究中国考古学第一人，与故宫关系密切并不意外。在本书介绍过的坂本五郎，是一位中国艺术品收藏家，此时他捐赠了唐三彩的马。小山富士夫在日本也是钻研中国古陶瓷的大师，本书在介绍定窑的篇章已经提到。久志卓真是陶瓷的收藏家、大须贺选是陶艺家、赤井清美是书法家，每一位都和中国文化密切相关。

一九六九年七月捐赠瓷器的加藤、水野、金子等三人都是陶艺家，经查台北故宫网站，他们自己也制作"仿古"瓷器，其价值几何，不得而知；然而，是否达到可以捐赠给台北故宫的水准，我有一点疑问。相较之下，旧肥后藩主十七代主人，也即首相细川护熙的父亲细川护贞，他所捐赠的宋本《尚书正义》就相当贵重，这是唐代孔颖达所选的《五经正义》之一，在前汉孔安国的注解基础上，孔颖达加注"尚书"的注释，南宋时出版，因此相当珍贵。

　　由此也可得知，捐赠的东西五花八门，因此台北故宫内部也有讨论："什么都收的话，算什么？"一九七一年四月十日，台北故宫管理委员会的议事录上刊载，委员陈雪萍提出质疑："本院接受外部捐赠计有八十四次，次数相当多，其中也有不具收藏价值的东西。接受之前，应该先统一审查，如果没有价值的一概拒绝。"同是委员的杭立武对此表示赞成，他说道："博物馆以后收到的捐赠，一律送委员会，应该全面审查。本院和历史博物馆不同，对于现代作品不该接受。"这是针对日本加藤等人所送的东西，有所暗示。

　　对此，当时的蒋复璁院长是这样回应的："本院瓷器搜罗唐宋清等，民国景德镇的东西也值得收藏。"收到的人对于捐赠者的一番好意，也不好冷淡以对。对于海外宾客的捐赠，基本上是采取欢迎的立场，内容不拘；但是"来者不拒"的话，堆在仓库，也破坏了收藏品的平衡。如何婉拒来者的好意，这仍是台北故宫的烦恼。

日本作家与故宫

故宫最大的魅力在于历史，这是谁也不能否定的。故宫的历史波涛汹涌，好像有什么魔咒一般，故宫的文物经过搬迁再搬迁，没在一个定点长期停留。这是清朝的魔咒，还是文物的魔咒，还是近代史上中国的魔咒？令人深思发想。

故宫诞生于一九二五年，六年后的一九三一年，日军侵略东北，北京文物迁移到南京，一九三二年才在南京稳定下来，五年后的一九三七年发生第二次上海事变，文物又向西迁移疏散。中日战争结束时是一九四五年，四年后的一九四九年，部分文物渡海到台湾。

对于急需灵感的作家们来说，当然不会放过这样的历史，就我所知道的，以故宫为题材写书的日本作家至少有三人。第一位是中国历史小说第一人陈舜臣，他在二〇一五年一月过世。我出生的一九六八年，他的著作《青玉狮子香炉》获得了"直木赏"，故事开始于故宫诞生的前一夜，主角是年轻的中国工艺家，他为了心爱的人，依照清宫紫禁城收藏的青玉狮子香炉和瓜的样子，打造了仿造品，后来他成为故宫的职员，发现自己的作品被列为故宫的收藏品。这只玉器的打造非常精美，误被鉴定为"真品"，而成为故宫的收藏品。后来玉器随着故宫数十年辗转迁移，男主角年老时戏剧性地与玉器重逢。

　　陈舜臣出生于大正十三年的神户市，得奖的时候是四十五岁。在这之前所发表的作品多为推理小说，重要作品《鸦片战争》在那时已经完成。作家的功力正是炉火纯青之时，写出《青玉狮子香炉》，我认为这部作品将陈舜臣的"博学"及"解谜"两大特点发挥得淋漓尽致，因此成为名作。

　　还有一位历史作家是儿岛襄。他写过一部大作《日中战争》，分为上中下集，以在中国大陆发生的中国和日本战争为舞台，在历史翻弄之下生存的故宫职员为焦点，讲述壮阔的故事。这个人物就是那志良（一九〇八至一九九八），他是满族人，从一九二五年故宫博物院在北京诞生的那一刻起就进入故宫工作，当时他只有十七岁。后来经历了文物迁往台湾，台北故宫诞生，知道故宫所有的事情，就像是故宫的活字典。他被称为"老故宫"，是资深中的资深，出版过许多著作，如《故宫四十年》《故宫五十年》《典守故宫国宝七十年》等。《日中战争》一书以庞大史诗的描述，凸显"军人对军人""国家对国家"的结构，让读者感到十分震撼。那志良这个人物在书中登场，为整个故事画龙点睛，角色发挥得淋漓尽致。

　　儿岛襄为什么在《日中战争》中特别写到这个角色，我在写了《两个故宫的离合》一书之后，才终于了解。为了要写故宫的历史，一定要写到日本和中国的历

老故宫人那志良，也是儿岛襄著作《日中战争》的主人公（图／作者提供）

史，还有中国的近代史。为什么故宫文物会从北京搬运疏散到上海、南京呢？这与日军侵略东北有关。为什么故宫文物会再从南京搬运疏散到四川呢？这与第二次上海事变之后日军逐步逼近有关。为什么故宫文物渡海到了台湾呢？这与蒋介石输了国共内战有关。如此梳理下来，愈写愈明白故宫的历史就是中国近代史。

最后一位作家是伴野朗。他是我在《朝日新闻》的前辈，曾经担任上海支局长，是一位极为优秀的记者。他在一九八九年辞掉《朝日新闻》的工作，转为专职作家。他在《朝日新闻》时，曾经掌握到林彪过世的国际头条消息，但是因为《朝日新闻》高层同情中国"左派"，没有报道这则新闻，这段插曲后来在业界广为流传。他当作家之后，也出过许多畅销书，六十七岁因心肌梗死过世。

伴野朗一九八九年出版《消失的中国秘宝：第三个故宫博物院》，焦点不在北京，也不在台北，而是南京，非常特别。位于南京的南京博物院，现在收藏有许多故宫文物。故宫的文物粗分为两类，一类是随着国民党撤退运到台湾的，另一类是留在北京的。日本战败之后，暂放四川的文物回到南京，本来是要再回到北京，却被蒋介石运到台湾去了，不过不是全部都运走，大概还留了三分之二在南京，不久后中华人民共和国成立，再运到北京。此时还有一些文物没有运到北京，仍旧留在南京，变成南京博物馆的收藏。伴野朗的这本书就以南京的故宫文物为主角，他是记者出身，曾到中国各地采访，做过田野调查，此书内容便以非虚构形式呈现。

陈舜臣、儿岛襄、伴野朗等日本战后代表性作家，都以故宫的命运为题材写书，这也证明了故宫历史对日本人来说的确是个吸引人的主题。

74 孙文与故宫

　　"台北的故宫其实不叫故宫这个名字。"听到这句话的人，几乎都会出现愣了一下的表情。"真正的名称是中山博物院"，听到这样的说明，日本人更是糊涂了，而中国台湾人或大陆人就会说："啊，是这样啊"。

　　在台湾，到哪个城市都有"中山路"，到哪里都有"中山公园"。

　　那么，为什么称故宫为中山博物院呢？孙文出生于广东省一八六六年十一月十二日，一百年后的一九六五年十一月十二日，台北故宫落成。第二天有权威报纸报道了"中山博物院落成"的消息："为了故宫博物院展览的扩充及展览必要性，在陈诚的支持之下，几年前开始在外双溪兴建，接受美国友邦的援助，终于完成……这项建设将作为台湾省的博物馆。"由此我们可以得知几件事。该报是国民党的机关报纸，这样的叙述反映了当时蒋介石领导阶层的看法。重要的是一开始说的，台北故宫称为中山博物院。中山博物院是一个器皿，故宫是收藏品。在实现"反攻大陆"之前，中山博物院是故宫的组织和收藏品的暂栖之地，台北的领导阶层明确认知如此。

　　故宫原来的意思是"Old Palace"，过去是清朝宫廷，后来作

台北故宫"天下为公"牌楼（图 / 作者提供）

为展示收藏的场所；换言之，如果没有辛亥革命导致清朝垮台，就不会有故宫的诞生。在这样的意义上，辛亥革命的象征是故宫，辛亥革命的第一有功者是孙文，等于是生下故宫的父母，这样的逻辑似乎成理。

中华民国成立之后，最后的皇帝溥仪因为中华民国政府给予清室优待条件，得以继续住在紫禁城，变卖文物以维持生活费。革命过了十几年后，在一九二五年孙文发表公开书函，支持中华民国政府取消清室优待条件，把溥仪赶出紫禁城。此时，清朝遗老绍英等写信给孙文，希望继续维持清室优待条件，孙文请汪精卫代笔写信，粉碎了他们的希望。

在故宫，可以看到许多孙文的痕迹。现在，故宫的名称，无论是建筑物或是组织都是"故宫博物院"，但是还是可以看到孙文的痕迹。

首先正门是白色的中华风格的牌楼上，刻有孙文题字的"天下为公"。这不是为了执政者"以民为主的天下"，而是为了人民的意思。此外，正面还有孙文的铜像，中山博物院的招牌揭示在故宫三楼。

这座铜像是台北故宫展示空间正面的孙文铜像，但是曾在民进党时期以改装为由撤掉，放在户外任凭风吹雨打。国民党拿回执政权后，台北故宫修复这座铜像，马英九在二〇一〇

台北故宫"中山博物院"牌匾（图/作者提供）

年一月一日出席铜像复位典礼，当时他的致辞内容是这样的：我在二〇〇八年五月二十日就任时，注意到办公室内有一个凹下去的地方放着松树，我记得这里应该有一座孙中山铜像，曾经在这里拍过照片。我请同仁帮忙调查，果然这里原来是孙中山铜像。之前陈水扁把铜像放到三峡的仓库。因此特别选在二〇〇八年的孙中山诞辰纪念日，把三峡仓库里的铜像恢复回到原位，这个意义非常重大。……我小时候，故宫博物院落成，当时称为中山博物院，我记得后来才改名为故宫博物院。

这座孙文铜像有种扣人心弦的力量。我调查了一下它的制作背景，有种"原来如此"的感觉。创作者是法国艺术家兰多夫斯基（Paul Landowski）。一九六三年，当时的教育主管部门负责人黄季陆访问法国，在巴黎的大使馆看到孙文铜像，觉得很好，于是便委托该创作者兰多夫斯基制作孙文铜像。

这座孙文铜像的样子，和南京中山陵的大理石雕像神似，高一百七十四点五厘米，手里的"建国大纲"摊开在膝上，台座的四

方画出孙文的革命人生。正面是"抱着小孩的孙文",背后是"国会颁发印信",左侧是"出国宣传",右侧则是"讨伐袁世凯、保卫国家"。

我们每次到台北故宫,必会驻足观看巨大牌匾"天下为公"四字。在这座象征孙文与故宫关系的建筑物,牌楼正说明了故宫从设置以来,为人们所熟悉亲近。在台北故宫扩张的大故宫计划中,这座牌楼可能要迁移的话题浮上台面,有"老故宫"之称的退休故宫员工前辈和文化界人士极力反对;甚至也有比较激烈的言论,要台北故宫勿成"古迹杀手"。在台湾,有许多这样的压力团体。台北故宫对外说明:"是不是要迁移,还在讨论中。这座珍贵的牌楼,一定会要求保持原貌。"

孙文的威势,迄今依然存在。

75 蒋介石与故宫

第75话

　　蒋介石和故宫有着切不断的缘分，他是让故宫文物从大陆运到台湾，让这个世界上出现两个故宫的人物。倘若蒋介石一九四九年时没想到要把文物搬到台湾，那么一九六五年台湾就不会兴建故宫，我也不会对故宫问题产生这么大的兴趣。

　　但是，现在的台北故宫里，蒋介石铜像是见不得人的存在。蒋介石铜像现在位于故宫的何处呢？坐镇正面大门的是孙文铜像，而蒋介石铜像不在展示故宫文物的博物院，而在故宫的右手边图书文献馆，静静地看着故宫。但是，为何不像孙文铜像一样，把蒋介石铜像放在正面呢？原来蒋介石的铜像是放在正面的阶梯上，但是在民进党执政时撤掉了，到了国民党再执政时，孙文铜像回到原来正面的位置，蒋介石的铜像

台北故宫的蒋介石铜像（图／作者提供）

就没有回到原来的位置，而是放在一个比较不醒目的地点。

据个人的推测，理由如下。对于蒋介石的历史评价，在台湾内部尚未形成定论。他虽然是台湾基础建设发展的指导者，但是许多人却也认为他是二二八事件及白色恐怖的"元凶"，对他恨之入骨。二〇〇八年两岸关系改善以来，大量大陆观光客涌进故宫参观，对于大陆人来说，长期以来把蒋介石定位为国家敌人，直到最近对于蒋介石相关的出版书籍才较为自由一些。无论如何，蒋介石的评价仍然是敏感的议题。蒋介石大大改变了故宫的命运，但是有关蒋介石留下来的文字不多。依据《蒋介石秘录》（产经新闻出版），蒋介石是这么写的："对于日本侵略的各项准备，不只是军事问题而已。想要特别强调的是，为让集合中华文化精髓的故宫文物免于战火，因此护送到南方。故宫文物当时在北平，日军的战火从热河沿烧到华北，文物遭到破坏、佚失等灾难的危险性大增。……在中日战争结束后，这些文物回到南京，没多久，和共军的战争情势恶化，因此在一九四八年底移送到台湾。故宫文物象征的中华民族五千年文化，免于战火……"在这篇文章中，蒋介石只是简单地说明了故宫文物代表中华政治的正统性，完全无法看出思索或是烦恼的痕迹，纯粹是官样文章。

然而从他没说的事情当中，仍可以解读出他想说的事。我最感兴趣的一件事情，就是蒋介石在一九六五年台北故宫落成时，并没有发表受人瞩目的致辞内容。故宫文物应该在某个时候回到中国大陆，这是蒋介石的基本立场；但是对于蒋介石而言，兴建台北故宫等于是一种妥协。怎么说呢？这表示故宫文物不能马上回到大陆，他大张旗鼓的"反攻大陆"大业宣称"一年准备、两年反攻、三年扫荡、五年成功",已经准备了十年以上,但是还是没有抓到反攻的契机,而且必须承认这一天好像愈来愈远。

此外,对于蒋介石而言,持续号召"反攻大陆"是一种意识形态,说是要决心捍卫具有象征意义的故宫文物;但是在台湾设立博物院展示保管的文物,对于蒋介石而言有其别扭的地方。在这个时机点上,蒋介石不得不把展现权威的方式从"武"改为"文", 所以才同意兴建故宫博物院。

蒋介石对于文物的关心或许不多,但相当在意故宫的营运。台北故宫的首任院长蒋复璁,曾在一九八九年四月二十一日的《联合报》上发表专文《我在故宫十八年》,追忆这段故事。蒋院长穿着朴素的服装,蒋介石盯着他看之后,什么也没说就走了。第二天,蒋介石身边的人,张岳军(张群)传达蒋介石的意见:"故宫博物院经常要接待外宾,已经编好预算,为职员做制服,院长也做套西装。"从此以后,故宫职员每年做一套新制服。

在北京的故宫博物院诞生三年之后,一九二八年蒋介石完成北伐统一中国,国民政府公布"故宫博物院组织法"。当时选出三十七位董事,蒋介石也名列其中。后来故宫文物从北京到上海、南京避难,再到台湾,最后拍板定案的就是蒋介石。国外人士对于故宫文物的关心程度高,评价也高,决定投入巨资兴建台北故宫的也是蒋介石。从这层意义来看,对于故宫影响最深远的政治家,我想即是蒋介石,事实上也非他莫属。

76 热爱故宫的宋美龄（上）

如果问哪位政治人物最常去台北故宫、影响故宫甚多的是谁，我想宋美龄应该是第一人，她还有"影子故宫院长""永远的故宫院长"的称号。宋美龄曾担任过台北故宫管理委员会的委员，这个故宫管理委员会的组织，在一九九一年改组为故宫指导委员会，宋美龄直接担任委员，记载于台北故宫当时的文件中："郝柏村决定，故宫管理委员会改为指导委员会，召集人为严家淦，首席指导委员是蒋宋美龄。"实际上，宋美龄在台北故宫里有"影子故宫院长"的称号，但是不管是当指导委员或是管理委员，每月定期召开的委员会，宋美龄几乎都不会出席。

"国史馆"收藏了国民党政权的历史资料，我调阅了严家淦的"文书"得知，宋美龄在管理委员会永远是"请假委员"，但一定没人敢说什么。对于宋美龄而言，台北故宫是她最后一个据点。蒋介石和蒋经国过世之后，台湾政界总体而言，对于宋美龄虽保持敬意，但是渐行渐远，宋美龄自己感觉到这样的气氛，又加上蒋经国不是宋美龄亲生的儿子，两人的关系谈不上亲密。后来宋美龄移居美国纽约长岛，但在一九八六年时为了蒋中正诞辰一百周年的庆祝活动回台，再次开始在台湾生活。

但是，宋美龄直接或间接关切政治的态度，让本土派的李登辉政权并不喜欢，宋美龄又曾反对李登辉就任地区领导人，因此两人的关系逐渐冷淡。一九九一年七月，台北故宫主办"中国艺术文物研讨会"，她在会上曾说："日本及欧美

宋美龄（图／作者提供）

在抗日战争和中国内战时期，从中国夺走的文物，应该归还中国。"这样的发言可能影响台湾与各国关系，让台湾外事主管部门胆战心惊。

一九九一年，宋美龄再度回到美国，直到二〇〇三年以一百零六岁高龄辞世前，皆未再回台。一九九七年宋美龄过一百岁生日时，在她纽约中央公园东侧的宅邸中举办了庆祝活动，多位"亲蒋"或"亲宋"人士从台湾赶来祝寿，除了俞国华、沈昌焕、郝柏村等大佬级的人物之外，前台北故宫院长秦孝仪也前来出席。这些人都是蒋介石一手培养出来的"蒋家班底"，其中秦孝仪的出现，不禁令人联想到宋美龄"永远的台北故宫院长"身份。她担任管理委员和指导委员时，台北故宫里院长室的隔壁设有"宋美龄办公室"，到她过世后都还保留着。据说在国民党时代当作会议室，一直维持到二〇〇八年政党轮替，民进党的第一任院长杜正胜，才正式取消了宋美龄的办公室。

曾在民进党时代担任台北故宫院长的林曼丽表示，她当院长时，

办公室使用的桌子就是宋美龄留下来的，她回忆说："桌子虽然不大，但是原木制成的品质很好，相当好用。为了方便作画和阅读，桌上的木板可以拆下，也可以倾斜。"

宋美龄自己也希望是"永远的台北故宫院长"吧，蒋介石把故宫文物运到台湾，但是这个决定的背后，很可能是因为宋美龄的"建议"。这些令人无限遐想的猜测，也说明了台北故宫和宋美龄之间的不解之缘。

77 热爱故宫的宋美龄（下）

第 77 话

宋美龄喜欢艺术，因此有关故宫文物"被盗"的传闻一直存在。说到宋美龄和故宫的关系，海峡两岸的人一定会提出这样的质疑："宋美龄是不是把故宫的文物带到美国去了？"这个谣言有其根据，即使我说"这很难证明，可是我觉得应该没有这样的事"，大家还是不相信。

不相信也有其缘由，那就是"宋美龄的九十七箱"。一九九一年九月二十一日是台湾历史上重要的一天，这天清晨，宋美龄搭乘华航班机从松山机场飞往美国，这时候宋美龄已经高龄九十一岁，她的丈夫在十五年前过世，儿子蒋经国也已故去，由出生于台湾的李登辉担任地区领导人。"中华航空"的人员证实，宋美龄当天搭机带了九十多件行李及箱子。行李中大部分是宋美龄钟爱的旗袍和常用的日用品，可能是因为在美国很难买到，她还带了养颜美容的燕窝；另外，她喜爱的书画、木制家具也都在行李之中。这些全部运到位于纽约长岛的宋美龄娘家，一座宋氏家族拥有的高级住宅。

有人怀疑，行李中是不是有故宫的文物，但是，台北故宫已多次发表正式声明"传言并非事实"，台北故宫的文物已有详细清单列管，如果有欠缺或不连号，马上就会发现，这是连最高权力者想要动手也不可能改变的制度。对于宋美龄不抱好感的民进党，也没发现有欠缺或遗失等问题，因此"宋美龄盗取说"并不成立。

我不是说宋美龄没有公私不分，故宫文物保管在台中北沟时，她经常要求净空仓库让她观赏文物，故宫工作人员在碰触文物时必须戴上手套，但是宋美龄从来不这么做，而是直接用手拿起文物细细观赏，宋美龄徒手欣赏文物的照片就有好几张。

宋美龄如此喜爱艺术，台湾的官员们当然知道，当她过生日或是过节时，就会送上各自收藏的高价书画或瓷器。这样的送礼祝贺，已成为当时台湾高官们的习惯。在这些礼物中，自然会包括高官从大陆带过来的故宫等级文物，对他们而言，给宋美龄送礼等于给蒋介石送礼，能为自己加买一个保险，意义不言而喻。

蒋介石对于艺术品和金钱的往来，向来不感兴趣，而宋美龄对于现实利益的大气度，其实是因为她是大财阀的千金。如果宋美龄到美国的行李中真的藏有大量高价的艺术品，那么推测大部分也是高官们送给她的厚礼吧。

宋美龄自己从小就接受过欧美老师的指导，在西画方面得到启蒙，中日战争期间，知名画家张大千曾教她画水墨画。撤退到台湾以后，宋美龄有机会频繁进出故宫，鉴赏文物。她尤其热衷于绘画，甚至到了废寝忘食的地步。晚年经常在官邸举办展会，张大千等文艺界重要人物都到场祝贺。宋美龄擅长山水、兰竹、花卉画，观看她的作品就知道，她的功力已达到相当高的程度。这些当然也有政治的考量，在一九七五、一九七七、一九八七年时，当时的邮政总局三度以宋美龄的绘画为主题，发行贩售"蒋夫人山水画邮票"，而且故宫经常举办宋美龄作品的展览。例如一九七三年三月，台北故宫举办"兰竹展"为宋美龄祝寿。兰竹是东方绘画的主题之一，兰花配上竹子称为兰竹画，兰花代表与世无争的贤德之士，竹在严冬的风雪中依然保持翠绿，都是象征高风亮节的君子。宋美龄的生日是三月五日，展览从三月十四日开始，一直持续到四月底。根据当时的新闻报道（《中国时报》一九七三年三月十九日），当时的邮政主管部门除了台北故宫珍藏的蒋夫人水墨兰竹画、兰画、竹画以外，古代画家文征明、石涛、钱谷、王谷祥、陈淳等二十三人的作品也一起展出。此报道内容大肆赞扬宋美龄的作品，评价为："她的作品即使是在过去的名家之间，也展现出特别的风格。"说她与历史名画家相比也毫不逊色的叙述，令人感觉有点滑稽，但是当时台湾把蒋介石神格化，这也是无可奈何的事。

　　每逢宋美龄的生日，台北故宫举办展览似乎已成为每年的惯例。一九七八年故宫展出宋美龄创作的十四幅山水画、十二幅兰竹画、十一幅花鸟画。当时的报道也是不吝奉承之词："蒋夫人的山水画构图虽不繁复，但能给观看者带来安定感。"二〇〇〇年一月，在美国当地华文报纸《世界日报》的主办下，宋美龄在纽约布鲁克林举办了人生最后一场"蒋夫人展览会"，据说参观者高达一万三千人，宋美龄本人也坐着轮椅出现在现场，与来访者交谈。展览中，一幅描绘着绽放莲花的水墨画受到众人的瞩目，画名为《荷花：花间君子》，上面留有她的终身伴侣蒋介石题字："风清时觉香来远，坐对浑忘暑气侵"。

　　从这幅画可以看出，夫妻两人用心经营着一种中华传统的文人生活，宋美龄的绘画和诗句或许并未达到最高水准的境界，但两人在中华历史当中，可谓地位超然。

第三篇

访昔人

78

专访前台北故宫院长 杜正胜

一九四四年出生于台湾，专研中国古代史的历史学者，"中央研究院"院士，曾是台湾地区前领导人李登辉的讲稿文胆。二○○四年陈水扁执政后担任台北故宫院长，推动"故宫改革"，其后亦曾担任教育主管部门负责人。

野岛：您在二○○○年民进党执政后担任首位院长，一开始感到最不满的是什么？

杜：故宫历任院长都有各自的想法，我都予以尊重，对于过去院长的做法，我没有什么不满。现在政权轮替，国民党回来，他们有他们的政策，对于他们的想法和我过去的做法，我不想比较批评。故宫新院长采取什么新措施，我有听到一些，但是没有明确完整的资讯可以在这里讨论。我的态度就像刚刚说的，每位院长都有各自做法，我也不太接受媒体的采访，我不想造成一种批评昔人的印象。

野岛：杜先生，您写的书《艺术殿堂内外》中，主张故宫应该转变为多元化的博物馆，您认为已经实现了多少？

杜：从当今的世界水准来看台北故宫，如果和世界几座知名博物馆相比，故宫收藏品局限于单一，这是事实。英国、法国、美国等几个世界帝国，中国也是帝国，但是中国文化不太关心外部文化，也没什么好奇心想知道其他文化。清代康熙皇帝到乾隆皇帝之间，是名副其实的大帝国时代，故宫的收藏品完成，大致就像现在的样子。照理来讲，应该会有多元的收藏品，但是收藏品还是以中华文物为主体，这里面包含了历史的因素、民族性和文化的因素，其结果就是形成现在故宫的收藏品。

中日战争发生时，文物从北京运出，当时所选的都是中华文化主流的文物，之后在运到台湾时，也是依一样的价值观来选定，甚至更加深单一文化性。过去的台北故宫首长被视为中华文化的代表，认为中华文物是最文明、最优秀的象征。这是为了振兴民族意识，全部都叫作"中华"。但是二〇〇〇年时，就在我要就任之前，故宫举办了三星堆遗址的展览，这些青铜器本来不是华夏文化，但是当时的故宫却将三星堆的铜器解释为华夏文化的根源，说是伟大华夏文化的一部分。本来中华没有的东西却说是中华的例子不胜枚举，例如郎世宁的作品是中华文化吗？我认为不能完全称为中国的传统文化，它是中华和西洋的合体，因此故宫原本就是多元的。

为了故宫的多元化，我做了一些事，对于故宫有较大的贡献。有一个在日本的台湾人彭楷栋，他的日本名字是新田栋一，是个收藏金铜佛像的名人。在我任期当中，他捐赠四百尊佛像给故宫，范围遍及阿富汗、巴基斯坦、尼泊尔、泰国、印度尼西亚、日本、朝鲜、蒙古等。我就任之前，他也曾在故宫举办过展览，但是故宫的人态度很傲慢，对于外部的收藏不屑一顾。新田先生是日本商界的大人物，讨厌故宫这样的态度。我当时通过"驻日代表"罗福全先生的协助，成功取得新田先生的信任，愿意将他的收藏捐赠故宫，这对故宫的佛教收藏是一大突破。

野岛：蒋介石对于故宫文物抱持着什么想法？

杜：在故宫里，找不到蒋介石究竟怎么看待故宫这样的资料，只能等待将来发现。虽然如此，从间接的资料来看，在最后战争最激烈的时候，调度军舰把文物运到台湾，这是非要最高领导人同意不可的，这个决定确实和蒋介石有关。此外，依推测，蒋介石保有中国的传统概念，领导人除了实质的权力以外，手上必须要有象征的意义。也许就是基于这样的想法，在非常时期还用海军军舰送文物到台湾。

野岛：杜先生在院长任内，有没有和大陆交流？

杜：我的任期中，没有直接的交流，但是有高层官员的访问，还有民间的第三人希望在日本推动两岸故宫展。作为故宫院长的第一要务就是要保护文物的安全，免扣押是绝对条件，日本没有的话就没有讨论的空间，因此计划没有进行。

野岛：故宫文物中，您认为最好的东西是什么？

杜：我是研究中国古代的，从学术上的意义，我最喜欢青铜器。故宫有几件商周时期的青铜器，这是国家统治的象征，使用高度技术的工艺品，非常之美。另外以个人的意见来说，书法非常具有吸引力，苏轼的《寒食帖》和颜真卿的《祭侄文稿》都非常吸引我，特别是颜真卿，感情流露至情至性。

我的太太在故宫任青铜器研究员二十年，她知道故宫里有很多不合理的地方，所以她不赞成我去当故宫院长。我进去故宫工作，她就离职到大学教书，我本来是"中央研究院"的研究员，日子过得很充实，也写书，对于是否从事公职，本来有点犹豫，后来心想，或许可以推动一点改革，所以接下院长一职。二〇〇〇年时政权轮替，台湾社会充满乐观的气氛，认为改革是可能的，期待光明的未来。但是民进党八年下来，和当时想的差别很大。

野岛：您刚提到故宫"不合理的地方"，是指什么？

杜：在故宫，只要是接近权力核心的人，什么都可能，占尽所有的便宜，升官发财。以前的威权时代，也有院长当十八年的，无论是多么民主的人，如果掌权十八年，最后也会变成专制主义者。因为人会习惯听命令，察言观色。在故宫这么小的地方当十八年的院长，当然会变成威权主义。

我就任故宫院长时，有一个大房间专为宋美龄准备，她虽在蒋经国时代移居美国，但是在这十五年中还是保留宋美龄的房间，她的房间比副院长办公室还大。我就任当时，就撤掉宋美龄的房间，她自己可能忘了她有这个房间，而我也没有接到为此打给我的电话。

野岛：您就任院长时，陈水扁先生有没有什么指示？

杜：什么都没有。行政主管部门负责人唐飞的任期很短，当时他的身体情况不太好，我和他也不曾有单独见面的机会。之后的负责人和陈水扁都没有任何指示。坊间传出许多陈水扁的坏话，我认为其中有很多是误解，他愿意倾听部属的建言，也尊重其意见，不会有无理的要求。我就任故宫院长时，有自己对于故宫的信念，想从学术角度思考故宫的未来，陈水扁先生并未给我指示。

野岛：也许我的表达不是很贴切，就我的观察，台湾人对于故宫感到骄傲，但是却不那么喜欢故宫。对于台湾而言，台北故宫的意义是什么？

杜：您指出的问题，表示观察非常敏锐。台湾人对故宫的想法是什么？这个问题非常重要；但是我们却经常逃避讨论，也不面对。大陆的民众应该对于北京故宫相当自豪，但是台湾的民众打从心底为故宫感到自豪的是少数。故宫和国民党一起到了台湾，发生二二八事件、白色恐怖、长达三十八年的戒严令，台湾人遭到种种不平等的待遇，在这样的历史当中，台湾人的心里留着怨恨，因此很难对故宫感到骄傲。

原本在国民党的统治时代，他们以"反攻大陆"为目标，所有的思考方式都是"回到北京之前，一切都是暂时的"，因此，"对于台湾人而言的故宫"这样的问题，没人提最好。国民党对于台湾民众的诉求是"故宫是显示中华文化伟大之处的场所，要崇拜、要认同，要向外国友人说明中华文化的伟大"。总之，态度上认为台湾民众崇拜故宫、认同故宫，是极为理所当然之事。虽然如此，一九七一年台湾地区"退出"联合国，与日本、美国"断交"，大陆则在邓小平主导下推动改革。外国人如果想要了解中华文明，就会去中国大陆；但是故宫长期以来并没有体认到这些现实状况。因此，我过去的想法是，不是要抗拒改变，而是要迎向现实，"中华民国"已经不具中国政治的正统性，这和有没有故宫文物无关，这是我当院长的基本立场。我是一个历史研究者，深深知道中华文化不是仅靠故宫文物就可以全部涵盖。只要我当院长一天，我就不认同"独派"人士要把故宫文物还给大陆的主张；但是故宫也要改变过去高高在上、指导民众的态度，故宫要走入人群，要求展览的说明必须更容易让民众了解。而且我们完成了故宫的重新装修，让故宫更明亮、更亲近友善，和八年前的故宫相比，形象完全不同，以前大厅很昏暗，比较封闭，现在变得开放，让人有好心情来欣赏故宫文物。

野岛：这些民进党改革的努力，国民党如何评价呢？

杜：二〇〇〇年政党轮替时，民进党的理想是希望实践欧美的民主主义，陈水扁先生没有进行"政治清算"，甚至内阁的三分之一是国民党人士；但是二〇〇八年回到国民党执政，采用所谓的"改朝换代"方式，对民进党展开"政治清算"，这样的国民党没办法对民进党有客观的评价。他们当然知道有值得赞赏的地方，但是公开场合是不会承认的。二〇〇〇年时，我们实在是太过乐观而天真烂漫，还以为台湾就会走向西方的民主社会；但是，文化的民族性不是容易改变的，所以我对故宫的未来相当悲观。

（本篇采访完成于二〇〇八年）

79

79 专访前台北故宫院长 林曼丽

第 79 话

一九五四年出生于台湾，专攻现代艺术。于东京大学取得博士学位后，曾任台北市立美术馆馆长、文化艺术基金会董事长等职。二〇〇四年起担任台北故宫副院长，二〇〇六年担任院长。在任期间以"Old is New"的概念从事故宫改革。二〇〇八年政权从民进党轮替为国民党执政之后，至台北教育大学任教，并担任北师美术馆馆长一职。

野岛：最近民意代表机构冻结故宫的预算，对于故宫南院的计划会有影响吧？

林：冻结的话，将影响二〇一一年开馆的筹备，收藏品的准备也没办法开始。相较于硬件建设，收藏品等软件准备必须提早准备，这是一般常识。二〇〇三年陈水扁打出故宫南院的计划，已经开始准备软件，策展和研究要扩及整个亚洲的范围，准备的工夫需要好几年的时间。部分的展示品会从故宫现有的收藏来挑选，但是也必须有新的作品进来，并不是一面倒向中华文化，也计划加入亚洲的收藏。当然这需要经费，冻结预算令人很气馁，但是将来不是不能解决。更重要的是，观念和想法的问题。国民党的人冻结预算，认为故宫作为中国文物的博物馆就好了，不必扩展到亚洲；但是，中国文化也是多元的，文化的本质原本就是多元文化交织而成，要进到亚洲文化的"脉络"里面去。希望他们可以用更开阔的视野来看。

到目前为止，故宫的思维是"皇帝的收藏已经很棒，其他的博物馆就算有钱也买不到，这样不是很好吗？已经不需要再增加文物了"。但是，对于故宫而言，不只是中国文明，也应考虑到周边文明的影响，不同文化的作品是必要的，对于华夏文明的扩散，这有加分的作用，故宫因此变得更强。若加强收藏范围扩及亚洲，就会弱化华夏文化，这是没有理论根据的说法。强者恒强，谁也追不上，况且还更加向外扩大影响力，期盼他们能够理解这个必要性。

野岛：为什么冻结二〇〇八年这笔预算？这和民进党败选有没有关系？

林：反对故宫改革的势力一直存在，二〇〇〇年开始，一路很

辛苦。台湾有着很独特的政治结构，这只是问题浮上了台面，的确
也和政权轮替有关，国民党人士更为强势。

野岛："故宫组织法"的第一条规定以"中国古代文物"为征
集对象，会改成"亚洲文物"吗？

林："组织法"的修法，对于故宫是很大的变革，推动修法会
遭遇反对的力量，尤其极力反对第一条的修正，为了往前，不得不
妥协，还是留下"中国古代文物"的文字，但是第二条以后就按照
我们的想法修法通过。国民党民意代表非常在意第一条，冻结预算
也是相同的原因。

野岛：但是，建立亚洲文化的故宫南院，这不是已经确定的事
情了吗？

林：是的，硬件的预算已经有了，因此冻结很奇怪。故宫南院
当然不会另外创造亚洲的收藏，而是以中国文明为中心。未来国民
党政权会怎么处理南院，我很担心。新政权可能不认为南院作为亚
洲的博物馆，也可能把故宫和南院切割；但是这样是很愚蠢的想法，
卢浮宫也有分馆，世界上的博物馆也有很多有分馆。

野岛：国民党认为故宫的角色是保护中华文明吗？

林：这件事和南院应该并不矛盾，一面保护传统，一面更要扩
大价值，我尝试用这个角度来说明。他们深信民进党是为了"去中
国化"，我作为故宫院长，并不是以"去中国化"为目标，我认为
民进党政权也是一样，中国文化的精粹也不是要直接除去，他们的
想法有点不一样，不是进步的想法。

野岛：国民党政权即将诞生，您怎么看故宫的未来？

　　林：我不清楚，也不对未来的事情评论。当然会有不安和担心，但是我有自信认为我作为院长已经完成所有能做的事，在我建立的基础之上，不可能这么简单的改变，本来纤细的文化就不可以用政治上粗暴的手段去改变。

　　野岛：政治和文化，您怎么看这个议题？

　　林：故宫院长的确是一个很特殊的位子，不仅只是博物院的首长，还须处理很多政治问题，从就任院长的第一天开始，我就已经知道必须因应很多敏感的政治问题。院长任期结束后，我将回到大学教授的工作。我本来就是一个文化研究者，对我来说，"台湾认同"是我的信念，在这当中怎么去推动，我认为很重要。台北市立美术馆等都是基于相同的立场，要保卫台湾的认同，也要保护故宫，这两者之间没有任何矛盾，文化是"加法"，不是"减法"。

　　台湾在历史、地理上，有很多的文化流入、融合，成为一条主流的场域，这是台湾文化的强项、特色，也是优势。对于台湾而言，和中国文明的联结也是其中一大要素，这是事实，我们也非常清楚中国文明的伟大。我有这个机缘来担任院长一职，如何让代表中国文化的故宫博物院，在台湾这块土地上绽放美丽的花朵，这是我的理想。如果担任其他博物馆的院长，我也是同样的想法。关于伟大的中国文明收藏，我们想要扩大其魅力及美丽，创造新的精神和新的文化，这十分重要。我想要活化老东西，创造出现代的价值和文化，二十一世纪的人会评价二十世纪的人所做的事；生于二十一世纪的人，也必须创造出二十一世纪的文化。过去的事情虽然重要，但是只停留于此的话很没意思，这是我的看法。

野岛：故宫在民进党八年执政期间，您认为有什么改变？

林：有很多改变，尤其是过去的故宫总是强调政治权威，有种封闭的感觉，这个部分已经排除了，我认为这是一大变化。故宫现在的开放程度是前所未有的，回流客也增加，周六夜间也开馆，同时举办很多活动。专为亲子美感教育设计的硬件设备，最近也快启用。"组织法"修正案也已通过，做到想做的事情，我觉得很满意。

（本篇采访完成于二〇〇八年）

80
第 80 话

专访前台北故宫副院长
张临生

于台北故宫器物处研究中华文物三十余年，致力于青铜器、珐琅工艺等研究。曾任故宫器物处处长，一九九一年担任副院长，二〇〇〇年从故宫退休，而后转任震旦博物馆馆长一职至二〇一五年，目前为震旦博物馆董事。

野岛：张女士，您过去曾经参与 NHK《两岸故宫》节目的制作？

张：是的，大概是在一九九七到一九九八年之间，当时我是故宫副院长，接受 NHK 的邀请担任节目的编辑顾问，但是我的名字没有放进节目制作群名单。NHK 的讲法是"怕中共抗议"，他们希望平衡报道两岸故宫的内容，我的工作内容就是要确认台北故宫的节目内容不会少于北京故宫的内容，NHK 说要给我一笔谢酬，但是我认为如果收下谢酬将有失公正，因此只让 NHK 负担交通费。

然而，不管是 NHK 的《两岸故宫》或是最近中国大陆中央电视台播放的《台北故宫》，内容都让人觉得不够满意，因为是年轻的制作人和导演拍的，总觉得欠缺了一点"韵味"和"深度"。媒体和我们专家的立场角度当然有所不同，但即便如此，既然要做好节目，就应该多花一点时间和功夫。

野岛：有人认为，台北故宫的建筑和南京中山陵相似。

张：这应该考虑当时的时空背景。盖建筑物的时候，必须考虑空袭的问题。防空演习的时候，大家都往地洞躲，文物也要放在山洞里。从今天的观点来看，也许会觉得很愚蠢，山洞里的湿度高，对文物不好，但在抗战期间，根深蒂固的观念就是把文物往山洞里送，现在要去批评，那也没办法。

野岛：您为何到故宫服务？

张：我大学三年级的时候，故宫从台中迁移到台北。台大历史系许倬云教授是我的指导老师，他认识故宫的研究员李霖灿，台大开了艺术史这门课，许教授邀请李先生来担任讲座，许教授也叫我去上课。李先生的文章写得非常好，教学也很认真。我毕业时，李先生问我愿不愿意到故宫，后来我也通过了考试。我很骄傲地跟同事说："很多人是靠人脉进故宫的，我是通过正式考试进来的。"

当时的台湾很奇怪，每个人都想到美国留学，进来故宫的人也是把故宫当作去美国留学的"跳板"，我对这种想法很反感。当时的故宫是全台湾唯一全馆有冷气的场所，下午还可以回到家里睡午觉。外国人很多，是一个准备留学的好地方，当时同期进故宫的同事后来都留学去了，而我在故宫一直待到二〇〇〇年。杜正胜院长就任时，他说希望我"协助"，但是我说"No"。理念不同，我想我不可能去协助的。

野岛：对于杜院长等民进党时期的故宫营运，您的评价如何？

张：很可惜，八年当中的改建计划没有好好进行，我在的时候就已经有改建的规划，也进行了一年，是委托刘培森建筑师设计。民进党执政以后，又另起新的计划，找新的建筑师，后来还有诉讼。

野岛：过去的高层对于故宫采取什么态度呢？

张：蒋介石先生时常来故宫，多半是傍晚来，我不会直接见到他。他来也不进馆内，就在周围的公园散步；蒋夫人是故宫管理委员会的常务委员，她常常会来故宫。现在不是管理委员会，而是指导委员会。当时的管理委员会，都是由地位崇高的人来担任委员，不会像现在的指导委员会，还有媒体人士的加入。后来蒋夫人坐轮椅来故宫参观时，就是由我导览，她虽然年事已高，但是反应非常机敏，仪态优雅，也不会有傲慢的批判或偏见。不过她讲中文带有上海口音，没办法完全听懂，她的英文非常好，有时候用英文补充交谈。蒋夫人自己也会画画。蒋夫人画山水，蒋先生题字，他们的作品放在故宫展示，我们非常感谢。

野岛：蒋经国和李登辉两位呢？

张：蒋经国先生几乎不到故宫。有一次，台北豪雨造成故宫内侧的山崩，活埋了三个人，那时候他曾来视察；还有韩国总统来访时，他也一起到故宫来。我想大概就是这样。蒋经国先生对于故宫文物不太关心，公务繁忙也没时间吧。

李登辉先生喜爱音乐和艺术，是个有文化素养的人，他常到故宫，也会说很多事情。一个人有没有教养，一听就知道，李登辉虽然不是那么了解中国文化，但是他反而很尊重故宫，也许这和他出身的家庭有关。

野岛：故宫到海外展览，常会引起争议。

张：这倒不是。早期办过很多次海外展览，只是当时民众不太知道你在做什么，三十年代曾到英国和俄罗斯展览。通过展览，会提升民族文化和艺术的价值，例如举办非洲展，非洲的铜器就看涨。以前我也不看好东南亚的陶器，但是办过展览以后，价格就提高。展览会提高文化的水准，伦敦展后引起很大的回响，中国文物的收藏热潮蔚为风气。

战后的韩国万国博览会，当时和韩国有"邦交"，故宫也曾出借文物。"退出"联合国以后，因为有中国大陆行使扣押权力的风险，如果没有免扣押的法律保障就不借。一九九六年的美国展，当时和民进党无关，反而是老兵反对，老兵像是女儿死了一样哭诉，非常滑稽。某一次会议上，他们的代表说："可以保证即使飞机掉下来，文物也会平安无事吗？"我回答："飞机坠毁但文物没事，这是不可能的事情。文物自己没有长翅膀。""那为什么要搭飞机呢?"虽然他们有意见,但不是坏事。当时因为反对出借《溪山行旅图》,反而使其大大出名。因此我们对于珍贵的文物都不出借,例如南唐赵幹的《江行初雪图》,一开始就没有放在名单上。

政治问题常被报道,但文化则很难见报,但是一九九六年的美国展,获选为当年"世界最受瞩目的展览"。

野岛:关于日本展,您有什么看法?

张:很多国家都提出申请办展,日本本来就很热衷,但是他们也有许多独特的想法。九十年代开始,日本东京国立博物馆的西冈康宏先生非常积极热心,他想办两岸故宫展,孤军奋斗多年,当时他是副馆长,以前因为台湾和日本没有"邦交",东京国立博物馆的干部都尽量不到台湾访问,但是西冈先生不同,他来台湾很多次。他是研究漆器的专家,我非常欣赏他,一般日本人的想法比较呆板,但是他不一样。

他和我想的一样,如果想要做一次历史性的展览,就要做两岸展。东博的平成馆,场地相当大,左侧是台北故宫,右侧是北京故宫,两边分别展示的话相当好。在政治之前,艺术向前迈进一步也不是坏事,两边的故宫一起拿出最好的文物,应该会是一场很棒的展览。

（本篇采访完成于二○○九年）

81
第 81 话

专访前台北故宫院长
周功鑫

一九四七年出生于浙江，辅仁大学毕业后，进入故宫服务。曾担任两位故宫院长的秘书，并曾任大学教授，国民党政权二〇〇八年执政时就任故宫院长。二〇〇九年时访问大陆，与北京故宫院长会谈，持续推动两岸交流。二〇一二年辞去院长一职。

野岛：对于民进党执政八年期间的故宫营运，您的感想如何？今后故宫会有什么转变？

周：我过去在故宫服务长达二十七年的时间，其中有十六年在展览组，都是学习的过程。这次从大学回到故宫，想从大方向来思考故宫的未来，必须完全改变过去的思维方式。离开故宫九年到辅仁大学任教，主要教的是博物馆学。我在就任之后的半年间，一直在思考世界的潮流趋势下，博物馆要走向哪里去，以及故宫的形象如何转型。同时为让同仁发挥专业，在内部组织上做了一些适当的调整。

野岛：展览的方式已经有所改变了？

周：目前正在调整当中，年底以前完成一楼到二楼的调整，二〇〇九年全部完成。二〇〇六年时对于陈列的配置改以年代来展示，但是出现了问题，因为收藏的各代文物并非都均等分配。这样的变更，应该是杜正胜院长的想法，他是历史学者，从历史的角度来看事情，但是在故宫会出现不通的地方。例如，我们在唐代的文物上非常不足，很难完整策展，这是因为皇帝的嗜好各不相同。基本上，故宫是没办法依照年代来分类展示的。故宫还是要回到艺术和美学的观点，以收藏的特色为主打重点。

野岛：故宫南院的问题，现在如何了？是否会延期？

周：计划的核心概念没有改变，但是如果只是在嘉义盖一座博物馆，周边地区带来的发展性会有所不足，因此希望以亚洲、佛教为主题，创造出一个主题公园的概念。目前是以《西游记》为主轴，展现三藏法师赴印度取经的故事，每年推出《西游记》里的一篇故事作为主题，同时也从文化产业的角度切入，希望打造亚洲艺术家齐聚的艺术村。民众不只是去参观，还可以享受艺术，联结地方特色及活力，南院也负有活化南部的任务。

基本上，收藏品不是从台北故宫搬过去。这是一座以亚洲文化为主题的博物馆，包含中国大陆及台湾在内的亚洲，南院开幕后将有别于故宫，展现以亚洲为主体特色。名称上是不是包括故宫两字，是由高层决定，但是就我个人而言，正在思考不用故宫两字的可行性。

野岛：杜正胜院长打出"多元化"的概念，您觉得如何呢？

周：说故宫要多元化，是没有意义的。就算想到新购文物进来也不见得买得到，原来故宫的特色就变得模糊。所谓博物馆，是"不能太博"的，愈是多元化，就愈会失去故宫的特色，因此，多元化并不是个正确的方向。故宫根生于华夏文化，这就是特色。他想的多元化，应该是"去中国化"吧。如果他真的要追求多元化，我只能说，他对于博物馆的认识和理解不够。

我们故宫并没有具备多元化的条件，因为故宫的特色就是皇帝宫廷的收藏，如果要多元化，要拿什么样的文物一起搭配，这是很难的。要买日本最高级的文物吗？不可能啊，亚洲的文物也是如此。这里聚集了全部是"华夏"的最高等级文物，要在同一个水准上找到其他文物来组合，这是非常困难的。

野岛：台北故宫有世界四大博物馆之称，和海外博物馆相比，您认为台北故宫的优点和缺点在哪里？

周：台北故宫的优点是全世界所没有的，那就是故宫的收藏品是全世界最精致的，也是最精美的，北京故宫也比不上。我们的文物数量有六十五万件，其他大型博物馆虽然很多都是超过一百万件，但是如果从精致及美感的角度来看，故宫收藏品绝对是件数最多的。

野岛：北京故宫和台北故宫差异最大的地方是什么？

周：两个故宫的文物来源是同一个，大概比较精美的收藏品都运来台湾，最好的文物在台北，只有宫殿留在大陆。北京故宫后来也新增了许多文物，有考古挖掘出土的，也有捐赠，因为是用政府预算去购买，所以进步很快。在展示方面，北京故宫一方面整修紫禁城来改善，但是依我来看，其实不容易。毕竟宫殿并不适合当作博物馆，用古代的遗址打造现代的博物馆来展示藏品，有很大的局限性。放在紫禁城的文物，定位不明，加上参观也很麻烦，宫殿是古代皇帝和皇族生活以及从事政治活动的场所，不是参观文物的地方。不过两方的博物馆同仁往来很密切，研究员之间都变成很好的朋友。

野岛：相隔两地的三希联合展览，最近有何进展吗？

周：现在正在谈，即使要做，从现在开始起算也是三年后的事情。原因是年代古老的文物至少要隔三年才能再展出，对于台北故宫来说，北京故宫的文物愿意来，我们都很欢迎。但是如果台北故宫的文物要出去，不管是去哪里都需要有免除假扣押的法律保障才行，现在已经有了黄公望的《富春山居图》合展，因此可行性相当高。

野岛：周院长一开始进入故宫工作的缘由是什么？

周：当年大学毕业后，留在学校当助教一年，我的外语不错，在航空公司和美军顾问团都有工作机会，待遇也不低，但是我想可以在故宫学到很多，因此参加了考试，通过之后就进故宫，先是担任英语和法语的导览。我当初的想法没有错，后来担任了两任院长的秘书。蒋复璁院长是宋代的专家，也当过"中央图书馆"馆长，他在管理上是相当严格的人，也很关心图书，在故宫里设立图书馆。有了图书馆，就可以培养人才。故宫在一九六五年设立，专业人才不足，蒋院长积极让年轻人留学美国，培育人才。秦孝仪院长各种经验十分丰富，尤其是行政上，他曾担任蒋介石的机要秘书长达二十五年，他重视管理，积极扩大组织架构，提拔优秀的人才，同时强化收藏品，举办多次赴国外展览，在他的身边，我学习到很多。现在我担任院长，过去和两位院长共事的经验极有帮助。

（本篇采访完成于二〇〇八年）

82
第 82 话

专访台北故宫院长
冯明珠

　　一九五〇年出生于香港，就读台湾大学历史研究所时专研清代文献学，其后进入故宫服务。曾任副院长，于二〇一二年就任院长一职，是故宫第三位女性院长。二〇一四年台北故宫赴日展览时，曾访问日本。

野岛：您是台北故宫的第七任院长？ *

冯：蒋复璁、秦孝仪、杜正胜、石守谦、林曼丽、周功鑫，接着是我，的确是第七个。

野岛：和许多博物馆和美术馆相比，从很多不同的层面及意义来看，台北故宫院长的地位非常特别，您会不会觉得责任重大？

冯：我在故宫服务三十五年，在之前六位院长的努力下，台北故宫成为世界顶级的博物馆，如何维持这样的声誉，是我日日夜夜思考的问题。一方面要守住历任院长们的成果，另一方面要大步向前迈进，都很重要。

赴日展览这件事情，二〇一一年从周院长的时代已经开始接触，历经漫长的交涉，一直到我接院长之后，在二〇一二年的九月至十月间才谈妥展示品清单，加上协商的时间，到二〇一三年九月十六日终于签约。在此期间，日本的期望很多，压力很大。

例如《翠玉白菜》到日本展出两周，包括来回的运送时间一共有三周。故宫每天有一万到一万三千人排队等着看这件作品，这三周时间要怎么因应，我们伤透脑筋，要让《翠玉白菜》赴日，必须要有很大的决断勇气。

野：的确是这样，这次的故宫展受到这么大的瞩目，您认为这次展览的特色是什么呢？

冯：最了解故宫文物的外国人，我认为是日本人。日本与唐宋文化长期交流，非常喜爱唐宋文物。现在仍有很多日本人学习书法，日本画也受到中国画的影响，日本的各位都是中国通，眼光非常精准。

日方此次挑选了很多陶瓷器，例如汝窑、官窑的瓷器，还有商代的青铜器、漆器、玉器，也选了故宫的人气国宝《翠玉白菜》《肉形石》，还有不少清代的文物。绘画也是故宫藏品的重点，日方选的是宋代和元代的作品。

书画方面，晋、唐到元代的都有挑选，这次到日本的文物都是很好的文物，其中很多藏品被我们列为"限制级"，一次的展出天数不能超过四十天。此外，对于古籍，日方也有高度兴趣。

野岛：您的意思是日方的要求很多。

冯：日方要求太多了（笑），你们有要求，我们当然也会相对地提出要求，二〇一六年日本将送六十八件国宝及重要文物来台，在故宫南院举办日本艺术展。

野岛：日方没有要求《早春图》《溪山行旅图》等山水名画吗？

冯：当然有要求，但北宋及以前的画作实在太过脆弱，还有大型的挂轴也必须挂着才行。因为重视画的"健康"，从保护文物的观点，我们没办法同意展出。

野岛：说到这，故宫将大幅扩大，是不是叫作"大故宫计划"。

冯：大故宫的项目，今年还不到开工的阶段。如果你问我，二〇一三年最高兴的是什么事，我想是参观人次的增加。二〇一三年共有四百五十万人次来访故宫，我们整体营运非常顺利平安。故宫的展览场地本身并不大，二〇〇八年时参观人次是两百二十万，超过三百万也应该没问题，但是如果超过四百万，那问题就有点不同了。开馆时间原来是早上九点到下午五点，后来改成上午九点半到下午五点半。周五和周六晚上还开放到九点。虽然同仁非常辛苦，但是大家愿意到故宫参观，这是最重要的。

野岛：大故宫扩张计划，会使用哪里的土地呢？

冯：现在博物馆的后方是山，没办法再扩张，行政大楼这边也没有土地了，剩下的就是至善园和正面的广场。这两个空间是未来故宫扩大的地点。

野岛：扩大之后面积会变得多大？会是现在的两倍吗？

冯：不可能只有两倍。现在展示的空间有二十六个房间，约两千两百坪，将来可以扩增至九千坪，期待一年可以容纳一千万人次。现在大约可以容纳三百五十万人次，如果有三倍的面积，一千万人次应该没问题。

野岛：日本方面出借的文物，将在故宫南院展出。南院现在情况如何？

冯：南院的问题是从在我之前的第五任院长杜院长时代开始的，杜院长决定兴建南院，好不容易才动工。我觉得我很幸运，杜院长之后的三位院长都发生问题，案子停滞不前，很多问题没解决。二〇一三年二月六日终于动工，但是景气低迷，好几次招标都没人投标，在相关人士的努力之下，总算有了进展。

野岛：故宫南院的定位，究竟是中华的博物馆还是亚洲的博物馆，已经没有争议了吗？博物馆的定位已经确定了吗？

冯：关于这点，已经没有问题。事实上杜院长在二〇〇三年时就已经确定了，只是不同的人、不同的民意代表还有很多讨论。例如，如果把故宫一半的藏品搬到南院，台北故宫会变成什么，其中会出现非常极端的意见。台北故宫的藏品，当然会有一部分搬到南院去，但是我是从比较开阔的角度来看这个问题。从某个意义来看，清代开始，故宫文物已经相当多元化，例如故宫有日本"莳绘"漆器，也有巴基斯坦、印度相关的文物，我们也有伊万里烧、有田烧，所以定义不是问题。

野岛：这次故宫的日本展，包括到九州国立博物馆展出，展期长达半年，除了加深日本人了解中华文化之外，您还有什么期许？

冯：作为博物馆馆长，当然期待深化交流，从观光来说，希望日本观光客对台北故宫更有兴趣，到台北故宫参访，因此这次的展览，是很大的突破，希望台湾和日本能进一步加深文化交流。这次展览成功的话，未来故宫文物会有更多机会到日本其他地方展出。

野岛：马英九先生就任以来，两岸的故宫交流十分活跃呢。

冯：故宫交流从二〇〇九年开始，每年两岸同仁之间往来频繁，去年我访问北京故宫，会晤单霁翔院长，今年四月他们到台北访问。除了协助展览，也有许多研究合作。但是我们的合作对象不只是北京故宫，还有大陆的其他博物馆，如沈阳故宫、南京博物院、浙江博物馆等，多方面发展。

我们希望两岸关系正常往来，特别是文化交流。我们和日本交流不会有什么意外的事情，但是和大陆的博物馆交流，即使是很正常的事情，也会被当作特别的事情，两岸交流并不容易。两岸交流经常会遇到瓶颈，他们不承认我们的正式名称就是一例。

野岛：北京故宫和台北故宫在很多方面都被拿来比较，您认为两边有什么不同？

冯：如果比较哪一边的收藏品好，这是很主观的问题。两边的收藏品基本结构类似，但是北京故宫的明清书画较多，台北故宫是宋元时代较多，这和当时"老故宫"们运送文物的价值观有很大关系，今天也许有其他的看法。

还有一点很少被提到的差异，那就是台北故宫的收藏品一直没有分开过，但是北京故宫是分散的。一九二五年创设故宫博物院时，当时紫禁城所有的东西都是故宫的收藏，其中有器物、书画，还有很多清朝的宫廷文献、古籍等。文物在一九四九年来到台北以后，我们台北故宫一直维持一九二五年的组织结构，台北故宫有书画处、器物处、图书文献处，到今天都是这个组织。北京故宫在一九五〇年以后，把清代的文献移出，成立第一历史馆专门收藏文献，后来又把古书、古籍移到北京的国家图书馆。当然台北故宫和北京故宫还有一个不同，那就是北京故宫是世界最大宫殿的遗址，也是文化遗址，伟大的古代建筑值得探索欣赏，这是我们没有的。

野岛：院长当初为何会选择到故宫工作？

冯：我是台湾大学历史系、历史研究所毕业的，专长是近代史，所谓近代史是指清代到民国之间。研究所期间专攻清代文献学和清史，正好当时台北故宫正在编制《清史稿》。在中国，历代王朝都会为前朝写史，唐灭亡后，宋写唐史，明代结束后，清代写明史。消灭清朝的袁世凯政府，设立清史馆，开始写清史，大概在一九二七年时完成，但是当时中国内部有北洋政府、军阀等问题，蒋介石北伐后统一中国，随之又发生中日战争、国共内战，战时是没办法作史的。所以一九六一年在台湾重新写清史。

当时文献在台北故宫，"国史馆"和故宫合作，因为参与这项工作，我就进入故宫工作，这是自然而然发展的结果。

野岛：最后，我想请教院长，您认为台北故宫的魅力在哪里？

冯：台北故宫的魅力，第一是收藏品，当然每座博物馆都有它的收藏品，但是我们故宫非常努力，经常举办很有魅力的展览。

二〇一三年十月到二〇一四年一月间举办的"乾隆的艺术品味"展，我们耗费三年时间准备，规划一整个故事架构，并不是随意摆放展示乾隆皇帝的相关文物，而是经过深入的讨论，做成一般人易懂的展览，这是展现故宫的实力，我想这也是故宫的魅力。"十全乾隆——清高宗的艺术品味特展"的参观人次超过一百一十五万人，我们是从"谁都可以当乾隆皇帝"的观点切入，提出创新的想法，因此广受大家喜爱。

（本篇采访完成于二〇一四年）

83
第83话

专访前北京故宫院长
郑欣淼

一九四七年出生于陕西，曾任文化部副部长、故宫院长。两岸故宫展开交流时的大陆代表。提倡创设"故宫学"，以统合历史、文物、建筑等与故宫相关之各种领域。也是作家，对于鲁迅有深入研究。

野岛：两岸故宫的交流就此要展开，您认为两岸故宫交流的意义是什么？

郑：长期以来，两岸故宫没有正式的交流往来，包括我在内，北京故宫的同仁曾经到台北故宫访问的人很多，但是和台北故宫没有缔结正式的关系，不可能相互借出收藏品或是联合举办展览。然而，两岸故宫的收藏品本来就系出同门，互补性非常强，例如，一整套书，一部分在北京故宫，一部分在台北故宫，这种例子很多；又例如《天禄琳琅》这套清宫藏书全集，一整套五百册，其中三百册在台北，两百册在北京。溥仪在被赶出宫前，让弟弟溥杰带出两百册，后来运到伪满洲国的长春，抗日战争胜利后又回到北京故宫。很遗憾的是这套《天禄琳琅》在一九五八年时移到北京图书馆保管，而台北故宫的三百册，是一九四九年从大陆运到台湾。

胡锦涛总书记发表"胡六点"以来，就像你说的，为两岸故宫制造了非常好的交流气氛，双方开始谈话，台北故宫院长到大陆来，我也应该去台湾。对于两岸故宫的交流，不只是大陆和台湾，连香港甚至日本相关人士也都十分期待。过去日本的平山郁夫曾经带着两岸的交流计划来见我。当时的台北故宫院长是林曼丽，平山说我们见面之后，他就想飞去台北见林曼丽，真的是很有心。

野岛：郑院长上次访问台北故宫是什么时候？

郑：我在二〇〇二年十二月三十一日访问台北故宫，拜会杜正胜院长，一起吃饭，也到库房去，亲眼看到文物的管理确实非常严谨。

野岛：双方合办展览的计划进行到哪里了，台湾方面有人认为，大陆没有免除假扣押的法律，担心借出文物以后有去无回。

郑：我们非常期待合办展览的计划，台湾方面的确有这样的担忧，要求制定免扣押的法律。我个人认为不需要这样的法律，但是我也可以理解这样的想法，大家一起运用智慧想出解决的办法。

野岛：您认为北京故宫和台北故宫的不同在哪里？

郑：台北故宫的收藏品有六十五万件，北京故宫有一百五十万件，我们正在整理收藏品，数字还会再增加。台北故宫的六十五万件当中，有六十万件从大陆带来的，剩下的五万件是来自捐购或是藏赠。六十万件中有三十八万件是文献资料，还有十七万件的明清档案及四库全书等古籍，合计五十五万件。而北京故宫的明清档案在五十年代后期，移交给国家档案局保管，六十年代末又移回故宫，八十年代时再度回到国家档案局；因此，古籍善本方面，可以说是台北故宫保存的比较完整。

另一方面，青铜器、书画、玉器等文物，台北故宫有一万件，我们有十四万件，台北故宫的文物以宋元以前的居多，有最早的书法作品真迹，如王珣的《伯远帖》，王羲之的《快雪时晴帖》是摹本；但是隋代画家展子虔的《游春图卷》北京也有。在辛亥革命末年，溥仪把约一千件书画带出宫，名目是给弟弟溥杰的"赏赐"，但是清朝的管理相当严密，收藏品都有记录，所以带出去的多半是比较小型、容易携带的书画。抗日战争之后，约有三百件回到北京故宫，其中两百件是古代书画，因此这些也变成北京故宫的特色，台北故宫就比较少。

野岛：台北故宫有人说，好的文物都在台北故宫，北京故宫只有建筑，是个空箱子。

郑：这点我不同意，是台北故宫对于北京故宫了解不够才这么说，而且大陆的人也一样对台北故宫了解不够。关键的原因是美国亚洲协会在五十年代曾资金协助台北故宫公开所有藏品的照片，美国的图书馆也有台北故宫收藏品的完整资料。台湾为了和大陆对抗，这是对外宣传的一部分，但是台北故宫收藏品清单十分明确也是事实；而北京故宫长期以来并未公布清单，最近终于准备要公布。此外，台北故宫在六十年代曾到美国五大都市举办展览，欧洲人也很熟悉台北故宫的收藏品。还有，台北故宫是现代化的博物馆，北京故宫是拥有宫殿的特殊展示场地，我们有"珍宝馆""时钟馆""书画馆""青铜器馆"，北京故宫范围太大，光是宫殿就可以走上半天，参观的游客多半不会去看文物。

我们经常有一些很好的展览，三年当中办了九次书画展，其中有很多是写进教科书的作品，如张择端的《清明上河图》、顾闳中的《韩熙载夜宴图》、三希中的二希、陆机的《平复帖》等。有一次陈文茜带着中天电视台来采访，她听李敖说曾在北京故宫看过《夜宴图》，她也想看，后来在武英殿看到，非常感动。

李敖来北京故宫之前曾说："台北故宫有宝没宫，北京故宫有宫没宝。"当他参观过北京故宫之后，他说："我为我说过的话，感到忏悔。"他的书《快意还乡：李敖神州文化之旅》提到："通过两岸交流，把我以前不懂的弄懂了。"但是我们有十四万件书画，就算这么主张也只是吹牛，因为十四万件占了全世界美术馆所收藏中国书画总数的四分之一，如果不公布清单，无法令人相信。

野岛：北京故宫的十五万件中，一九四九年之后搜藏的大概有多少？

郑：一九四九年之后搜藏的是二十四万件，占所有收藏品的百分之十五。而台北故宫在一九四九年之后搜藏的是五万件，不到六十五万件的百分之十。

野岛：在一九四九年之后，所有的文物是否都从南京回到北京？

郑：并没有，有十万件在南京博物馆，其余的回到北京，南京要还不还的，我们一直在交涉。南京的临时仓库是国民政府时代建造的，从抗日战争到一九五六年间，都称为故宫博物院南京分院，一九五六年废止分院后，大部分文物回到北京，少部分留在南京，由南京市政府的文化部门管理；但是没说把文物的所有权移给南京，对方也不这么想。因为还有许多复杂的因素，几十年就这么过去，一直放到现在。

野岛：两岸都有故宫的存在，您认为最大的意义何在？

郑：故宫文物是中华民族的根，其收藏品、建筑等都反映了中华民族的联结，也是中华民族五千年历史的结晶。就像神殿之于希腊人，紫禁城是民族文化的象征，通过两岸合作，促成两岸故宫的交流，具有重要的意义，没有任何事情可以取而代之。

（本篇采访完成于二〇〇八年）

84

第 84 话

专访前南京博物院院长
梁白泉

一九二八年生于重庆。一九五一年南京大学地理系、历史系毕业，而后分配到南京博物院工作至今，历任副院长、院长，现退休。二〇一五年将其个人所有文件档案全数捐给南京市档案馆。

野岛：您何时到南京博物院服务的？

梁：我一九五一年进去，一九九八年退休，其中有五年半下放农村，但基本上一直在南京博物院服务。从一九八六到一九九八年的十二年间，我担任院长职务。

野岛：南京博物院中的故宫文物，除了送到北京或台北的，大约有两千箱吧？

梁：大概差不多是这样。

野岛：这些文物为什么留在南京博物院呢？

梁：这很复杂，其中有非常复杂的过程。

野岛：北京故宫认为原来是北京的东西要归还，南京博物院不愿意，我听到的是这样的说法。

梁：让我从头说起。但是首先有个前提，自五十年代以来，中国的国家政策是文物全部属于国家，各博物馆、美术馆行使保管权、使用权，没有所有权。您所说的两千箱，正确地说是两千两百一十一箱。北京故宫对这些文物没有所有权，只不过是曾经拥有保管权和使用权。在溥仪被逐出紫禁城后，故宫博物院一九二五年设立于北京，后来因为北方情势紧张，北京担心有危险，就把文物往南方运送。当时在南京的朝天宫建造仓库，这座仓库很大，上下分三层，面积达一万平方米，是由知名建筑师设计而成。一九三六年时把文物运到南方，仓库没完成，文物便运去上海保管。仓库在一九三七年秋天完成，把在上海的中央博物院文物和故宫文物一起运到仓库。

但是，一九三七年底，南京落入日军手中，故宫和中央博物院的文物再往西部避难，战争结束后再运回南京，解放之后一部分文物留在南京的仓库。日本占领南京时，这些文物并没有遭到破坏，因而保留下来。 解放后，北京故宫在南京成立"故宫博物院南京分院"，大约有二十人负责保管；此外，我们南京这边也加派人手共同保管。到了五十年代，中央博物院改名南京博物院，故宫的南京分院就交由南京博物院代为管理。

我是南京博物院的文物管理办公室主任，我的记忆中是由分院分三到五次把文物送回北京，但是送回的数量不清楚，只知道剩下两千两百一十一箱。 这两千两百一十一箱就一直留在南京，后来南京分院裁撤，由南京博物院承接。之后，南京博物院院长赴北京，向北京故宫院长吴仲超先生说："文物的所有权是国家，或许你们北京故宫是有保管权和使用权；但是这些年来两千两百一十一箱都是我们管理的，如果北京故宫不拿回这两千两百一十一箱，我们南京从现在开始就拥有保管权和使用权。"

野岛：那为何最后两千两百一十一箱还留在南京？

梁：因为有"文化大革命"，运送到一半就停了，变成我们代为管理。而当时北京故宫对于这两千两百一十一箱的兴趣也没那么大了。

野岛：这是有文件的依据吧？

梁：是有文件的。两千两百一十一箱大半是瓷器，多是清朝宫廷内皇族使用的生活用品，辛亥革命之后变成故宫的收藏品，大多为官窑烧制的青花和五彩。

野岛：既然有文件，话又说得这么明白，为什么北京和南京之间还有纠纷呢？

梁：因为文件上没有吴院长的签名，他又已经过世。后来北京故宫换了张忠培院长，他向我们要求返还两千两百一十一箱，我们予以拒绝，主张北京没有保管权和使用权，还和张院长发生口角。口角之后演变成院和院之间的对立，最后是国务院副总理李岚清出面仲裁说"别再吵了，到此为止"，争论才止住。这大概是一九九七或一九九八年的事情。

野岛：您当时是院长吗？

梁：是的，但这些并非都有留下记录，只有当事人的记忆。张院长之后成为全国人民代表大会的代表，当时江苏省省长的长女也是全国人大代表，张院长曾向她抱怨："你们南京怎么如此霸道？""南京博物院没有理由拿了故宫的东西而不还。"第二天写信来，信上说如果南京博物院不还文物的话，北京故宫就再成立南京分院，要求南京返还。省政府把我和副院长叫去说明，当时我非常生气。

野岛：南京也有清朝的宫廷文物吧？

梁：宫廷文物分别收藏在台北故宫、北京故宫和南京博物院。一九四九年到台北的六十五万件是质地较好的文物，留在北京故宫的一百万件，品质不如台北。南京的故宫文物比北京还差。北京一百万件的展示场所是紫禁城的房间和宫殿，因此参观民众不太注意文物。一百万件中有不少好文物，但是因为展示空间的问题，基本上北京故宫就像仓库一样。

（本篇采访完成于二〇〇九年）

85 专访日本众议院议员

第 85 话

古屋圭司

一九五二年出生于东京，日本自民党国会议员。选区在岐阜县，与安倍首相等关系密切， 曾任国家公安委员会委员长、主管防灾事务的政务委员。在"日华议员恳谈会"担任重要干部，于台湾的两大政党间人脉深厚，为实现举办台北故宫赴日展览积极奔走。

野岛：您和故宫之间的渊源好像非常深远？

古屋：大概是从一九九五年开始的，李登辉当地区领导人的那个时代，从那时候起，每次到台湾都会去见李先生。第一次见到李登辉先生时，我告诉他："蒋介石把故宫文物带来，对于蒋介石的先见之明我表示敬意。"李登辉先生回应说："古屋先生，您非常了解，事实上我正在思考，有没有可能到日本举办故宫的展览。"我马上说："这非常好，希望一定要成功。"李先生又说："但是现阶段不行，因为无法排除中共强制执行假扣押的可能性。"我说："那该怎么解决呢？""只要立法就可以。"李先生说。因此我开始关注这个议题，这是重要的起点。从那时候起，推动免除假扣押的法案一共历经十五年以上，法案通过之时，正好是东日本地震发生之后的二〇一一年。当时是民主党执政，本来应该是自民党麻生首相执政时通过的，其实民主党并不是那么了解，但是却通过了这个法案，说来有点神奇。二〇〇九年时，法案在国会的朝野协商已经到了最后阶段，我们和当时的民主党、公民党、社民党的干部都谈妥，原来预定在国会会期的最后一天由委员长提案通过，没想到麻生首相宣布解散比预期早了五天，大选过后我们变成在野党。

野岛：因此法案变成废案？

古屋：是的。后来小泽一郎当上民主党的领导人，他表明不接手自民党议员的立法提案，因此二〇〇九年之后的一整年，呈现"开店却休业"的状态，后来小泽先生的权力慢慢弱化，我们见机开始向民主党策动。大部分的民主党人士都知道过去的立法背景，乐观其成。但问题是众议院的文部科学委员长田中真纪子，大家都知道，田中女士是"亲中派"的议员，刚开始跟她接触时，她就抱持着反对的态度，我不放弃，继续找她细谈。我说："积极推动中日两国友好关系的平山郁夫先生也希望两岸同时都能到日本举办展览，这是可以促进中日关系的事情，外务省也没有反对的意见。"田中女士了解之后，态度因而改变。最可惜的是平山先生没有亲眼看到法案通过的这一天到来，就已经过世了。

野岛：平山先生在二〇〇九年时组成了"两岸故宫展览实行委员会"，用以推动故宫展，当时加藤纮一议员和古屋议员也都曾参与其中。

古屋：那是加藤议员来找我，因为我在很早的时候就知道这个议题，十几年来一直帮忙处理。我也去说服陈水扁先生，因为他是支持"台独"的，会用比较严格的眼光看中国，当我向他说明法案的时候，陈先生对"这个法案连一个字都没有提到台湾"表达不满。法案的名称是"海外美术品等公开促进法"，我说：要放进台湾二字有点困难。之后，我见了故宫博物院的林曼丽院长，她说得有点小心谨慎，她认为这传达了陈水扁先生的想法。这时候有点走进死胡同。当二〇〇八年马英九就任，局面又有所改变。马先生说："日本是世界上高水准的法治国家，值得信赖，如果日本能够制定这样的法律，会有百分百的信用的。"我回到日本后，继续研究法案，和文部科学大臣以及外务大臣协商讨论，确认法律的适用问题。就像前面讲的，原来以为二〇〇九年就可以通过法案，后来不顺利，终于在二〇一一年通过。

这些事情，都必须由关心这个议题的人亲自操刀才行，所以我一步一脚印地去做。我当然也在自民党内部组成小组，包括水野贤一议员、古川祯久议员和我共三个人，经常聚会讨论。我当时是自民党文宣部部长，一会儿找官员来，一会儿找中国大使馆的人来，一点一滴地累积出来法案。

野岛：用国会议员的组织"日华议员恳谈会"来办展览，这也是很特殊的案例呢。

古屋：日本和台湾没有正式"邦交"，这是最关键的原因。"日华恳"在很多双方交流事务上都担任窗口，日本公用文件上使用"台湾"、羽田松山开启直飞航班等，一直以来，"日华恳"都深受台湾方面的信赖。

其中连比较棘手的媒体主办权分配问题，也由"日华恳"来主导，因为有好几家媒体都希望担任主办单位，我们最后是让所有媒体都加入"ALL JAPAN"。

野岛：有关媒体角色的分配，应该费了很大功夫才协调出来吧？

古屋：很辛苦。连出资比例都要注意，最后《东京新闻》也加入，主办者都全部列名，但是出资比例就不列了。这些细部问题的协调，都是"日华恳"包办。例如，《产经新闻》在乎比例，但不管干事人选，他们希望以"富士－产经集团"的形式挂名，我们一一听取各媒体的意见。后来NHK减少出资比例，富士电视台和《产经新闻》以"百分之十加上百分之十"的百分之二十出资。

野岛：最后《日本经济新闻》为何退出了？在此过程当中，他们一直很积极的。

古屋：他们没跟我说，可能是因为经营策略的运用吧。也许他们目标锁定在第二次单独主办。

野岛：针对展示品，是否经过很多的协商交涉？

古屋：《肉形石》和《翠玉白菜》是绝对要争取到日本展出的。东博也极力争取，但是并不顺利，因为这两件都是台北故宫的"人气国宝"，台北方面说无法对来访台北故宫的游客交代。王金平来日本的时候，我也直接跟他说，无论如何都希望《翠玉白菜》可以来展，请王先生尽量想办法。王先生当场拿起手机拨电话给台北故宫院长，之后台北方面也提出"希望东博在二〇一六年多拿一些国宝级的展品来台"。对此，我打电话给钱谷馆长，拜托他"务必要答应下来"。刚开始他的反应有点消极，我说："你是馆长，如果不拿出一些相对的诚意，现在不答应，《翠玉白菜》不可能来的。"他回答："我知道了。"终于把这件事情搞定。

野岛：台北故宫一开始是不愿意拿出《翠玉白菜》的，态度很强硬吧？

古屋：这是故宫内部的考虑，为了白菜而来的观光客，人山人海，一年高达四百万参观人次。尤其是从大陆来的观光客，都是要来看《翠玉白菜》和《肉形石》的。最后只好妥协来日本展出的时间只有两星期，虽然很短，但是能在日本展出总是好的。两位博物馆馆长没办法达成共识的事情，最后是通过"日华恳"的窗口，用政治来决断。

野岛：故宫展对于台湾与日本之间的交流会有什么效应吗？

古屋：从日本到台湾观光的旅客，九成会到访台北故宫，非常有兴趣。文化交流的力量实在很强大。这也加深了台湾和日本彼此的信赖关系。台湾对于东日本大地震的赈灾捐款高达六百亿日元，世界领先。台湾对日本的感情非常深厚，日本对于台湾的好感程度也跟着增加，这次在亚洲首度举办的台北故宫展，在日本发挥的影响力很大。"蒙娜丽莎"展览一百四十万人次造成轰动，这次说不定会有两百万人次。

野岛：为了实现举办展览，政治人物在这当中的参与程度之深，是一般博物馆交流不会发生的吧？

古屋：对于一般人来说，很难想象吧。即使是政治人物，没有参与的话也不会了解，说明了以后也只是瞠目结舌。台湾和日本有复杂的历史背景，台湾自己的历史也错综复杂。

野岛：您认识平山郁夫吗？

古屋：平山先生其实是岐阜县的画家，他是前田青村的弟子，岐阜是我的老家，很久以前就认识平山先生了，定期会一起吃饭。法案通过之后的二〇一一年三月，马上到他在镰仓的府上佛坛拜拜，向平山先生报告，他夫人也很高兴。现在总算可以把平山先生交代的功课，告一段落。

（本篇采访完成于二〇一四年）

86
第 86 话

专访前东京国立博物馆副馆长
西冈康宏

一九四八年出生于东京，专研漆器，曾任东京国立博物馆副馆长。长年来投入促成故宫文物到日本展览，于两岸故宫均有深厚人脉管道。现任涩谷区立松涛美术馆馆长。

野岛：西冈先生，您为何和故宫问题有关呢？

西冈：说来话长，先从我的经历说起。我从学生时代就想研究佛教艺术，一九六九年时进入东京国立博物馆（东博）工作，分在东洋美术室，原来心想终于可以接触到迄今所学的印度艺术，十分期待有所发挥，但我后来被指派负责中国、朝鲜、东南亚漆器的陈列。然而，艺术不能只懂漆器一门，同时还要涉猎了解书法、绘画、陶瓷、雕刻等，我因此学习了很多，沉醉于中国艺术。

某一年，东博正在举办正仓院展，是我负责的，我注意到正仓院的宝物有很多都是来自中国，就算是日本制作的也是模仿中国的作品。从奈良时代以来的日本艺术，可说就是以正仓院的中国艺术为基础而累积形成的，因此，我认为日本人应该好好地认识中国艺术。除了正仓院的宝物以外，拥有中国最高等级艺术品的就是大陆和台湾两地的故宫，因此，我强烈感觉到有必要在日本举办故宫的展览，而且如果要办，就和分隔两岸的大陆和台湾一起合办。我认为这个协助搭桥的工作是日本人的责任，这也是我和故宫展发生关系的起点。

我经常去台北故宫。第一次是一九六七年，当时我还是研究所的学生，拿着教授帮我写给故宫的推荐信，在结束印度、巴基斯坦、阿富汗之旅的回程中停留台北。蒋复璁院长还请我在院长室吃中国菜。我记得台北故宫里看到放置孙文铜像的大厅，挂着一幅巨大的中国画挂轴，受到很大冲击，就是中国才会有这么大的画，用"白发三千丈"（系指一个人身高七尺，却有三千丈头发，意指根本不可能）来形容都不夸张。之后，我和秦孝仪院长、杜正胜院长都见过很多次面，当然也见过石守谦院长，后来和林曼丽院长很熟，她是我最后一位交手的对象。然而不管我多么努力推动台北故宫赴日展，最后的障碍就出在没有国家保证的免扣押，这是额贺福志郎担任小泉政权的自民党政治调查会会长时，应该是二〇〇三年。美国、法国、德国都有国家补偿等相关文件，西欧也有相关法律，举办展会没有问题。日本也是议员立法，立法就可举办展览。额贺先生也当场打电话给文部省和总务省，结果石沉大海。

野岛：在这么长的期间中，无法举办台北故宫展的最大原因是什么呢？

西冈：台湾一开始就说要有免扣押，几年来态度都是一样，所以当时变成先办北京的，北京故宫在二〇一一年到日本展出，当时我虽已经不是副院长了，但是我是策划故宫展览的提案人，因此以担任顾问的身份参加谈判，也到北京去。之后，日本通过了免扣押的法律，终于开始和台北故宫谈，很遗憾的是我没有参与这个计划；不过，当时我曾对那些我以前带过的东博研究员这么说："台北故宫已在美、法、德等国展过，这次到日本来展览，展会的品质一定要高过以往。"

但是这次台北故宫展的内容，坦白说，对我来说，不是一场让人满意的展览。台北故宫方面一定是有很多的原因，这也是没办法的事情。

北京故宫展览时，我做了很多次调查，努力和北京就展出作品进行谈判交涉。我们对北京提出很多要求，针对要展出的文物一一检视其优缺点，不好的就不展。而对于台北故宫展，东博所提出的两百项清单，这是我在的时候就做好的，这当然是一张梦幻清单，不太可能全部借到；但是这次实际展览的内容，不到那张清单中的一半。

野岛：北京故宫展时，一直到最后的最后，原本不愿出借的《清明上河图》终于肯借，这其中的转折是什么？

西冈：当时我们极力主张，一定要借展有亮点的作品，希望对方务必慎重考虑。我们提出希望展出的展示品有两件，一件是张择端的《清明上河图》，另一件是《韩熙载夜宴图》，希望至少有一件来日本展出，并且以《清明上河图》为第一优先顺位，结果正是《清明上河图》来到日本。最后一次在北京谈判的最后一天，就在欢送宴席上，北京故宫副院长陈丽华对我说"会展出《清明上河图》"。

野岛：您是否去看过台北故宫赴日展览的会场？

西冈：我只去过一次。老实说，我个人本来是期待，这次展览的内容应该要赢过台北故宫到其他国家的海外展，因为毕竟在这么多年的努力下，台北故宫来到日本展览终于得以实现。

野岛：但结果并不是您所期待的样子，您认为主要的原因在哪？

西冈：我不是当事人并不清楚原因。就像我刚才说过的，应该是有很多状况。无论如何，这是我在东博服务期间最希望举办的展会，也可以说是我的梦幻展览，但这次在展出内容上却有点可惜。

野岛：这场展会结束了，我觉得好像博物馆、媒体等赴日展相关人员都没有出来总结说明，究竟是成功了，还是失败了。这次有六十六万人次参观，您觉得如何呢？

西冈：东京算少的，但九州的参观人次还不少。《翠玉白菜》

和《肉形石》被放大为焦点，印象上让人觉得只在这两件展示期间出现人潮，但是《翠玉白菜》和《肉形石》以前不像现在这么有人气，这两件都是工艺品，是否能称得上是中国艺术的精髓呢？或许可以说是展会的宣传方式出了问题。

野岛：西冈先生认为故宫展的意义是什么？

西冈：无论是台北或是北京，我们要问的是，为什么要向日本介绍中国艺术。简单来说，我们想让日本人看到中国艺术中潜藏的力道及紧张感，这是日本艺术所没有的东西，日本艺术的基础来源是中国艺术，要让日本人了解中国艺术的精髓，这是最根本的想法。以颜色来形容的话，中国艺术是黑或白，日本是灰色，希望举办展览让大家更为了解这点。对于日本人而言，中国艺术是很难理解的，因为它的那种力道及严肃，在日本是不存在的。例如日本人很难亲近理解北宋的绘画，如果把这样的东西带来，让人了解到，"啊，原来中国绘画是这个样子的"，日本的雪舟就没那样的严肃感。如果能有这样的对比，会是一件很好的事情。台北故宫的展览，这不会是最后一次，将来还有机会的话，期待能有更棒的展览，让日本人看到中国艺术的魅力所在。

（本篇采访完成于二〇一四年）

87
专访台南大学艺术史学系教授蒋伯欣

　　一九七五年出生于台湾，是日本殖民统治时代台湾民主运动先驱蒋渭水的曾孙。专攻美术史，曾撰写故宫与权力相关主题的论文。现任职于台南大学艺术史学系。

野岛：蒋教授，您曾经在论文中分析故宫与"法统""道统"之间的关系？

蒋：根据我的见解，故宫文物和中央银行的黄金一起运到台湾，国民党政权如此重视，这是为了护卫精神上的"法统"，也是为了维护政权的"合法性"和"正统性"。民进党政权想要弱化故宫象征国民党政权的"法统"，因此展开故宫南院的计划。希望将亚洲因素导入故宫，淡化过去以"中国"为核心的"法统"要素。和民进党一样，国民党也有选举的考量。马英九在二〇〇八年的竞选活动时，曾经提出要在台中设立第二分院，结合雾峰林家古迹作为观光资源，这和南院作为振兴嘉义地方经济的用意相同。

野岛：一九六五年兴建完成的台北故宫建筑体，具有什么样的特色？

蒋：依当时蒋介石的想法，大架构下必须有故宫存在，台北故宫是这样定位的。如同我在论文中提到的，世界上知名的博物馆大多是以皇宫所建成，但是台北故宫不同。从外观来看，好像是北京紫禁城皇宫的样子，但是设计的观点是依南京中山陵的形式建成。不只是建筑外观，从名称也可以看出，蒋介石将这栋建筑物命名为中山博物院。蒋介石明知这栋建筑物是作为故宫博物院之用，却刻意用了孙中山的名字，有意识地继承中国政治传统，建设这栋建筑物用以纪念孙文，意义又与陵墓相近。事实上过去台北故宫的院长在许多场合都积极阐述故宫的"法统意义"。

野岛：在中国思想中，"法统"的概念有多重要呢？"法统"和"道统"又有何不同呢？

蒋：无论是"法统"或是"道统"都非常重要，两者有某种程度上的相似。二十世纪六十年代故宫在台北设立之后，举办了几次的特展，也曾盛大举行自周公以来历代君主的肖像画展，这在艺术史的意义上没有那么重要，但政治意味浓厚。此外，访问当时的台北故宫，入口就有蒋介石的肖像，两侧挂有中国的历史年表，正面是南京大鼎。对日战争时南京大鼎被日本人夺走，日军在鼎上刻字，抗战结束后，国民政府消去该文字，刻上"博爱"两字，放置在故宫。从孙文的"天下为公"，到南京大鼎、蒋介石铜像，形成台北故宫的中轴线。

野岛：南院是否必要呢？

蒋：南院的目的是要导入亚洲文化，弱化故宫以中华为核心的概念。政治上民进党一贯提倡"海洋文化"。自郑和的大航海时代以来，中国对于海洋进出一直很消极，采取防卫性的态度，害怕敌人从海上来袭，避免向海外扩张，只进行贸易。但是就台湾而言，台湾位于东亚的交易中心，民进党政权把他的自我定位定在这里。事实上，故宫内有关海洋文化的文物收藏不少，民进党时代举办多次展览，都以中国与周边国家海上往来作为重点。

但是南院遭遇很多困难，我们研究艺术史的人都知道，要成立所谓的"亚洲博物馆"其实极其困难，要搜集到故宫等级的收藏品，必然耗资不少。此外，世界上知名博物馆设有分院的，成功的极少。博物馆的成功，与其土地的传统等条件息息相关，在嘉义太保这样的农村土地上，突然冒出巨大的博物馆，有点难以衔接。

野岛：你怎么看民进党时代的故宫？

蒋：林曼丽院长的时代使用台湾故宫的名称，这是很特别的事情。蒋复璁和秦孝仪两位院长不用台湾故宫或台北故宫的名称，秦院长在九十年代时开始两岸交流，才以都市冠名的方式称台北故宫和北京故宫，不得不承认北京故宫的存在。林院长也曾以"台湾故宫博物院"相称，这个名称也含有非常微妙的政治因素。她不是用台北的都市名称，而是用台湾作为名称，带有民进党的政治意涵。但是到了国民党政权的周功鑫院长，台湾故宫消失，对内使用"故宫博物院"，对国际社会则用台北故宫，倒不是因为大陆方面不能接受，而是国民党自己不用。

野岛：在历史上，故宫也被利用作为台湾社会的"中国化"。

蒋：我们小时候，教科书一定以中华文化文物为教材，历史教科书也会介绍国宝，其中有很多都是故宫的文物，也经常使用在邮票上。很长一段时间里，故宫文物基本上不会到台北以外的地方巡回展示，如果到地方上去也一定用复制品，到南部或东部，偶尔会有故宫复制品的展览，他们认为南部人的文化素养不高，用复制品就可以。但是到美国展览时，却不惜借出最高规格的真品，展示给美国人看，这种"崇洋轻台"的认知，就是故宫最大的问题。

野岛：我曾经采访过几位"老故宫"，在台湾社会中，像他们这样"中国意识强硬派"的团体并不多。

蒋：故宫的人仍保持过去的传统文化，而且他们仍维持五六十年代台湾的生活形态，薪水虽然不高，但是福利不错，生活在相对封闭的故宫员工宿舍，也没什么不满。他们赌上自己的人生保护文物，和文物一起生活，维持精神上的快乐。

　　像我这样的外部研究者要来研究故宫，不是一件容易的事，必须经过非常复杂的手续，而且不一定让我看到最好的东西。故宫尽量不想让外部的人来研究，这是我的印象。学术上，故宫确实有其封闭的地方，这是一种心理作用，不仅是要由他们自己来保护文物，还要捍卫其背后的某种品味。

（本篇采访完成于二〇〇九年）

88

专访前台北故宫副院长庄严之子
摄影家 庄灵

一九三八年出生于贵州，一九四八年随同任职于故宫的父亲渡海到台湾，曾在媒体担任摄影记者，也曾任教于文化大学。经常出现在媒体，讲述故宫的故事。

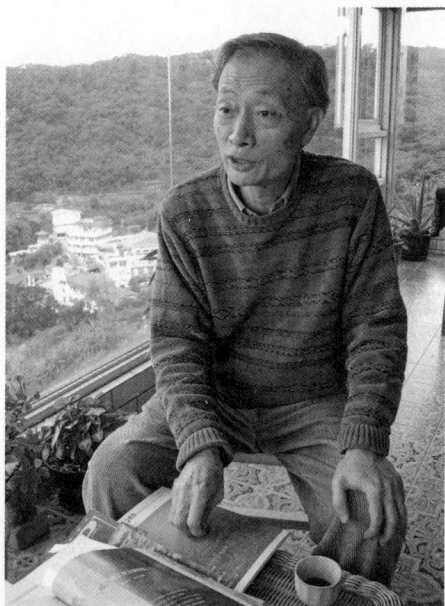

野岛：您父亲庄严（庄尚严）先生是货真价实的"老故宫"，庄灵先生您等于是故宫出生的小孩。

庄：我出生在贵州贵阳，正是文物南迁路上。我父亲出生于北京，母亲是东北吉林人。我出生之前，父亲在北京故宫工作，一九三三年左右离开北京。管理清朝文物的"清室善后委员会"于一九二四年成立，次年一九二五年故宫成立。父亲毕业于北京大学哲学系，因为指导教授的推荐，进入清室善后委员会工作。父亲本来就喜欢书和古董，从学生时代开始参加文物的清点工作，他一辈子从未在故宫以外的地方工作，从最基层的事务员开始，后来成为研究员，最后是一九六九年在副院长的职位上退休，在故宫工作将近五十年，他在一九八〇年过世。

野岛：庄家整个家族等于是故宫颠沛流离历史的见证人。

庄：是的，我有三个哥哥，大哥已经过世，二哥是美国斯坦福大学的研究人员，三哥是画家，我是摄影家。我从一九五三年开始拍照，父亲的故宫同事借我相机，拍了三卷底片，但是只洗出一卷。当时我是中学三年级，借我相机的是谭旦冏，后来他也担任过故宫副院长。他是负责摄影部门的，因为我有兴趣，因此他借我相机。

我的出生地贵州贵阳是文物的避难场所，一九三八年父亲和同事们把文物运到贵阳；但是日军当时攻打缅甸，贵阳距离缅甸边界不远，有点危险，因此移到贵州山区的安顺，放在安顺的石灰岩洞窟，名为"华严洞"。运送的文物装在铁箱里，这些都是未来拿到伦敦展览的最高级文物，例如王羲之的《快雪时晴帖》。一九四四年的情势更为紧张，文物又再移到四川，当时我大概五岁，到现在还记得坐在军用卡车里的情景，就像电影中难民逃难的画面，路上也曾看到日军的军机出动，用力祈祷不要被军机发现。到了四川以后，情况就安全了。

那是生活最苦的时期，离开安顺时为了减少行李，母亲把旧衣送给当地的民众，连破旧的裤子都被争相拿走。吃的都是杂粮饭，麦、粟、稗，连虫都在里面，菜肴的调味料都是辣椒。中央发的薪水到不了父亲的手中，母亲在学校教书，生活很清苦，母亲还在家做鞋贴补家用。一九四五年战争结束，这次是坐船，沿长江回到南京，我还记得经过著名的长江三峡，回到南京时我已经是小学三年级了。

我在前年去了一趟故宫文物避难的回顾之旅，湖南大学虽然什么都没留下，但是仓库的柱子上写着"历史不会被忘记"。我也去了四川和贵州，我们当时住过的地方都被撤掉了，但是在安顺的华严洞，还找到马衡院长在洞窟墙壁上写的字。

野岛：你来台湾的时候，是和文物一起来的？

庄：那是一九四八年底，我是和故宫、中央研究院的职员、家属一起搭乘海军登陆舰"中鼎号"到台湾，船上不只有文物，还包括我们的家当，用绳索固定，为了不受海风的盐分影响，文物箱子外还铺上油布，我们就睡在文物的箱子上。当时大概是十二月，圣诞节之前，东北季风强劲，船只引擎坏了一个，花了四五天。我们一家六人，船上还有一只狗，狗也晕船晕得呕吐。

野岛：故宫的人也有没到台湾的吗？

庄：当时北京还有故宫文物，南京国民政府指示要一起运到台湾；但是当时的故宫院长是马衡，他是我父亲在北京大学的恩师，和父亲的关系非常好，因为他有心脏病，所以不去南京，一直在北京。抗战胜利后，故宫本部在北京，南京有分院，他因病不想去台湾，留在北京。虽然中央指示把文物运到南京，他却对职员说："大家慢慢整理文物就好，不用急，没关系。"这话的意思，任谁都明白，就是不必把文物送去，结果，没有一件文物运到南京去。后来，有一位在南京负责文献图书的人叫欧阳道达，他是思想左派，不来台湾，选择留在大陆。

野岛：您父亲对家人是怎么提到有关故宫的事？

庄：父亲在家里不太讲工作的事情，但是他曾讲过几个有趣的故事。父亲对于三希中的两幅书法情有独钟，溥仪被逐出紫禁城之前，宫廷文物已经开始流入民间，其中包括《中秋帖》和《伯远帖》这二希。这两件作品曾经落入袁世凯手下管财务的郭世五之手。故宫开始南迁时，他请当时的院长吃饭，我父亲当时是科长，也受邀席间。在他家吃火锅，餐会结束后，郭世五拿出二希给大家看，院长和父亲非常震惊。因为三希的名气实在是太大了，郭世五把他儿子叫来，当场发誓说："我死了以后，这两件作品还给故宫。"

之后，我父亲就再也没跟郭世五见过面，郭世五在五十年代就过世了，他的家族和清朝的关系良好，那时他儿子逃到香港，也带着二希，这大概是五十年代的事情。

后来，郭世五儿子到了台北，对国民党说，如果愿意买下的话，二希可以留在台湾，但是当时的台湾当局没钱，谈不下去。之后郭世五儿子在香港借钱，二希抵押在香港上海银行，还钱期限是一九五一年十二月三十一日，郭世五儿子很着急，但是台湾没钱，正好中国文物局的人要去印度过境香港时得知此事，便向周恩来报告，于是北京拿出四十五万港币买下，三万港币给郭世五儿子，也就是花了四十八万港币，令人扼腕。

野岛：您对于民进党时代的故宫如何评价？

庄：民进党执政八年期间，故宫本身的营运并没有太大的变化。有人提出要把故宫文物还给大陆，但这不是民进党的主张。文物不只有艺术的价值，光是经济的价值就很庞大，为什么要还给大陆呢？

从杜正胜到林曼丽，民进党时代的院长非常努力对外行销，但是实际上根本不懂文物。林曼丽是现代艺术的研究学者，她不会拼命介绍故宫本身，民进党拍摄故宫的电影，在故宫进行时装秀，进一步商业化，吸引观光客，赚取商机，但是没有表述文化。杜正胜研究古代史，但对于文物并没那么了解，他为李登辉写演讲稿，在就任故宫院长之前曾说故宫应该要多元化，并希望故宫像大英博物馆一样变成多元的博物馆。但是，这里已经存在的故宫文物，就是中华文物中最为菁华的艺术品，却不加以利用，说什么要像卢浮宫一样。他的主张在学术上有许多有意思的谈话，但是却一点也不实际。

（本篇采访完成于二〇〇九年）

89
专访中国文化评论家
余秋雨

一九四六年出生于浙江，上海戏剧学院教授，曾任该学院院长，是著名的文化人、作家，著作等身，在香港和台湾的知名度很高。

野岛：您对于台北故宫的印象是什么？

余：我曾经进去过台北故宫的库房，层层的保护非常严谨，我看了书画和陶瓷器。保管方式是世界级的水准，让人很安心。文物管理上最可怕的是破损的问题。台北故宫不仅是以国际一流的科学方法来保护文物，并以很好的展示方式来呈现最具中国文化代表性的文物。

访问台湾时，我思考了一件事情，中国文物如何超越地域移转。台北故宫的收藏就是皇帝的收藏，北京故宫不同，它是在一九四九年重新建立的，文物也多是来自考古挖掘、个人捐赠的收藏品、从海外取得的文物，已经不纯粹是皇帝的收藏了。

中国自秦代到唐代，文物的收藏除了皇帝专属的以外，还有政府的收藏，称为"府藏"。对于政权而言，收藏品是权力和财富的象征，也是正当性的象征，因此经常在执政者的手中。到了宋代，才开始有个人的收藏。唐代的"安史之乱"之后，开始了门阀政治，出现资金丰厚的个人收藏家。宋代出了许多爱好文物的皇帝，而宋朝也是富裕的王朝，培育不少艺术家，那是一个皇帝和个人收藏都极丰富的黄金时代，但是文物因此脱离了底层的民众和社会。到了二十世纪出现博物馆，文物终于又回到民众之中，这也正好是故宫的开端。

最早在清朝末期到中国来兴建博物馆的是外国人，有英国人、日本人，但是展示品多是动物、植物、矿物的标本，或是老机器，并没有文物。一九〇五年时江苏南通有个叫张謇的人，建了"南通博物苑"，展示了自然科学、历史、艺术等三大类，可以说是现代博物馆的开山祖师爷。辛亥革命之际，建设博物馆也是新政府的主要目标之一，于是故宫就在一九二五年诞生。当时，故宫文物太多，一时之间整理不及，就只先开放一小部分给一般民众，但是已给中国社会带来巨大的影响。之后在中国各地，如广西、上海、云南、山东、四川等地都相继设立博物馆。后来故宫文物因为战争而分置北京和台北两地。

台北故宫一开始就以最新的国际水准保管文物，当时的大陆还没有这个能力，台北故宫是大步领先走在前面，但是也不能因此小看北京。台湾方面有人说，所有好东西都在台北，这是不对的，台北的电视频道上也有评论家说"北京没有东西，只有房子"，这些都是单凭想象猜测的说法。如同我刚刚说的，大陆在这六十年来，已陆续充实收藏，只是皇帝的收藏放在台北故宫的比较多，而北京故宫已逐渐发展成涵盖中国整体文明的博物馆。

野岛：把重要的文物带去台湾，大陆方面是不是有点恨台湾？

余：长期以来，大陆民众对于国民党夺走大陆的文物感到非常"不公平"，但是最近我看到有些节目介绍台北故宫，引用秦孝仪院长的一段话，让我非常感动，他说："我们的文化是同一个根，同一个母亲，这个母亲就是文化，所以我们用各种方法来抚养她。"我们之间有共同的五千年文化，北京故宫和台北故宫的存在就足以证明。举例来说，黄公望的《富春山居图》分别收藏在台北故宫和浙江省博物馆，黄公望在八十岁时花了七年的时间完成，这是中国山水画的起点。后来，画虽然分开了，但是因为展览而可以重逢，这是意义非常深远的事情。

野岛：国民党撤退到台湾时也把故宫文物带去，我们日本的话不会那样重视文物。中华民族为什么如此看重文物呢？

余：这其中反映了我们对于文化的思考方法，这是一种"祖先崇拜"，在中国的这种思维有好处也有坏处，好处是中华文明是所有的古文明中唯一没有中断的，我们对于过去的人会缅怀、崇拜、放在回忆之中；但是问题来了，想法过于保守，一直怀念过去，欠缺向前开拓的气魄。文物在这当中也扮演了角色，光靠文献的记载，难以留下印象，通过文物，历史的证据就在眼前。

国民党在国共内战时带走文物，这和追求"正统"的观念有关。文物在谁手上，谁就是正统，非常重视用文化来证明正统性。军事上有胜负，政权也经常交替，但是文化不会改变。当然现在的台湾不以自己为中国的"正统"自居，但是之前不是这样的。

野岛：大陆的拍卖市场逐渐扩大，这是否可以证明人们开始重视文物？

余：人们开始理解文化的价值，也开始产生奇妙的现象。首先是价格非常昂贵，我周遭的企业界朋友，文化水准不高，但是非常有钱，开始砸重金买文物。对他们来说，投资虽然是高风险的事情，但是花钱在文物上却感到非常安心。此外，自己搜集文物也可以显示自己是懂得文化的人，了解文物的等级，能够和人谈论点评文物，会得到对方的尊重，谈话的气氛也会变好。价格很混乱，有时也会高过文物实际的价值，这些都是暂时的问题，过一阵子就会稳定下来。

（本篇采访完成于二〇一〇年）

90
第 90 话

专访"台北故宫"节目总撰稿人胡骁

　　一九六九年出生，中国传媒大学新闻系毕业。曾任中国国际广播电台和《星光月刊》《光明日报》的编辑、记者以及编辑部主任等职，现任九洲文化传播中心底下的九洲音像出版公司专题纪录片部副经理，并参与过国家权威部门主持的古籍整理与研究工作。

野岛：二〇〇八年播放的电视节目"台北故宫"，在大陆有很大的回响，过去大陆曾经制作过几部大型的故宫节目，但是这次是首次以台北故宫为焦点。

胡：二〇〇五年中央电视台放映"故宫"，重点在于故宫建筑的历史，内容介绍只到一九四九年为止，两岸关系比较紧张的时候，没有放进台北的部分。然而，故宫是集结中国文化精髓的地方，其中一部分不在大陆，而在台湾。观众看不到台湾的故宫，这是一个问题。

中央电视台一直希望能够制作台北故宫的节目，但是无法得到台北故宫的同意。我的公司"九洲音像出版公司"是国务院台湾事务办公室旗下的节目制作公司，推动文化交流，也有在台湾采访的经验，因此制作这个节目，向大陆观众介绍台北故宫。九十年代NHK也曾拍摄制作"两岸故宫"节目，拍得非常好，如果外国的电视台做得到，我想我们也可以做到。

"台北故宫"是十二集的节目，准备另外要做四十集的扩大版，一集是五十分钟，所以总共有八百分钟，将会有更详细、更丰富的内容，同时也在进行一百集的资料搜集工作。

野岛：节目制作是从二〇〇六到二〇〇八年间进行的吧？

胡：我曾经到台湾五次，其中四次是拍摄，相当完整地拍摄、采访了台北故宫，这一点我很有信心。台北故宫的规范很严谨，不能直接拍摄作品；但是我们需要文物的画面，刚开始想向NHK申请，但是觉得不适合，后来通过人脉非常辛苦地取得，不过之后的采访都很顺利。

野岛：大陆人怎么看台北故宫呢？

胡：两岸隔绝了六十年，现在去过台湾的人还是极少数，开放观光的时间还很短，NHK的节目没在中国的电视频道上播出过，不过好像有盗版（笑）；因此，大陆人根本不知道台北故宫的情形，这也是激发观众看节目的好奇心。这个节目的制作顾问是杨新，他是故宫专家，曾到台北故宫十次以上，也曾和台北故宫交流。虽然两岸专家之间的交流很密切，但是对于民众来说，台北故宫还是很遥远。

野岛：这个节目播出的时候，正是胡锦涛总书记发表"胡六点"的对台政策，节目这边是否事先有所因应调整？

胡：完全没有。胡锦涛的谈话中，提到两岸的文化交流，他说"弘扬中华文化，加强精神纽带"，台北故宫就是我们和台湾之间的"纽带"，但是，这并不是偶然的。

野岛：您是否采访了民进党人士？

胡：我们联络了，但是被婉拒，通过电话、信件、电子邮件等方式努力，但是没有答复。我们说明为了平衡报道，不希望只采访国民党这一方，但是还是没有成功。即使和两岸的政治问题无关的题材，他们的警戒心还是很强。

野岛：在这个节目，您有没有什么"新发现"呢？

胡：兴建台北故宫的时候，他们组成了管理委员会，向社会大众公开征件设计，有许多人参加。当时，建筑师王大闳被选出。台北故宫是靠美国的资金兴建的，因此设计案也由美国主导。王大闳的设计案是欧美形式的建筑，美国人很喜欢，但是台湾的蒋介石认为要采用中国样式，因此取消这个设计案，改为委托建筑师黄宝瑜，他提出中国式建筑。他本来是审查委员之一，感觉变成是"交办给你做"。我们当时非常辛苦去搜寻王大闳的设计案，后来是一位姓苏的人给我们看，他和黄宝瑜在同一个事务所，王大闳的设计案真的是很梦幻的设计。

野岛：节目中，是否将台北故宫和北京故宫做了比较？

胡：原来我们被告知的是一九四九年时，重要的故宫文物全都去了台湾，留在北京的是比较重、比较大型的、运不走的文物。数量上，北京故宫多，品质上，台北故宫好。但是实际上，哪一边什么比较好是很主观的判断，没办法清楚判定。

野岛：中日战争和故宫文物的渊源很深，如果没有战争，文物不会去台湾。针对这个观点，你有什么看法？

胡：故宫文物的迁徙流转是历史上非常稀奇的事件。世界上发生过的战争中，文化和政治这么紧密相关的大概只有中国吧。客观来看，中国文化的文物，一部分留在大陆，一部分到了台湾。台湾曾经接受日本"皇民化"教育；但是故宫文物到台湾去，这也让台湾人接受中国文化，在教育上起了作用。

这个中华文化的根在台湾，是和大陆共有的，切也切不断。要让台湾的人认识这个连接的地方，故宫扮演着重要的角色。文物分别放在两岸，虽然是一个悲剧，但也不完全是件坏事，还需要历史的检验。既然故宫已经分别存在于两岸，未来加深交流，是非常重要的事。

（本篇采访完成于二〇〇八年）

后记

　　本书收录了和故宫博物院相关的九十篇故事。"九十"这个数字是有意义的，故宫成立于一九二五年十月十日，二〇一五年正好是九十周年，因此我想写一本九十个故事的书。本来如果在二〇一五年时出版的话，应该是最好的时机；但是因为写书的速度追赶不上，于是改在故宫迎接九十一岁的今年，终于出版。

　　本书九十篇的故事，从故宫的文物，到故宫的历史、政治、专访两岸故宫院长等，主题相当多元。我想尽量从总体的角度，呈现"故宫学"的世界，带领读者领略体会。因为好奇心驱使之下选择的主题，当然可能有所偏好，只是我想说清楚的是，这九十个故事的取向，不是从艺术史的价值观出发，主要还是考量"对于人类的文化意义"。

　　本书另外还有一个特别之处，就是将在台湾和日本同步出版发行。由于我是以日文书写，到目前为止的模式都是在日本先出版，一两年后翻译成中文，才陆续在中国台湾和大陆出版。然而本书的内容是以台北故宫为主体，这些是台湾读者关心的话题，因此我想尽量可以同一时间送达台湾读者的手上。这次特别邀请我很信任的多年好友张惠君小姐，在百忙之中着手翻译，我的前一本有关故宫的书《两个故宫的离合》（二〇一三年联经出版，二〇一四年上海译文出版）也是由她担任译者，颇受好评。

　　"九十篇故事"的想法，除了故宫九十周年之外，还有另一个原因。这个灵感来自小山富士夫先生的名著《骨董百话》（一九七七年，新潮社），此书集结一百篇精彩文章，就好像是激励我的座右铭，希望有一天也可以像小山先生一样，写出富涵知识、经验与观察的文化散文。自知不可僭越，因此不写"故宫百话"，而是"故宫九十话"。

　　或许，九年后的二〇二五年，故宫将迎接一百周年庆时，也许我可以再磨一剑，写出十篇新的故事，修订出版"故宫百话"，这是未来的目标，也是梦想。

　　最后讲到个人的事情，我将在二〇一六年三月从朝日新闻社提早退休，结束二十四年的报社记者生涯，这本书是我成为独立作家之后值得纪念的第一本书。

　　我从二〇〇七年开始采访故宫，在中国台湾、大陆和日本得到许多人的协助，心中万分感谢。最后，特别要谢谢台湾的典藏艺术出版社编辑陈柏谷先生、吴嘉瑄小姐，中文译者张惠君小姐，日本的勉诚出版社冈田林太郎先生、堀郁夫先生，因为有你们，才有这本书的诞生。

图书在版编目（CIP）数据

故宫物语 / （日）野岛刚著；张惠君译 . 一 上海：
上海译文出版社，2018.3（2024.3重印）
（译文纪实）
ISBN 978-7-5327-7559-0

Ⅰ . ①故… Ⅱ . ①野… ②张… Ⅲ . ①纪实文学—日
本—现代 Ⅳ. ① I313.55

中国版本图书馆 CIP 数据核字 (2017) 第 153437 号

故宫物語：政治の縮図、文化の象徴を語る 90 話
野嶋剛
Copyright © Published by arrangement with Art & Collection Group.
Simplified Chinese edition copyright:
2018©SHANGHAI TRANSLATION PUBLISHING HOUSE(STPH)
All rights reserved.
本书第 1~37 话所载图片来自台北故宫博物院 OPEN DATA 专区

图字：09-2017-187 字

故宫物语

[日] 野岛刚　著　张惠君　译
责任编辑 / 莫晓敏　装帧设计 / 邵旻工作室

上海译文出版社有限公司出版、发行
网址：www.yiwen.com.cn
201101　上海市闵行区号景路159弄B座
上海盛通时代印刷有限公司印刷

开本 890×1240　1/32　印张 12.25　插页 2　字数 170,000
2018 年 3 月第 1 版　2024 年 3 月第 8 次印刷
印数：40,001-42,000 册

ISBN　978-7-5327-7559-0/I · 4623
定价：75.00 元